HELGA SCHNEIDER

Helga Schneider naît en 1937 en Allemagne. En 1941, sa mère, fervente nazie, abandonne ses enfants pour entrer dans la SS et devenir gardienne de camp de concentration. Aux côtés de son frère, Helga survivra au siège et à la destruction de Berlin. Elle retrouvera sa mère après la guerre, lors de deux face-à-face brutaux. Installée en Italie depuis les années soixante, Helga Schneider est l'auteur de deux récits autobiographiques parus aux éditions Robert Laffont : *Laisse-moi partir, mère* ainsi que *L'incendie de Berlin*.

L'INCENDIE DE BERLIN

DU MÊME AUTEUR
CHEZ POCKET

LAISSE-MOI PARTIR, MÈRE

HELGA SCHNEIDER

L'INCENDIE DE BERLIN

Traduit de l'italien
par Pierre-Emmanuel Dauzat

ROBERT LAFFONT

Titre original :
IL ROGO DI BERLINO

ISBN : 2-266-14922-9

Adolf Hitler n'est qu'un bohémien vaniteux qui vient de la rue. Que certains le craignent est une chose qui passe vraiment mon entendement.

Le président du Reich, Hindenburg, à l'occasion d'une entrevue avec le général Schleicher et l'évêque de Münster, le 4 février 1931.

« Adolf Hitler n'est qu'un bohémien vaniteux qui vient de la rue. Que certains le craignent est une chose qui passe vraiment mon entendement. »

Le président du Reich, Hindenburg, à l'occasion d'une entrevue avec le cardinal Schulte et l'évêque de Münster, [illegible] 1931

Vienne, printemps 1971

Nous grimpâmes à toute vitesse l'escalier du vieil immeuble viennois. Mon cœur battait si fort que je fus incapable de sonner. C'est Renzo, mon fils, qui le fit.

Longtemps je l'avais cherchée et voici que maintenant, trente ans après qu'elle m'eut abandonnée dans Berlin déjà bouleversé par la guerre, j'avais retrouvé ma mère. Elle vivait à Vienne, dans sa ville.

Quant à moi, née en Pologne, j'avais vécu dans l'Allemagne nazie avant d'être rapatriée en Autriche (également pays natal de mon père). Je m'étais ensuite installée en Italie, où j'avais un mari et un fils.

Quand la porte s'ouvrit, je vis une femme qui me ressemblait terriblement. Je l'embrassai en pleurant, submergée par un bonheur auquel je ne pouvais croire et prête à pardonner, à comprendre, à faire une croix sur le passé.

Elle se mit tout de suite à parler, à parler d'elle. Aucun effort pour justifier son abandon, aucune explication.

Elle racontait. De longues années auparavant, ils l'avaient arrêtée dans le camp de concentration de Birkenau, où elle était gardienne. Elle portait un uniforme impeccable « qui lui allait très bien ». Vingt minutes ne s'étaient pas encore écoulées que déjà elle ouvrait une armoire pour me montrer, nostalgique, ce même uniforme.

« Pourquoi ne l'enfiles-tu pas ? Ça me ferait plaisir de le voir sur toi. » Je ne l'essayai pas ; j'étais penaude et troublée. Mais ce qu'elle dit juste après était plus grave encore que d'avoir renié son rôle de mère : « Le tribunal de Nuremberg m'a condamnée à six ans de prison comme criminelle de guerre, mais désormais ça n'a plus d'importance. Sous le nazisme, j'étais quelqu'un ; depuis, je ne suis plus rien. »

J'en fus glacée. Et si elle, en 1941, avait décidé qu'elle ne voulait pas de cette fille, c'était moi maintenant qui ne voulais pas de cette mère ! Mon fils et moi retournâmes en Italie par le premier train. Déçu, Renzo pleurait. Comment aurais-je pu lui expliquer pourquoi je n'avais pas trouvé une mère ni lui une mamie ? Il n'avait que cinq ans.

Je perdis ma mère pour la seconde fois.

Je ne sais si elle est encore en vie. Et de temps en temps quelqu'un me demande si je lui ai pardonné.

1.

Berlin, automne 1941

Ma mère était une femme blonde qui criait *Sieg Heil !* quand Adolf Hitler apparaissait dans les meetings. Il lui arrivait de m'emmener. Un jour, elle me perdit dans la foule, pour ne me retrouver qu'une fois la place déserte. Ma grand-mère me le racontait très souvent, chargeant ses mots de toute la haine que lui inspirait cette bru.

Après la naissance de mon frère Peter, ma mère découvrit qu'elle s'était trompée de carrière. Elle eut tôt fait de se convaincre que servir la cause du Führer était plus honorable que d'élever ses enfants ; et elle nous abandonna tous les deux dans un appartement de Berlin-Niederschönhausen et s'enrôla dans les SS. C'était l'automne 1941 et les forces allemandes étaient dans une mauvaise passe sur le front russe.

C'est tante Margarete, la sœur de mon père, parti depuis quelque temps pour le front, qui nous recueillit. Elle habitait une villa de Berlin-Tempelhof et avait une fille, Eva. Elle avait épousé un comte, lui aussi à la guerre.

Dans la villa de ma tante, on ne savait pas ce qu'était le rationnement alimentaire ; la table était toujours couverte d'une abondance de toasts au foie gras d'oie, de charcuteries, de miel et de pain frais. Souvent, je me gavais à n'en plus pouvoir pour vomir juste après sous le regard consterné de ma tante. J'avais quatre ans, mon frère Peter dix-neuf mois.

Un jour, tante Margarete envoya deux câbles : un à mon père, pour l'informer de la fuite de sa femme, ce qui lui donna la jaunisse ; l'autre à ma grand-mère paternelle, qui, séance tenante, confia à sa grande sœur sa ferme déjà mal en point et abandonna une Pologne éprouvée pour rejoindre Berlin, qui ne souffrait pas moins.

Ma grand-mère arriva avec son odeur de basse-cour et de biscuits à l'anis, posa son sac de voyage et son parapluie sur le bord de la piscine vide, jeta un regard méprisant au majordome en livrée avec de petites moustaches à la Hitler qui lui rendait ses hommages avec un ridicule empressement et se mit à pester comme un charretier. Elle traita ma mère de *Nazihure*, de putain nazie, et commença à discuter de notre destin. Elle avait les idées claires.

Tante Margarete était disposée à nous élever, Peter et moi, avec sa fille Eva, mais grand-mère ne voulait pas. Elle craignait que sa fille ne nous transformât en deux mannequins arrogants et insista pour nous emmener en Pologne. Elles discutèrent âprement sur le bord de la piscine. Très vite partit un autre câble à destination du front, mais mon père décida que nous resterions à Berlin. Ainsi grand-mère s'installa-t-elle avec Peter et moi dans l'appartement de Niederschönhausen en attendant de nouveaux développements. Elle effaça toute trace de ma mère, comme si la maison avait été pestiférée. Mais elle trouva le moyen d'en réveiller chaque jour le souvenir en en parlant en termes que je ne saurais répéter, augmentant de vieilles rancœurs d'une haine nouvelle. Cette bru, à dire vrai, ne lui avait jamais plu.

Grand-mère était sévère, mais affectueuse. Elle me punissait sans délai chaque fois que je racontais des mensonges, et j'en disais souvent. Par exemple, j'aimais raconter que mon père était un général célèbre alors qu'en réalité il n'était qu'un soldat de la défense antiaérienne, qui plus est un antimilitariste convaincu. Faire carrière dans l'armée avait toujours été le cadet de ses soucis : il était un artiste. Sa présence à Berlin était étroitement liée à la présence de sa sœur Margarete, qui, par ses relations, aurait dû lui ouvrir les portes du succès. La guerre l'avait impliqué malgré lui, à cause de l'annexion de l'Autriche à l'Allemagne ; il était né à Vienne, et l'obligation d'endosser l'uniforme de la Wehrmacht l'irritait même si, en ce temps-là, c'était une chose qu'il valait mieux cacher.

Le mensonge sur mon père général procédait d'un besoin de compensation. J'étais restée sans chaleur maternelle, et j'avais beau être très attachée à ma grand-mère, je faisais une fixation sur mon père. Mais comme il était loin, autant me fabriquer un modèle sur mesure ! C'est ainsi que je créai la légende de mon père général, une fantaisie qui m'était d'une grande consolation surtout quand les autres exprimaient leur admiration pour « ces héros de la patrie » ! En outre, quel personnage pouvait susciter davantage de considération qu'un général combattant sur le front pour sauver le peuple du bolchevisme ?

À Niederschönhausen, il y avait une cour pavée, la Böllerhof. Grand-mère nous y emmenait jouer. Tous les enfants l'adoraient car elle débordait d'entrain. Chaleureuse, fantaisiste, elle savait y faire avec les enfants. Elle inventait toujours des jeux nouveaux, réussissant à nous faire oublier la guerre au moins un moment. Elle chantait en polonais et, même si nous n'y comprenions rien, nous continuions de l'écouter, en extase. Dans cette cour dépouillée, elle chantait et dansait avec grâce, avec une spontanéité innocente et populaire ; tous l'aimaient et j'en étais parfois jalouse. Mais souvent, au beau milieu de son exhibition, les sirènes hurlaient. Il nous fallait courir à la cave et l'enchantement se dissipait d'un coup.

Corpulente, grand-mère avait une âme de poète et une intelligence claire. Elle écoutait en cachette les émissions de la BBC et nous tenait au courant du déroulement de la guerre, même si Peter et moi n'y comprenions rien. La seule chose que nous comprenions, c'était que la guerre était synonyme de faim, d'alarmes, de peur et de bombes. Pour nous endormir, elle nous racontait les contes de la Forêt-Noire dans un mélange d'allemand et de polonais. Sa voix nous rassurait.

Au début de l'été 1942, mon père vint à Berlin en permission et tante Margarete donna une petite réception en son honneur. Parmi les invités se trouvait une jeune femme du nom d'Ursula. Au cours de la soirée, Peter et moi nous gavâmes de toasts. Peter vomit deux fois et moi je m'en tirai avec le hoquet. Ma cousine Eva nous regardait comme si on était deux Cendrillons qui faisaient honte. Sa morgue infantile me donnait un sentiment d'infériorité et j'étais bien contente qu'on ne soit pas obligés de grandir avec elle.

Ce soir-là, entre deux bouchées, je me rendis compte que mon père était toujours à côté de cette Ursula. Il lui faisait de ces yeux et elle lui répondait par de ces regards ! J'étais partagée entre la gêne et la curiosité. Qu'allait-il se passer ? Ursula était jeune et belle, mon père jouait les galants.

Si j'accueillis avec joie la fin de la réception, c'est uniquement parce que j'espérais que mon père allait prendre congé d'Ursula pour ne plus jamais la revoir.

Dans les jours qui suivirent, je réussis à rester un peu en sa compagnie ; mais quelque chose n'allait pas. Je le sentais lointain, fermé, il m'intimidait. La permission ne durait que trois jours et il finit par repartir pour le front.

J'étais perplexe.

Mon père, beau, svelte, le front haut et les cheveux ondulés, avec ce regard profond d'un artiste qui s'imprègne de couleurs, de sons et d'émotions ; mon père, avec ses gestes posés, sa voix basse et séduisante, n'avait rien de l'héroïque général de mon imagination. Du coup, j'eus le plus grand mal à retourner à mon modèle idéal.

Entre-temps, la guerre était devenue plus dure ; à mesure que s'intensifiaient les raids aériens, les denrées alimentaires se raréfiaient. Très souvent, grand-mère revenait du magasin les mains vides et, pour tout repas, nous n'avions qu'un verre d'eau. Pour tromper la faim, elle nous racontait des fables ou nous chantait les chansons des paysans polonais.

Un matin, elle se mit à pester, cassant exprès une belle cafetière au bord doré. Elle la jeta sur le carrelage de la cuisine en s'écriant à plusieurs reprises : « Qu'il est bête ! Quelle andouille ! » Mon père lui avait écrit qu'il s'était fiancé avec Ursula. Après leur rencontre dans la villa de tante Margarete, ils étaient restés en contact par lettres, et voici qu'ils avaient décidé de se marier. Ma grand-mère était hors d'elle. « C'est pas vrai ! criait-elle, il y a juste un an votre père paraissait anéanti par votre bonne à rien de mère et maintenant il est déjà prêt à se remarier ? ! Quel crétin ! Quelle andouille ! »

Elle ne parvenait pas à se calmer. Elle disait qu'Ursula était trop jeune pour assumer la responsabilité de deux enfants qui n'étaient pas les siens et si, par le passé, elle n'avait pas trouvé de mots assez horribles pour accabler ma mère, elle critiquait maintenant mon père de s'être aussi vite consolé. Toute son indignation ne servit à rien : en réalité, les deux colombes avaient déjà fixé la date du mariage.

Quand grand-mère comprit qu'il n'y avait plus rien à faire, elle fit son sac de voyage, se saisit du parapluie de grand-père comme d'une baïonnette et repartit pour la Pologne, non sans avoir juré de ne plus jamais revoir son fils et encore moins sa nouvelle bru. Pauvre grand-mère, qui avait tellement espéré nous élever. Et peut-être y aurait-elle mieux réussi que n'y parvint ensuite notre marâtre.

Grand-mère partie, je me sentis perdue. Elle nous avait donné amour et joie et, malgré la guerre, même un certain sentiment de sécurité. Elle s'en était allée. J'étais inconsolable et je détestais tante Margarete qui avait favorisé la rencontre entre mon père et Ursula. Nous retrouvâmes la villa de Tempelhof pour permettre aux deux jeunes mariés de passer une brève permission de mariage dans l'appartement qu'Ursula avait aménagé à Berlin-Steglitz, dans la Friedrichsruher Strasse. J'essayai de contenir la douleur de la séparation d'avec grand-mère en me bâfrant. Je mangeais et je vomissais, tandis qu'Eva continuait de me regarder avec dégoût.

Septembre. À la villa, la vie suivait son cours. Le jardinier sourd-muet continuait de tailler les haies. Il semblait que la guerre ne concernât que les gens qui se trouvaient de l'autre côté de la grande grille au sommet de laquelle se détachaient les nobles armoiries de la famille.

Ma cousine Eva était insupportable. Jalouse de ses deux poupées, elle ne voulait absolument pas que j'y touche. De plus, elle arborait des manières aristocratiques si affectées que je partais de grands rires irrépressibles.

Tante Margarete était grande, mince, austère et très belle. Elle avait des cheveux roux magnifiques et une peau superbe, blanche et transparente, constellée de légères taches de rousseur. Toujours très élégante, elle portait des chapeaux à voilette. Quand elle nous donnait le baiser de la bonne nuit, je sentais un parfum discret, qui restait dans la chambre jusqu'au matin. Trois ans plus tard, pourtant, elle devait se suicider au Véronal, je n'ai jamais su pourquoi. Ils n'ont pas dit la vérité à grand-mère : ils lui ont fait croire qu'elle était morte d'une pneumonie foudroyante.

Peter était un enfant terrible. Jamais personne n'avait l'esprit tranquille avec lui. Par deux fois, il menaça de se jeter dans la piscine vide ; une autre fois, il ingurgita un chocolat de porcelaine qu'il finit par expulser avec ses selles après un terrible mal de ventre. Chaque jour il concoctait une nouvelle bêtise !

Sa brève lune de miel terminée, mon père retourna au front et il nous fallut rejoindre notre marâtre, Friedrichsruher Strasse. J'étais angoissée et soucieuse : cette femme nous était parfaitement inconnue. À la même époque, la guerre s'exacerba à vue d'œil. Les raids aériens se faisaient toujours plus fréquents et intenses, et notre marâtre déplorait que notre cave fût si peu sûre. En outre, il devenait de jour en jour plus difficile de trouver des vivres : le rationnement ne marchait pas et les magasins étaient vides. On ne trouvait même plus une bobine de fil. Les vieux mouraient à cause de la pénurie croissante de nourriture et du manque quasi général de médicaments, surtout pour les maladies les plus graves.

Au début, tante Margarete envoyait de temps à autre son chauffeur avec un paquet de vivres, mais elle cessa vite de le faire : même à la villa, les choses n'allaient plus aussi bien qu'autrefois. Ursula conservait une allure jeune et pleine d'allant alors même qu'elle maigrissait à vue d'œil. Elle avait des cheveux d'un beau blond cendré et des yeux encore plus bleus que ceux de Peter ! Mon frère reniflait ses bas ou l'embrassait sur le menton ; elle riait et lui pinçait les fesses. Il lui avait suffi d'un clin d'œil pour lui apprendre à l'appeler Mutti – chose dont je n'étais pas capable. Peter et Ursula eurent tôt fait de se conquérir.

Ursula voulait à tout prix que je l'appelle Mutti, mais le mot me restait en travers de la gorge. Je n'arrivais pas à lui donner satisfaction. Il m'arrivait de dire Wutti, Lutti ou Butti, mais Mutti, impossible. Ce fut la première d'une longue série d'incompréhensions.

Je m'aperçus tout de suite qu'avec Peter et moi Ursula faisait deux poids, deux mesures. Quand il faisait une bêtise, elle lui trouvait toujours une excuse, souvent son jeune âge. Quand c'était moi, j'étais la digne fille de ma mère. Elle critiquait l'éducation que nous avait donnée grand-mère, la jugeant trop permissive. Je n'étais pas d'accord : grand-mère était tout sauf permissive. Maternelle et équitable, jamais faible. Maternelle et juste.

Par certains côtés, Ursula me déconcertait. Quand elle se trompait, il m'arrivait de balbutier : « Je pensais que... », mais elle me coupait en criant : « Tu n'as rien à penser, tu n'as qu'à obéir ! » J'étais glacée. Obéir sans réfléchir : je ne pouvais accepter pareil ordre de personne !

Et elle ne supportait pas d'être contredite. Quand j'insistais, elle me punissait. À ses yeux, la soumission aveugle des Allemands était une valeur absolue.

Comme lieu de punition, elle avait choisi le bureau où mon père rangeait toutes ses affaires : livres, machine à écrire, toiles et couleurs. Je finis par prendre ce bureau en grippe alors même qu'y abondaient les traces de mon père. Outre la réclusion dans cette pièce, j'avais droit à d'autres punitions, dont certaines étaient de véritables vexations. Par exemple, Ursula m'obligeait à ramasser les peluches du précieux tapis persan qu'elle avait apporté en dot ; elle exigeait que je reste à quatre pattes jusqu'à ce que n'en subsiste plus la moindre trace. L'opération se prolongeait parfois si longtemps que la poussière me donnait des crises de toux.

Autre chose qu'elle ne supportait pas, c'était mon histoire ingénue de père général. Un jour, elle me surprit en train de répéter ce mensonge à une de ses amies, qui était aussi notre voisine de palier et venait souvent nous faire un brin de causette. Elle s'appelait Frau Gerlinde. La marâtre était allée lui chercher un verre d'eau et, à son retour, elle me surprit qui racontais ma fable. Elle m'interrompit brutalement : « Encore ces histoires ! Tu es vraiment incorrigible ! Tout le portrait craché de ta mère : fausse et menteuse ! » Et elle martela, d'un ton autoritaire :

« Ton père est dans la DCA, répète, DCA, tête de mule !

— C'est pas vrai ! hurlai-je, toute tremblante d'humiliation, mon père est un général célèbre !

— DCA, je te dis ! cria-t-elle, rouge de colère.

— Général ! »

Sur ce, elle m'envoya des claques devant Frau Gerlinde, répétant que j'étais le portrait craché de ma mère, et pour finir m'expédia dans le bureau en déclarant sèchement : « Privée de dîner ce soir. » Le repas eût été de toute façon très frugal.

Mais il y avait autre chose qu'elle ne supportait pas : à cinq ans passés, je suçais encore mon pouce. Elle avait cherché par tous les moyens à me débarrasser de ce vice : en me versant du sel sur le doigt, puis du parfum, et enfin de la térébenthine dont elle avait trouvé une demi-bouteille dans l'atelier de mon père. Ne sachant plus à quel saint se vouer, elle s'était mise ensuite à me frapper le pouce avec les objets les plus divers : cuillers en bois, le bord d'un coupe-papier et enfin le manche d'une tapette.

Un jour, elle me frappa si violemment que je crus m'évanouir de douleur, mais avant que ma vue ne se trouble je la mordis au poignet et me réfugiai aux toilettes. Elle se mit à taper du poing sur la porte en me menaçant de toute une série de punitions si je n'ouvrais pas tout de suite ; mais je me gardai bien de m'exécuter, craignant de me faire tuer. Je m'accroupis sous la fenêtre en attendant la suite des événements.

Elle continua à tambouriner et à menacer, mais se trouva finalement contrainte d'appeler quelqu'un pour forcer la porte. J'entendis qu'on s'affairait longuement autour de la serrure. Puis celle-ci céda et la marâtre fit irruption comme une furie. Elle me tira par les cheveux et me roua de coups sous les yeux de l'homme qui l'avait aidée à ouvrir, un vieillard émacié et voûté au crâne dégarni, qui me lança un regard de solidarité embarrassée.

Quand le vieux fut parti, la marâtre m'expédia à coups de pied au derrière dans l'habituel bureau, me privant de la ration de vivres ordinaire. Dans la soirée, rendue enragée par la faim, je fus prise d'un élan irrésistible. Je commençai à regarder autour de moi à la recherche de quelque chose sur quoi déchaîner ma rage. Finalement, mon regard s'arrêta sur une série de tubes de couleur alignés sur une petite table d'osier ; au même moment, je remarquai une toile installée sur un chevalet. Elle représentait un intérieur avec un compotier rempli de pommes, de poires, de raisin et d'autres fruits que je ne connaissais pas.

Je saisis un tube, dévissai le capuchon et, de mes doigts, en étalai sur la toile, effaçant les pommes, les poires, le raisin et les fruits exotiques, réduisant le tout à l'état de boue informe couleur tête de Maure. Quand la marâtre vit ce massacre, elle faillit m'étrangler. M'enlevant ma culotte, elle me cassa une béquille de bois sur les fesses et cria : « C'est à ça qu'il faut s'attendre de la fille d'une putain nazie ? »

Chose qu'il ne fallait pas dire ! À compter de ce jour, nos rapports se transformèrent en hostilités déclarées. Je commençai à méditer sur les moyens de me venger d'elle.

Un matin, elle sortit faire les courses : quelqu'un lui avait dit qu'on distribuait du millet, des pommes de terre et de la mélasse. Elle nous laissa à la garde de son amie, Frau Gerlinde.

Frau Gerlinde était une jeune femme douce et gentille, dont le mari était sur le front ; elle n'avait pas d'enfant.

Installée sur le canapé du salon, elle se mit à nous lire une fable. Peter écoutait, les yeux écarquillés. Au beau milieu d'une scène entre la méchante sorcière et je ne sais quelle créature innocente, je prétextai un besoin pressant. Frau Gerlinde acquiesça d'un sourire, tandis que Peter me gratifia d'un regard furieux parce que j'avais gâché le suspense. Je sortis, mais au lieu de me diriger vers les toilettes je me glissai dans la chambre conjugale et commençai à farfouiller dans les tiroirs de la commode. Et y découvris quelque chose de très intéressant.

Un paquet de lettres attachées par un ruban rouge ; je devinai aussitôt qu'il s'agissait des lettres que mon père avait écrites du front à Ursula. Je pris le petit paquet, le fourrai dans ma culotte et me réfugiai dans les toilettes. Il fallait faire vite parce que depuis la fois où je m'étais enfermée, la marâtre avait fait disparaître la clé. Je m'empressai de déchirer les lettres et d'en jeter les morceaux dans la cuvette puis tirai la chasse d'eau. Je retournai au salon à temps pour profiter de la fin de la fable.

La marâtre ne se rendit compte du méfait que deux jours plus tard, et pas une minute elle n'imagina que ce pouvait être Peter. Elle me frappa sans pitié avec l'habituelle béquille, qui cette fois encore se cassa tout net sur mon postérieur. Puis elle m'expédia dans le bureau et m'attacha les bras à un siège. Je restai là dans le noir toute la journée, sans manger. Quand, dans la soirée, elle finit par me détacher, je m'évanouis à ses pieds.

Lorsque je repris connaissance, j'étais allongée sur le canapé du salon. Ursula veillait sur moi, sans mot dire. Elle avait une expression irritée, presque menaçante. Je voyais son visage juvénile dans le faible halo qui émanait d'un lampadaire. Son regard était glacial.

« Comment te sens-tu ? demanda-t-elle enfin sans la moindre tendresse.

— Bien », murmurai-je. Lentement, je retrouvai la mémoire ; l'atelier de mon père, l'obscurité, la chaise et les cordes autour des bras.

« Tu peux te lever ? »

Je me levai du divan si brutalement que ma vue se brouilla. Je vacillai.

« Doucement, mademoiselle, me dit-elle, comme toujours tu exagères ! » Et elle me poussa vers une chaise. « Je reviens tout de suite. » À ces mots, elle sortit de la pièce. Je restai seule avec Peter qui me harcela de questions : « Pourquoi t'es tombée ? Pourquoi Mutti elle t'a portée sur le canapé ? Pourquoi Mutti elle est sortie ? Pourquoi tu te lèves pas ? »

La marâtre revint avec une tasse de quelque chose qui devait être du lait, mais qui en réalité n'était que de la lavasse plâtreuse faite avec une poudre étrange et même pas sucrée.

« Bois ! »

Je secouai la tête.

« Bois ! » Elle commençait à s'impatienter. J'avalai cette répugnante mixture tandis que Peter singeait mes grimaces.

Au bout d'un petit moment, la marâtre annonça : « Je dois te parler, Helga. »

Je la regardai, tâchant de deviner ce qu'elle avait à me dire.

« Ça ne peut plus continuer comme ça. Je n'y arrive plus, crois-moi. Tu m'obliges à t'envoyer au collège.

— Moi aussi, co-ège ! Moi aussi ! » cria Peter.

Ursula le fit taire. « Tu restes avec Mutti, tu es un gentil garçon, toi. » Flatté, il ferma les yeux à demi.

La marâtre me fixait, attendant ma réponse. Qui ne vint pas. « Tu n'as rien à dire ? fit-elle, un peu étonnée.

— Non.

— Ça te fait rien que je t'envoie au collège ? insista-t-elle, désorientée par mon indifférence.

— Non. »

Son visage trahit un soupçon d'agacement. Elle était déconcertée : « Tu comprends ce que je cherche à te dire ? »

Je fis signe que oui.

« J'ai décidé de t'envoyer au collège ! Parce que tu es une enfant rebelle, têtue et... » Le hurlement des sirènes engloutit la suite. « Encore ! » s'exclama la marâtre. Rien d'autre n'avait plus d'importance. On courut à la cave et l'histoire du collège fut enterrée pour quelque temps.

La situation allait de mal en pis. Nous avions faim et de plus en plus souvent nous allions au lit sans manger. Le rationnement ne couvrait même plus les besoins les plus élémentaires. Malgré la gravité de notre état de dénutrition, Peter conservait sa frimousse ronde d'angelot. Un bel enfant, vraiment, avec ses boucles blondes, ses traits délicats et ses yeux bleus. Qui pouvait lui résister ? Le Bon Dieu m'avait au contraire dotée de cheveux raides comme des ficelles et d'yeux qui ne pouvaient certainement rivaliser avec ceux de Peter.

Un matin, Ursula m'infligea un nouveau coup dur. Nous avions rencontré dans la rue quelques-unes de ses amies qui travaillaient dans un hôpital militaire, et elle leur présenta tranquillement Peter comme son fils et moi comme sa bru. Ce qui acheva de me convaincre qu'elle n'avait accepté que mon petit frère. Je n'étais qu'une pièce rapportée, et par-dessus le marché désagréable. Le message était clair, je l'avais compris depuis un moment. Je me sentais seule et indésirable. J'aurais voulu mourir.

Un après-midi – nous rentrions à peine du refuge après une attaque aérienne assez lourde –, la marâtre sonna à la porte de Frau Gerlinde pour lui demander de lui prêter quelque chose. Prise d'une soudaine impulsion, je pris la porte, descendis l'escalier et, arrivée en bas, m'esquivai dans la cour. Une de ces cours typiques de Berlin à l'intérieur d'un grand pâté de maisons, envahie par la végétation.

Je commençai par me promener sur les allées asphaltées tout en cherchant à me soustraire à la vue de nos fenêtres. Je m'arrêtai finalement à l'endroit où les femmes venaient battre les vêtements, mais je ne rencontrai personne. Sur les fils électriques se balançaient des moineaux, qui, à mon arrivée, s'envolèrent dans un vacarme indigné. Je me suspendis à une poutre, les jambes en l'air, la tête en bas, et observai le monde à l'envers, mais très vite la tête me tourna et je me remis debout.

L'endroit était tranquille, entouré d'arbres très hauts et l'enchevêtrement des branches et des feuilles dissimulait le ciel. Dans l'air régnait une forte odeur d'automne et de moisi qui me montait à la tête.

J'avais conscience de mon isolement et, tout à coup, une profonde sensation de solitude m'envahit avec une telle violence que j'en restai stupéfaite, le souffle coupé. Des vagues d'angoisse me parcouraient le dos comme des frissons glacés.

Je me mis à pleurer, des sanglots forts et douloureux. Je pleurai longtemps, et plus les pleurs me secouaient, plus je sentais s'enflammer une rébellion mâtinée de dépit : pourquoi personne ne m'aime, même pas Dieu ? Grand-mère m'avait appris à prier, mais désormais tout cela était inutile : Dieu ne m'entendait pas ! Il continuait de me punir. D'abord, il m'avait enlevé mon père, puis ma mère ; et enfin ma grand-mère. Que n'étais-je restée avec mamie ? Elle nous aimait, elle était égale et juste. Pourquoi devais-je rester avec la marâtre ? Elle ne m'aimait pas ! Elle me faisait sentir que je n'étais pas désirée ; c'est à cause d'elle que je manquais d'assurance, que je devenais rebelle et vindicative. Je me mis à flanquer des coups de pied à un arbre, mais en réalité c'est Dieu que je frappais. Un Dieu qui n'existait même pas ! « Si tu existes, Dieu, fais-moi signe ! » J'enrageais. Tandis que je continuais de frapper l'arbre avec une fureur aveugle, je vis surgir un chat de sous un buisson. Un chat avec des raies blanches et des yeux jaunes. Il me fixait attentivement. Il finit par se rapprocher et se frotta contre mes jambes, avec une douceur tranquille et familière. Ce contact presque solidaire m'émut aux larmes et je me remis à sangloter, mais cette fois de reconnaissance. J'imaginai que c'était un signe de Dieu, que Dieu voulait me consoler, me rassurer sur sa présence.

Depuis un moment, j'entendais la marâtre lancer des appels répétés depuis la fenêtre de la cuisine. Alors même qu'elle ne pouvait pas me voir, je me retirai brusquement et me réfugiai derrière un gros tronc d'arbre. « Heeeelgaaaa ! »

Je ne répondis pas. Je ne voulais pas retourner chez elle. Je ne voulais plus remettre les pieds dans cette maison ! Je me glissai dans un buisson dont les branches épineuses m'égratignèrent les bras et le visage. Je sentis une déchirure à un sourcil et, aussitôt, un mince filet de sang coula sur mon visage jusqu'à la commissure des lèvres. Je m'essuyai avec une poignée de feuilles sèches. Le chat avait disparu.

Brusquement, le vent se leva, secouant les branches des arbres et libérant un tourbillon de feuilles mortes. Les feuilles tombaient comme ivres, voltigeaient tels de gros papillons égarés pour rejoindre leurs compagnes sur leur lit de mort.

J'entendis encore la voix de la marâtre, cette fois plus proche. Elle avait dû descendre dans la cour. Elle insistait : « Helgaaa ! Helgaaa ! » Sa voix trahissait un mélange d'inquiétude et d'irritation, comme lorsque quelqu'un se croit obligé, malgré soi, de se préoccuper d'une chose qui, au fond, ne lui tient pas à cœur. D'autres voix s'ajoutèrent à celle de la marâtre. Je compris qu'elle avait mobilisé les voisins. Une armée de colocataires était à ma recherche. Je pris peur et m'enfonçai davantage encore dans le fourré, continuant de tamponner ma plaie au sourcil. Les voix se rapprochaient. Tout à coup, j'entendis la marâtre se lamenter devant mon buisson :

« Cette fois c'est trop, je ne la supporte plus. C'est une enfant impossible qui a décidé de me rendre folle ! Mais elle va voir un peu la suite ! Ça ne va pas se passer comme ça ! » Les voix continuaient à m'appeler, chacune avec une intonation différente ; je ne bougeai pas. Au bout d'un moment, elles s'éloignèrent. Il ne restait plus que le vent.

Je repris haleine. La soirée tomba rapidement. Comme si quelqu'un avait mis un linge sombre sur un abat-jour, puis très vite en avait ajouté d'autres. En un clin d'œil, ce fut le noir absolu. J'avais froid et faim mais à aucun prix je ne voulais retourner chez la marâtre.

Peu après, par-delà les toits des bâtiments, j'entendis un vrombissement sourd. On aurait dit des avions. Comme les sirènes n'avaient pas sonné, j'espérai que ce n'était qu'un orage. De fait, une grosse goutte de pluie me mouilla le front et je décidai de m'abriter de ce côté-là. Je n'entendais plus aucune voix, plus aucun pas. Les troncs d'arbres et les buissons s'étaient transformés en ombres noires aux contours sinistres. Je m'imaginais entourée de lutins qui m'épiaient, peut-être bons, peut-être simplement curieux.

Je finis par m'extraire du fourré pour rejoindre à toute vitesse la petite allée principale. Je courus vers la porte qui donnait sur le porche et repris mon souffle.

Tout était obscur et désert. J'appuyai sur l'interrupteur, mais la tension était si faible qu'on n'y voyait presque rien. Je m'arrêtai, indécise : que faire ?

J'ouvris la porte de la cave, qui n'était pas fermée à clé, pour faciliter l'accès en cas d'alarme. Je tâtonnai sur le mur de droite jusqu'à sentir sous mon index la saillie de l'interrupteur, mais la lumière qui se fit n'était qu'un pâle et terne reflet.

Je reniflai l'odeur humide de la cave, m'assis sur les marches et sentis sur mon cou un courant d'air glacial.

Au pied de l'escalier se trouvait un long couloir qui menait dans plusieurs directions ; j'hésitai. D'habitude, en cas d'alerte, on se faufilait à gauche pour rejoindre la salle qui servait de refuge ; je décidai d'inspecter le côté droit.

Dans certaines caves, je vis des chaises sans pieds et des poupées sans bras, des malles poussiéreuses et un mannequin de couturière en parfait état. La lumière était faible et intermittente.

J'arrivai finalement au fond du boyau obscur, où se trouvait le dépôt de charbon. Je vis une montagne de charbon et une autre, plus petite, de charbon à coke. Contre le mur étaient appuyés deux pelles et un balai de paille. Sur une étagère de fortune se trouvait une pile de sacs de jute.

Avec une froide détermination, je décidai de me venger d'Ursula. Je resterais dehors toute la nuit, la faisant mourir d'angoisse.

Entre le tas de charbon et le mur, je découvris un espace vide : exactement ce que je cherchais !

Je retournai à l'étagère et pris tous les sacs. Avec les

uns je me fabriquai une sorte de grabat ; les autres me serviraient de couverture.

Je contemplai le travail avec un brusque sentiment d'angoisse : qu'allait-il m'arriver dans le noir ? Mais la pulsion de vengeance était plus forte. Je serrai les dents et m'installai sur le grabat. Je me couvris de sacs et attendis que la lumière s'éteignît.

Soudain, l'obscurité fondit sur moi comme une grosse chauve-souris. Je laissai échapper un cri étranglé, tandis que je commençais à ruisseler d'une sueur glacée.

L'obscurité était épaisse et menaçante. J'entendais des sifflements, des murmures, les rumeurs les plus étranges. Je me mis à imaginer tous les hôtes qui pourraient me tourner autour, des taupes, des araignées, des mille-pattes, et fus tentée de me lever, d'allumer la lumière et de rentrer à la maison pour me jeter aux pieds de la marâtre. Je serrai les poings et pleurai de peur. Pour finir, je me blottis sous les sacs.

Je tremblais. Je sentais l'âcre odeur du charbon tandis que par la grille pénétrait l'humidité de la nuit. Quelque temps passa.

Tout à coup, j'entendis grincer la porte de la cave, en haut de l'escalier, puis des pas rapides sur les marches. Des voix diffuses m'appelaient : « Helga, où es-tu ? »

Je restai immobile, avec mon cœur qui battait la chamade. Finalement, quelqu'un entra dans le dépôt et alluma la lumière. À en juger au bruit des souliers, elles devaient être quatre ou cinq.

« Il n'y a personne ici, disait l'une, mais où donc a-t-elle pu passer ? » Et j'entendis la voix de la marâtre : « Elle me le paiera, oh ça oui, elle me le paiera ! » Puis elles sortirent.

Petit à petit, les voix s'éloignèrent. J'entendis le bruit des pas dans l'escalier, puis celui de la porte qui se refermait. J'étais de nouveau seule, dans une obscurité redevenue parfaite.

J'essayai de dormir, mais un problème surgit. Je me levai et, à tâtons, me dirigeai un peu plus loin. Je m'accroupis et fis pipi par terre. L'urine se mélangea au charbon, produisant une odeur âcre et piquante.

Je retournai à mes sacs, m'enroulai dedans et murmurai une brève prière que m'avait apprise grand-mère : « Bon Dieu, donne-moi la foi, que je puisse aller au ciel. Amen. »

2.

Je me réveillai d'un coup : un chœur de voix m'appelait de l'extérieur, depuis le trottoir : « Helga ! Helga ! »

Je me levai de mon grabat, mais soudain ma vue se brouilla. J'attendis que ça passe, puis je me libérai des sacs ; j'étais littéralement couverte de charbon. J'avais les bras égratignés par les épines du buisson et je mourais de faim.

Par les bouches d'aération pénétrait un voile de lumière zébrée, tandis que le charbon brillait faiblement. L'endroit avait désormais perdu sa sinistre atmosphère et n'était plus qu'un dépôt de charbon.

Je fis pipi dans un coin et, encore accroupie, aperçus un robinet sur un lavabo de zinc qui, la veille, avait échappé à mon attention. J'essayai de faire couler l'eau, mais le jet était si faible que je réussis à peine à recueillir quelques gouttes dans le creux de mes mains. Je quittai enfin le dépôt et traversai le couloir à toute vitesse jusqu'aux escaliers. Je tendis l'oreille, mais les voix s'étaient éloignées. Je gravis les marches, ouvris la porte et, ne voyant personne, me glissai sous le porche. Mais il y faisait trop froid et je sortis aussitôt dans la cour. La lumière oblique du petit matin ne me réchauffait pas, mais me consolait. Sur les petites allées, le givre fondait.

La nuit s'était passée sans alertes ; je sus plus tard que l'ennemi avait observé une trêve pour cause de jour férié.

Je commençai à me promener sur les allées tout en luttant contre une terrible sensation de faim. Dans le ciel s'allongeait un unique nuage, long et granuleux, pareil à un banc de pierre ponce. J'étais comme ivre de faiblesse, j'aurais même mangé l'écorce d'un arbre tant j'avais faim.

Je désirais maintenant qu'on me découvre et de fait, surgi de je ne sais où, apparut soudain un groupe de femmes qui coururent à ma rencontre, tout agitées. « Te voilà ! Grâce au ciel, tu es en vie ! Mais que s'est-il passé ? » L'une d'elles me dit : « Ta maman te cherche depuis hier.

— C'est pas ma maman, répondis-je d'un air sombre.

— Quoi qu'il en soit, on te ramène à la maison », trancha la femme. Et, à cet instant, arriva la marâtre, qui hurla : « Ah, te voilà, on peut savoir où tu t'étais cachée ? Depuis hier tout le voisinage est à ta recherche ; qu'est-ce que tu voulais démontrer ? Personne n'a dormi, tu te rends compte ? Et maintenant, rentre à la maison, il faut qu'on parle ! » Elle remercia les autres et me traîna tout en continuant à m'accabler de reproches. Une fois dans l'appartement, je constatai que Hilde était là, elle aussi, la sœur de la marâtre. Depuis que nous habitions la Friedrichsruher Strasse, j'avais dû la voir deux fois. Elle avait six ans de plus que la marâtre et travaillait au ministère de la Propagande. Peter me jeta un regard épouvanté et se cacha derrière une porte. Je devais avoir un aspect vraiment affreux !

Ursula me poussa vers un siège et m'ordonna avec une énergie de Teutonne : « Maintenant, tu me racontes tout de A jusqu'à Z ! Où étais-tu ? Où as-tu passé la nuit ? J'allais avertir la police ! Parle, bon sang ! » Elle avait deux petites taches rouges, bien circonscrites, sur les pommettes.

« J'ai faim » furent les seuls mots que je réussis à articuler. Tenaillée par les crampes d'estomac, j'étais incapable de penser. « Moi aussi j'ai faim ! » cria Peter, surgissant de derrière la porte. Mais la marâtre l'envoya promener avec une brutalité inhabituelle : « T'as déjà mangé, mon petit ! » Peter fit la grimace et la dévisagea, incrédule.

« Peut-être vaut-il mieux que tu lui donnes à manger, suggéra Hilde d'une voix ferme.

— Pas question ! s'exclama la marâtre. Elle doit d'abord parler, cette chipie ! » Et elle frappa du poing sur la table. Mais je divaguais. Je voyais tout en double, tellement j'étais faible : Peter avait quatre yeux, Hilde deux nez. La marâtre finit par se rendre à la raison et me donna l'habituel breuvage qui ressemblait à du lait et qu'elle ne prit même pas la peine de réchauffer, y ajoutant une tranche de pain humide et presque transparente.

Je mangeai avidement sous les yeux ébahis de l'assistance. Pendant que je continuais de mâchonner, la marâtre se lamenta auprès de sa sœur : « Je ne la supporte plus, Hilde, il faut me croire ! Cette gamine me fera mourir !

— Pourquoi ne la fais-tu pas analyser ? » demanda Hilde avec un froid pragmatisme. « Je connais une équipe de spécialistes en psychologie infantile. Pourquoi ne pas les consulter ? Probablement que la gamine a des problèmes, il se peut qu'elle ait besoin d'une cure.

— Peut-être as-tu raison, reconnut la marâtre. Tu peux les contacter pour moi ? » Hilde promit de le faire.

Quelques jours plus tard, la marâtre me conduisit en effet dans un bâtiment où il y avait une grande salle avec beaucoup de fenêtres d'où on voyait un bosquet de sapins. Deux médecins, un homme et une femme, me posèrent une foule de questions et, pour finir, me demandèrent de faire des dessins. Tout cela me parut amusant. Mais ce que me dit ensuite la marâtre le fut moins. Elle m'apprit que les psychologues m'avaient trouvé une « maladie » et que j'allais devoir passer quelque temps dans un institut où je serais soignée. Je ne sus jamais de quelle maladie il s'agissait, mais quelques jours après la marâtre m'y emmena. Un matin, de bonne heure, elle mit mes affaires dans une petite valise, confia Peter à Frau Gerlinde, me donna un gâteau de semoule, ce qui ne manqua pas de m'alarmer et déclara : « Aujourd'hui, je t'emmène à l'Institut. » Je me mis à pleurer, mais elle resta impassible.

Le temps était couvert et j'étais fatiguée. Nous avions essuyé un raid nocturne et nous avions dû courir à la cave. Du coup, nous avions peu dormi. J'étais abattue et craintive. La marâtre, je le voyais bien, était en position de force : elle pouvait se débarrasser de moi en m'envoyant dans un institut alors que je n'aurais jamais pu en faire autant. Nous traversions la petite place pavée de la gare de Steglitz quand, soudain, retentit l'alarme. Nous courûmes vers l'abri antiaérien le plus proche, mais on commença par nous en refuser l'entrée. La marâtre se mit à hurler, menaçant de signaler l'incident à la police d'État, et on nous laissa entrer.

L'attaque terminée, nous quittâmes le refuge et réussîmes à prendre un train qui s'arrêta cependant par deux fois à cause de fausses alertes.

Dans notre voiture avait pris place un groupe de garçons des Jeunesses hitlériennes qui, nonobstant le raid imposant qui venait de s'achever, chantaient à tue-tête : « Sur la lande fleurit une petite fleur qui s'appelle Erika ! » Ils étaient bruyants et euphoriques, affichant une allégresse peu vraisemblable.

Nous descendîmes dans un quartier visiblement endommagé par les bombes et, après environ un quart d'heure de marche, nous arrivâmes devant une grande porte noire encastrée dans un gros mur de pierres surmonté de barbelés. Une femme en uniforme aboya d'un air menaçant :

« Papiers ! », puis nous fit entrer dans une sombre cour où retentissaient les aboiements furieux d'une horde de chiens de garde.

À travers le brouillard, on entrevoyait une grande bâtisse d'allure hostile ; de minuscules fenêtres se cachaient derrière des grilles noires ; aucune fumée ne s'échappait de la cheminée. Exactement comme celle que j'avais dessinée quelques jours auparavant pour les psychologues.

On s'arrêta devant une porte pourvue d'un judas. Une sonnerie retentit, stridente, à l'intérieur ; quelqu'un nous examina longuement. Pendant ce temps, il se mit à pleuvoir. En un instant, on se retrouva trempées jusqu'aux os. Mon petit manteau de drap marron ne fut plus bientôt qu'une loque, et la mise en plis de la marâtre s'effondra sur son visage telle une pyramide désagrégée. Et l'on finit par nous faire entrer.

La marâtre demanda des renseignements à une femme cloîtrée dans un cagibi comme un hibou méchant. Elle nous scruta d'un regard glacial. « Premier étage, je vous prie, grogna enfin la femme d'un air contrarié, second couloir à droite, salle quatre ! *Heil Hitler !* »

Quand on quitta le vestibule, le parquet ciré était couvert de flaques d'eau laissées par nos manteaux dégoulinants de pluie. On commença à monter. C'était un escalier lisse. Je n'avais pas encore mis le pied sur la troisième marche que je glissai et me fis mal à l'épaule. Je poussai un cri, le hibou sortit la tête du cagibi, et j'éprouvai une terrible nausée, renforcée par l'odeur de chou qui planait dans l'air comme un nuage toxique. Agacée, la marâtre marmonna : « Tu ne peux pas regarder où tu mets les pieds ? »

Dans la petite pièce que nous avait indiquée le hibou, des femmes surveillaient des enfants dont les infirmités sautaient aux yeux : une petite aveugle, un petit garçon qui gesticulait dans tous les sens avec de la bave à la bouche, deux enfants arriérés et une fillette sur un siège à roulettes. Je ne comprenais pas.

On attendit longtemps dans cette pièce glaciale. Une femme âgée et osseuse, aux cheveux très blancs ramassés en un chignon sévère, finit par nous recevoir. La dame examina attentivement les feuilles que lui avait remises la marâtre puis, après m'avoir dévisagée intensément à travers ses lorgnons, observa sèchement : « Je ne crois pas que ce soit l'établissement qui convienne pour traiter le problème de votre fille, madame. » La marâtre ne put dissimuler son énervement. D'une voix stridente, elle expliqua que c'était l'insigne équipe de psychologues qui, après m'avoir examinée, lui avait recommandé chaudement cet institut. Puis elle baissa la voix et ajouta quelque chose que je ne réussis pas à comprendre. L'autre se replongea dans les feuillets, réfléchit, nettoya longuement ses lorgnons et conclut d'un ton sec : « D'accord, madame, je vais faire une exception, je vais accepter votre enfant. »

La marâtre lâcha un soupir de soulagement, qui m'inspira une bouffée de haine, et frémissant de gratitude fit mine de saisir la main de l'autre, mais celle-ci se déroba d'un mouvement brusque, contourna son bureau, me posa une main froide et sèche sur la tête et me dit : « Maintenant tu dois dire au revoir à ta maman, Helga, il se fait tard et dehors il y a d'autres gens qui m'attendent. » Mais je tournai le dos à la marâtre pour ne pas lui donner la satisfaction de me voir pleurer à chaudes larmes.

3.

Berlin, 1942

Cet endroit était un véritable enfer ; tout y était insupportable. C'était purement et simplement un *lager*.

En réalité, il s'agissait d'un dépotoir pour enfants non désirés ou jugés indignes d'appartenir à la race aryenne parce que aveugles, sourds-muets, estropiés, paralysés, nains, arriérés, etc. Il y régnait une atmosphère de ghetto.

Pour commencer, on me rasa le crâne, en prétextant que c'était pour éviter les poux. Puis on me fit passer une sorte d'uniforme à petites raies noires, pareil à celui des bagnards. La nourriture était chiche et de mauvaise qualité, le personnel autoritaire et d'un formalisme glaçant.

Je subis diverses visites désagréables, dont un examen gynécologique. On me fit prendre des pilules qui m'étourdissaient.

Le règlement était très sévère. À chaque bêtise, on nous privait de déjeuner et on avait droit aux coups ou à la chambre obscure. Mais le plus aberrant, à mes yeux, c'était « l'heure de socialisation » à laquelle on devait se soumettre tous les jours.

Elle consistait à entasser dans un espace restreint les pathologies les plus diverses, histoire de les laisser se rencontrer spontanément. Quand éclataient des bagarres, l'unique surveillante faisait semblant de ne rien voir et n'intervenait pas ; durant cette heure prévalait la loi du plus fort.

Un jour, un petit aveugle, probablement en proie à une crise de panique à cause du vacarme qu'il entendait autour de lui, s'attaqua à mon oreille, la mordant avec un tel acharnement que je crus qu'il allait me l'arracher. La surveillante resta sans sourciller.

Au cours de cette heure, j'assistai à des scènes inouïes. Peu à peu, j'acquis la conviction que quelqu'un nous épiait à travers un miroir sans tain. Une sensation horrible.

D'autres fois, on nous appelait l'un après l'autre dans une chambre glacée du souterrain pour nous soumettre à un interrogatoire si intime et embarrassant qu'on se sentait presque violé. Les parents pouvaient nous rendre visite une fois par mois, mais, à ce qu'on disait, il ne se présentait jamais personne. Le pire moment était quand sonnait l'alarme. D'habitude régnait un chaos indescriptible : le bâtiment résonnait d'ordres et de cris confus, tout le monde se ruant vers l'unique escalier en hurlant, en se poussant et en se bousculant. La panique était inévitable. À chaque fois, je me couvrais d'une incroyable quantité de bleus.

Plus le temps passait, plus je me sentais mal. J'étais entrée en assez bonne santé. Désormais, je souffrais de toutes sortes de malaises : crises de vomissements et de larmes, asthme, apathie. Une fois, je restai presque une minute sans pouvoir reprendre ma respiration : on m'aida en me flanquant de grandes tapes dans le dos, en me donnant des gifles et en me comprimant le thorax. Finalement, une infirmière me fit une injection avec une aiguille émoussée. Je recommençai à respirer, mais un flot de sang jaillit de ma bouche. Le lendemain, on me fit le test de la tuberculose, qui se révéla toutefois négatif.

Un matin, je m'aperçus que j'avais mouillé mon lit. Ainsi commença mon calvaire. J'espérai que ce n'était qu'un épisode sporadique, mais bien vite la chose se répéta. Je m'attirai l'antipathie du personnel de service qui, à chaque fois, se faisait un malin plaisir de rapporter le méfait à la direction. J'essayai de vaincre cette faiblesse, mais ce fut pire encore. Si au début je ne faisais pipi au lit que deux ou trois fois par semaine, cela finit par se produire toutes les nuits.

Au début, on me punit en me privant de déjeuner, puis, comme cela ne donnait aucun résultat, j'eus droit aux coups. Je récoltai un œil au beurre noir ; certains jours, je boitais, mais je continuai à faire pipi au lit. Les membres du personnel me traitaient de « sale petite pisseuse », appellation qui me resta collée telle une marque d'infamie. Et comme je continuais de mouiller mon matelas et mes draps, on décida de me punir par la chambre noire.

En réalité, c'était une cellule d'isolement située au sous-sol. Une pièce glaciale et dépouillée, avec juste un lit de camp et un vase de nuit, avec des murs si épais qu'on n'entendait ni les aboiements des chiens ni les hurlements des sirènes. Le séjour minimum était de douze heures ; dans les cas les plus graves, ça pouvait aller jusqu'à trois ou quatre jours. Naturellement, on n'y mangeait quasiment rien.

Mais même la chambre noire ne suffit pas à me faire arrêter. J'étais entrée dans un cercle vicieux. Je mouillais mon lit, on m'envoyait dans la chambre noire, et quand j'en ressortais j'étais tellement terrorisée que je faisais de nouveau pipi au lit.

Je commençai à craindre pour ma vie. Je songeai à m'enfuir, mais je compris aussitôt que c'était impossible. La cour était pleine de chiens qui montraient les crocs, je n'en serais pas sortie vivante. Comment faire ? Écrire à mamie ? Je doutais que la lettre sorte jamais de l'Institut. Faire appeler la marâtre ? Exclu. Elle était bien contente de s'être débarrassée de moi. Je recourus donc à la seule arme dont je disposais : la grève de la faim.

Je refusai systématiquement de manger. Au début, on essaya de me nourrir de force ; on me fourrait la nourriture dans la bouche jusqu'à m'abîmer l'œsophage. Ils provoquèrent ainsi une hémorragie ; plusieurs jours durant, je vomis du sang. Ils finirent par renoncer. On me laissa au lit parce que, désormais, je ne tenais plus sur mes pieds. Mes journées se passaient dans une torpeur mortelle et, dans mes rares instants de lucidité, je pensais à mon père et à grand-mère. Un matin, cependant, c'est la marâtre que je vis à mon chevet.

Elle avait des yeux mauvais : « On m'a appelée pour que je te ramène à la maison, ils ont dit que t'étais un cas désespéré ! » Je gardai le silence, d'autant que j'étais très faible. « Faire la grève de la faim, observa la marâtre avec mépris, quelle idée perfide ! Tu démontres toujours plus que tu es la digne fille de ta mère ! »

Mais la perspective de retourner à la maison eut sur moi l'effet d'un électrochoc et je retrouvai les idées claires.

Pendant ce temps, elle se mit à faire les cent pas dans le dortoir vide pour finalement se poster devant la fenêtre. Un instant, elle regarda dans la cour où aboyaient les chiens. Ces chiens aboyaient toujours, jour et nuit, à peine volait une mouche.

J'observais Ursula de dos, ses omoplates saillantes, sa maigreur. Elle avait couvert ses cheveux d'un foulard et elle me semblait plus petite parce qu'elle avait renoncé aux talons hauts. Elle me paraissait vieillie, plus chiffonnée que lorsqu'elle m'avait conduite à l'Institut. Je ressentis une peine absurde. Tout à coup, elle se retourna et dit d'un ton hargneux : « Si tu veux venir avec moi, tu dois te lever. »

J'eus peur de ne pas y arriver. Depuis des jours et des jours je m'étais contentée de descendre uniquement pour me servir du pot de chambre, et maintenant la seule idée de devoir m'habiller et de sortir du bâtiment me paraissait au-dessus de mes forces. J'essayai malgré tout. Assise au bord du lit, j'attendis que ma tête s'arrête de tourner. Je pensai à grand-mère et invoquai son aide.

Je trouvai enfin la force de me tenir debout, tandis que la marâtre continuait de m'observer, impassible. Je me demandai pour quelle raison je méritais pareille dureté. Puis un membre du personnel m'apporta mes affaires et les jeta sur le lit tout en échangeant avec la marâtre un coup d'œil entendu. Enfin, Ursula fourra mes deux loques dans la petite valise avec des gestes qui trahissaient sa mauvaise humeur ; vraisemblablement avais-je bouleversé ses projets. Je m'habillai toute seule en luttant contre la faiblesse sous son regard fâché. Peut-être espérait-elle que je n'y arriverais pas, qu'elle serait contrainte de me laisser dans cet institut, mais la seule pensée d'échapper à cet enfer m'encourageait, me donnait de l'énergie. Les dernières formalités expédiées, nous sortîmes du bâtiment pour nous engager dans la S-Bahn. Je me rendis compte qu'elle avait honte de mon crâne rasé ; les gens me dévisageaient d'un air étrange.

À la maison, Peter m'accueillit par un petit cri de frayeur et se réfugia derrière les jambes de sa Mutti adorée.

L'Institut m'avait tellement traumatisée que la vie avec la marâtre me sembla paradisiaque. Je fis tout pour me faire accepter : gentille et soumise, je m'efforçais d'obéir sans me poser de questions, sans discuter, mais une fois encore rien n'y fit ; elle ne voulait pas de moi. L'hiver passa, mais au printemps elle m'éloigna de nouveau. Cette fois, il s'agissait d'un collège de rééducation pour enfants caractériels. Quand Ursula me l'apprit, je perdis tout espoir. Je pleurai et, plus d'une fois, pensai à fuir la maison, mais elle ne quittait pas la porte des yeux et avait dressé Peter à me surveiller comme un gardien.

Un jour, je revis ma petite valise prête. Je compris que je devais m'en aller. On partit un matin de bonne heure. À la S-Bahn, des haut-parleurs diffusaient le délire de Goebbels, parlant de victoire et de libération, tandis que les gens attroupés l'écoutaient en silence, sans faire de commentaire. Les visages tendus trahissaient désormais scepticisme et épuisement.

Le collège se trouvait à Oranienburg-Eden, un lointain faubourg de Berlin. On monta dans un train plein à craquer. À Oranienburg, on nous annonça que l'omnibus qui aurait dû nous conduire à Eden avait été supprimé faute de carburant et que nous devions nous y rendre à pied. On longea une nationale bordée de vieux arbres. On croisa des chariots tirés par des chevaux sur une route jonchée de crottins. Je marchais derrière la marâtre, le cœur serré. Comment ce serait, le collège ? Mieux ou pis que l'Institut ? Je regardais ses épaules, ses cheveux ramassés vers le haut avec des épingles, et je la détestais. Une fois encore, elle m'éloignait d'elle et de mon petit frère ; mon père savait-il vraiment ce qu'elle me faisait subir ?

C'était une chaude journée et, dans les champs incultes, se dissipait un résidu de brouillard nocturne ; on avait beau flairer l'odeur de l'ennemi à l'horizon, le monde environnant affichait une imperturbable sérénité.

Tout à coup, je n'y arrivai plus, épuisée par la fatigue et par la faim. Nous étions sur la route depuis une éternité, je marchais de plus en plus lentement. Quelques pas et je m'arrêtais. La marâtre se retourna brusquement et cria, agacée : « Tu te remues ou tu veux que je te pousse comme une mule ? » Son mouvement avait été si brutal que son sac à main s'était ouvert et que le fermoir m'avait entaillé le front. Les choses étaient allées si vite que je ne m'aperçus de ce qui s'était passé qu'en sentant un liquide sur mes joues. Je trempai l'index dans le sang et regardai mon doigt rouge, déconcertée. Je me sentis défaillir.

Quand je repris connaissance, j'étais assise contre un tronc d'arbre. La marâtre me dévisageait, consternée. « Tu te sens mieux ? » demanda-t-elle dans un filet de voix. Je fis signe que oui, contemplai le bouton jaune d'un pissenlit et ne souhaitai qu'une chose : ne plus me relever. J'éprouvais une fatigue infinie.

À un moment, la marâtre me dit d'un ton très inhabituel : « Je ne te supporte plus, Helga. Pour moi, deux enfants c'est trop, je n'imaginais pas. » Elle avait parlé avec une franchise si pleine de tristesse que j'éprouvai un ridicule sentiment de solidarité. Je répondis gentiment : « Je serai sage au nouveau collège. » Je voulais lui faire plaisir. Un peu émue, elle détourna la tête. On finit par reprendre la route. Un quart d'heure plus tard, on était arrivées.

C'était un bâtiment à deux étages entouré de verdure. Avant la guerre, Eden était une localité d'arboriculture intensive, mais désormais toute la main-d'œuvre masculine était sur le front et les femmes seules n'arrivaient pas à faire face. Beaucoup d'arbres fruitiers dépérissaient, abandonnés à eux-mêmes.

Le collège me fit tout de suite bonne impression.

C'est la directrice qui nous accueillit : une femme qui frôlait la quarantaine, avec des yeux bons mais un air sévère. Au premier coup d'œil, elle me plut. Elle nous présenta la doctoresse Löbig, la psychologue du collège, et elle aussi me fit bonne impression. Rose et rondelette, avec un sourire maternel.

Les premières civilités accomplies, elles nous conduisirent dans la salle à manger où une quinzaine d'enfants étaient installés autour d'une table longue. On me fit place devant une assiette fumante d'une chose que je n'arrivai pas à définir, un genre de purée de choux et de pommes de terre parsemée d'une poudre qui, ainsi que je l'appris par la suite, était du soja. L'odeur de la poudre ne me plaisait pas beaucoup, mais j'avalai tout sans dire un mot. La marâtre avait pris place à la table de la direction. Les enfants me dévisageaient avec curiosité et, une fois mon assiette nettoyée, je me mis moi aussi à les regarder. Après la soupe, on nous donna également une pomme, et je m'estimai plus que satisfaite : à Berlin, on était loin de manger aussi bien. Puis une fille montée en graine frappa des mains et s'exclama : « Tous dehors, au jardin ! » La salle se vida sur-le-champ. Il ne restait plus que moi, la marâtre, la directrice et la doctoresse Löbig. La directrice régla quelques formalités avec Ursula pendant que la doctoresse Löbig me posait quelques questions auxquelles je m'efforçai de répondre correctement. À la fin, la directrice voulut offrir à la marâtre une petite provision de pommes et de patates. Puis elle me dit d'une voix calme : « Courage, Helga, maintenant il faut que tu dises au revoir à ta maman : elle doit retourner à Berlin. »

J'allais dire, « c'est pas ma maman », mais je me retins. La marâtre m'embrassa en disant :

« Quand tu iras mieux, je reviendrai te chercher. » Je ne comprenais pas de quoi j'étais censée guérir, mais je ne répondis pas. Je me contentai d'un hochement de tête tout en m'efforçant de sourire gentiment. La marâtre s'en alla et, malgré tout, je ressentis un petit pincement au cœur absurde en la voyant partir. La directrice me prit alors par la main et me conduisit au jardin. Je vis deux balançoires et un grand toboggan. Dans un grand bac, deux fillettes creusaient le sable. « Voici Helga, leur dit la directrice. Elle va rester avec nous. Soyez gentilles avec elle. » Toutes deux me regardèrent. L'une d'elles m'apporta une pelle et demanda : « Tu veux jouer ? »

J'étais si remuée que je fondis en larmes.

4.

Je me souviens du collège d'Eden avec une sorte de gratitude et de chaleur. Hormis les entrevues quotidiennes avec la doctoresse Löbig, qui se déroulaient dans une mansarde gaiement décorée, jamais je n'eus l'impression de me trouver dans une maison de correction. On nous traitait avec une fermeté empreinte d'affection et nos défauts se corrigeaient spontanément grâce à notre insertion dans une communauté au projet pédagogique de laquelle tout le monde collaborait. Il arrive que la responsabilisation fasse des miracles. On prenait confiance en soi, et les angles les plus tranchants de nos caractères s'arrondissaient. On avait des rapports francs et loyaux avec la directrice, qui était une antinazie convaincue et n'en faisait pas mystère. Elle méprisait Hitler pour son fanatisme, sa haine raciale et son antisémitisme délirant. Pourtant, malgré les bons rapports avec la direction, la vie à Eden n'était pas facile.

Avant toute chose, il y avait la guerre, là aussi, et donc les peurs, les incertitudes et la faim. La directrice faisait des efforts inouïs pour garantir la survie de sa communauté, mais chacun devait y mettre du sien. On ne subissait pas de bombardements massifs, mais planait également dans l'atmosphère une forte odeur de précarité et de catastrophe imminente.

Avec ses vieux parents et ses pensionnaires, la directrice continuait à cultiver quelques arbres fruitiers, mais elle déplorait qu'une bonne partie de la récolte dût être livrée comme tribut de guerre tandis que le reste subissait les vols d'une population affamée.

Le printemps et l'été passèrent. J'étais maintenant bien insérée, mais la faim restait encore le problème le plus grave. Chacun de nous n'avait droit qu'à une tranche de pain par jour ; pour le reste on nous servait des soupes pas mieux identifiées, parsemées de poudre de soja. Quand il y avait des œufs, on devait se contenter d'un pour cinq.

Parmi les internes du collège se trouvait un rejeton de la famille Bahlsen (le fabricant de biscuits et autres produits semblables), qui recevait régulièrement des paquets de friandises plus appétissantes, mais elle ne partageait rien avec personne. Elle se servait de son trésor comme monnaie d'échange pour se soustraire à quelque corvée. Un jour, elle négocia avec moi le nettoyage de la cour : j'y gagnai deux biscuits au chocolat, mais quand la directrice s'en aperçut, elle me punit très sévèrement.

La directrice nous retenait à tour de rôle au potager, dans le verger, à la cuisine ou dans la remise pour faire de la marmelade, mais elle nous envoyait aussi sur la nationale ramasser le crottin de cheval dont on se servait comme engrais. D'habitude, je faisais équipe avec Hans, un garçon de deux ans plus âgé que moi et qui jouait de l'accordéon. Hans poussait la brouette et moi, avec ma pelle, je ramassais le crottin sur l'asphalte. À chaque fois, on voyait passer des véhicules blindés ou on entendait au loin le grondement de la DCA, et l'on se souvenait alors que c'était la guerre.

Un jour, on dépassa la limite fixée par la directrice et dans un champ attenant à la route on aperçut tout à coup deux hommes en manches de chemise, en train de farfouiller dans de grands chaudrons. Hans avait posé la brouette et regardait les hommes comme hypnotisé quand l'un d'eux nous vit et nous cria quelque chose dans une langue qu'on ne comprenait pas. Il nous fit signe d'approcher. Mon cœur se glaça. Je craignais qu'ils ne nous veuillent du mal, qu'ils ne veuillent nous tuer. Les genoux tremblants, on obéit, avançant dans l'herbe humide du champ en friche.

Ils avaient des figures étranges et portaient des habits bizarres. Ils nous demandèrent quelque chose, mais on ne comprenait toujours pas. D'autres hommes surgirent de derrière un talus. L'un d'eux nous demanda en allemand de nous approcher des chaudrons où cuisait de la pâte de semoule. Puis l'un des hommes bizarrement vêtus y versa des pots de beurre et de marmelade et remua vigoureusement ; à la fin, il nous demanda par gestes si on avait faim. D'instinct, on fit signe que oui ; toute trace de peur avait disparu. L'homme remplit deux gamelles de cette pâte douce et grasse et nous les tendit. Incrédules, on ingurgita tout en un éclair sous les regards amusés de la compagnie. Je croyais être victime d'une hallucination mais en même temps j'étais rassasiée ! Finalement, ils nous donnèrent aussi du pain noir et nous firent signe de nous en aller. On rejoignit la brouette sur le chemin et on eut le plus grand mal à vaincre notre étourdissement. On courut avec la brouette jusqu'au prochain tournant afin de pouvoir goûter aussi au pain. Il était frais et tendre, si tendre qu'on aurait pu en faire des boulettes. À contrecœur, on décida d'en rapporter un peu à la directrice.

Mais notre aventure n'eut pas l'heur de lui plaire. Par la suite, elle n'envoya plus personne ramasser du crottin sur la nationale.

On sut plus tard que dans les environs stationnaient des troupes allemandes mêlées à des mercenaires russes incorporés dans la Wehrmacht. Ces gens étranges ne me paraissaient pas bien méchants.

De temps à autre s'emparait de moi un sentiment désespéré d'abandon, et je me sentais différente des autres enfants qui recevaient des lettres de leurs parents et parfois aussi des visites. Quand la directrice et la doctoresse Löbig me voyaient triste, elles faisaient leur possible pour me consoler. Parfois, je me cachais dans la remise et ruminais derrière la porte au milieu des pots, des râteaux et des pioches ; de tout le collège, j'étais la seule à n'avoir reçu aucun signe de vie de ma famille depuis mon arrivée. Je me sentais rejetée, abandonnée à moi-même. En tout cas, c'est dans ces jours que j'appris à marcher avec des échasses. Malgré de sacrées gamelles et des genoux écorchés, je ne capitulais pas facilement. Je voulais devenir la plus courageuse de tous.

En septembre 1943, je commençai à fréquenter l'école. Mais si j'avais terriblement envie d'apprendre à lire et à écrire, mes résultats furent dès le départ assez piteux. Je n'arrivais pas à me concentrer. Je sentais en moi une agitation incessante, d'autant plus que cette grande salle dans laquelle on avait regroupé trois classes et une seule enseignante, et où régnait toujours la plus grande confusion, m'inquiétait. La maîtresse était vieille et nerveuse et, pour un rien, nous donnait des coups de baguette sur les doigts. Je hurlais toujours plus fort que les autres parce que je me souvenais des coups de bâton de la marâtre ; et c'est ainsi que la maîtresse me prit en grippe. Elle se mit à me donner une telle quantité de devoirs que très vite je ne fus plus en état de m'acquitter de mes tâches au potager, au verger ou à la cuisine, et du coup mes camarades de collège me traitaient de feignasse. Me sentant injustement accusée, je m'assombrissais chaque jour davantage. Une forme d'insomnie nerveuse ne fit qu'aggraver ma situation. Des nuits entières, je restais les yeux grands ouverts ; parfois, je me levais, allais aux toilettes, grimpais sur la cuvette des W.-C., ouvrais la fenêtre et tendais l'oreille à l'immensité de la nuit, par-delà les arbres fruitiers, de temps à autre déchirée par les faisceaux de lumière croisés de la DCA. Souvent, je m'endormais quand il était l'heure de se lever, mais, par chance, on me laissait dormir. Au réveil, voyant que les autres étaient partis à l'école sans moi, j'étais tenaillée par un sentiment de culpabilité et j'allais au verger ou à la cuisine pour me rendre utile. Quand les autres revenaient de l'école, je ne voulais pas me montrer parce que j'avais honte. Alors je me cachais sous le vieux sureau, au fond du potager, réconfortée par la chaleur humide qui régnait entre les rangées de haricots et les plants de laitue.

La directrice écoutait toujours les bulletins de la BBC pour se tenir au courant du déroulement de la guerre. Un jour je l'entendis rapporter des choses si terribles sur Berlin que j'en fus épouvantée. Elle disait que la ville n'était plus qu'une mer de ruines et que la population mourait de faim. Je pensai à mon petit frère et en éprouvai une profonde angoisse.

5.

Berlin, automne 1944

À la fin de l'été 1944 se présenta au collège une dame qui dit être tante Hilde. Je ne l'avais pas reconnue. « Vraiment, tu ne te souviens pas de moi ? » demanda-t-elle d'un air sévère, un sourcil relevé. Je la regardai mieux : un bibi avec une voilette (Dieu que je haïssais les bibis !), des yeux couleur de plomb, un grain de beauté sur le bout du nez, une bouche peinte au carmin, maigre, et même frêle, un petit costume avec des petites fleurs qui détonnaient dans un climat général de catastrophe. Je m'embrouillai : « Peut-être... c'est-à-dire... euh... sais pas. » Elle me répondit par un sourire froid et distant, puis m'annonça : « Je suis venue te ramener à Berlin. »

Prise au dépourvu, je lançai un regard confus à la directrice, qui avait l'air perplexe. Mais Hilde attira de nouveau l'attention sur elle : « Tu n'as pas envie de revoir ton petit frère Peter ?

— Si ! »

Peter avait une place à part dans mon cœur, comme dans un nid. Peter était une certitude. Le cri du sang.

« Alors prépare tes affaires », m'exhorta Hilde, comme si elle voulait profiter de mon instant de faiblesse.

Je la regardai, indécise, troublée, partagée entre le oui et le non, entre l'envie de revoir Peter et la peur de rentrer à Berlin. Avec toutes les choses effrayantes qu'on en disait : destructions, faim, désespoir et bombardements jour et nuit.

Je lançai un nouveau regard à la directrice qui se tourna vers Hilde d'un air grave : « Est-il bien sûr que ce soit la meilleure solution pour Helga ?

— Que voulez-vous dire ? demanda Hilde d'un ton à la fois surpris et glacial.

— Je pense, par exemple, à la situation de Berlin, répondit la directrice.

— Chère madame, précisa Hilde en se grattant le bout du nez, précisément son grain de beauté, je suis ici sur l'ordre exprès de ma sœur, qui est la mère de Helga ; quant au reste, je crois que ni mon opinion ni la vôtre n'ont la moindre importance, d'accord ? »

La directrice haussa les épaules en un geste d'impuissance, puis s'adressa à moi : « Va donc préparer tes affaires, trésor ; pendant ce temps, je vais régler quelques formalités avec ta tante. »

La tête basse, je montai au dortoir et préparai ma petite valise sous le regard des autres enfants. J'avais le cafard et ne pus retenir mes larmes.

« Tu en as de la chance de rentrer à la maison, murmura Hans, mais moi je voudrais bien que tu restes ici. » Et je me mis à sangloter plus fort encore. Je me retrouvai finalement dans le petit hall où tous s'étaient rassemblés pour me dire au revoir. Il y avait même la cuisinière, les vieux parents de la directrice, la directrice elle-même et la doctoresse Löbig. Ils m'embrassèrent tous tandis que je ravalais mes larmes et que je me sentais le cœur gros. J'avais peur de l'inconnu et peur de Hilde, si froide et autoritaire ! Sans crier gare, Hilde s'empara de ma valise et déclara d'un ton ferme :

« Maintenant il faut y aller, un long chemin nous attend. »

Au dernier moment, la directrice intervint :

« Je voulais vous donner un peu de marmelade, madame. »

Hilde reposa la valise et s'arrêta, tout en s'animant : « Oh, je la prends volontiers ; désormais, à Berlin, on ne trouve plus rien ! »

Tandis que nous attendions, mon cœur se déchirait. Cette marmelade était un peu mon œuvre, moi aussi je l'avais remuée longuement dans ces petites marmites ! La directrice revint peu après avec un petit pot de marmelade de prunes, et j'éclatai en larmes au souvenir des chauds après-midi passés à remuer pendant que Hans jouait de l'accordéon. Hilde siffla : « On peut savoir ce que tu as continuellement à pleurer ?

— Je pleure pas ! » protestai-je. Déglutissant, m'essuyant le nez et me pressant les paupières comme on essore un mouchoir trempé, je cessai de pleurer.

Enfin, dans la cour, je vis mes échasses appuyées au mur de la remise. « Je veux mes échasses », hurlai-je, me souvenant de mes gamelles spectaculaires et de mes genoux en sang, mais aussi d'un grand bonheur. « Je veux emporter mes échasses ! »

Hilde me foudroya d'un regard méprisant :

« Ne dis pas de sottises, Helga ! lança-t-elle en m'entraînant vers le portail.

— Je les veux ! » J'insistai et m'arc-boutai comme une mule en écartant les jambes. En réalité, ce n'étaient pas les échasses que je voulais, je voulais rester au collège ; tout le monde disait que Berlin était un enfer et je ne voulais pas être chassée d'Eden pour finir en enfer !

J'éclatai de nouveau en sanglots rageurs, rebelles et impuissants. Exaspérée, Hilde me tendit un mouchoir :

« Ça suffit maintenant, ces pleurnicheries ! » Elle secoua la tête, secoua son bibi, et me traîna vers le portail qui se referma dans notre dos avec un bruit sec. L'écho se propagea dans mon corps, tandis que mon cœur se gonflait de larmes. Avant même de nous mettre en marche, j'étais épuisée d'avoir pleuré.

On s'engagea sur la nationale. Cette route me rappelait Hans, la brouette, le crottin de cheval et la rencontre avec les Russes qui mangeaient de la pâte de semoule et faisaient du pain noir et doux ; et je recommençai à pleurer. Il y avait beaucoup de trafic : une colonne de camions pleins de femmes et d'enfants, de chariots et de charrettes couverts, de voitures d'enfants encombrées de balluchons et de valises se dirigeait vers l'ouest sans que rien ne pût l'arrêter. Des réfugiés ou simplement des gens qui fuyaient devant les Russes.

Au bout d'un long moment, après une marche interminable, on arriva à la S-Bahn, où l'on nous dit que le dernier train était parti deux heures plus tôt. Nous nous préparâmes à une longue attente en mangeant les deux tranches de pain que la directrice nous avait données pour le voyage.

Enfin arriva un train. Il approchait lentement, comme effrayé. Les flancs cabossés, les fenêtres sans vitres. Une foule impatiente le prit d'assaut : soldats, officiers, garçons des Jeunesses hitlériennes, quelques rares civils. Nous réussîmes à monter dans un wagon. Je me perdis au milieu de cette forêt de jambes en uniforme et de bottes. « Où es-tu ? » cria Hilde. « Ici ! » Je poussais des derrières et reçus des coups de pied et de poing, mais je finis par me retrouver de nouveau au côté de Hilde. Elle avait perdu son bibi, et elle était barbouillée de rouge à lèvres jusqu'aux pommettes, ce qui lui donnait l'air d'un clown.

Le convoi s'ébranla péniblement. Dans le wagon, on se gelait à cause des courants d'air. J'étais effrayée et engourdie par le froid. Et j'avais soif.

Dehors défilait un paysage de désolation : la ville ressemblait à un immense brasier.

Très vite, l'intérieur se remplit de fumée et je commençai à tousser. J'avais envie de faire pipi et désirais rentrer à Eden. On changea de train par deux fois.

On finit par arriver à la gare de Steglitz, où la foule nous entraîna avec elle. Un officier rassemblait en hurlant une formation de tout jeunes soldats, les uns euphoriques et piaffants, les autres figés en une grimace, angoissés et désemparés. Sur la place de la gare, j'essayai de respirer à pleins poumons, mais dans l'air régnait une pesante odeur de brûlé. Je percevais une chaleur inhabituelle qui me faisait frissonner. Je fixai, ahurie, les pavés couverts de cendre sans comprendre d'où elle pouvait bien venir. « Ne reste pas en extase, jeune fille, tâchons de hâter le pas avant la prochaine alerte, m'exhorta Hilde. Jusque-là, tout ne s'est que trop bien passé ! » Et elle serra ma main dans la sienne.

On passa devant de longues files de bâtiments bombardés qui fumaient encore. Les trottoirs étaient jonchés de bris de verre. Je glissai et tombai par terre. Sous mon pied le verre se brisa davantage encore et des éclats vinrent se loger dans mon bras. Hilde m'attrapa : « Tu peux pas faire un peu plus attention ? »

Puis elle me fit savoir qu'on n'allait pas Friedrichsruher Strasse, mais dans la maison de famille, où se trouvaient Peter, la marâtre et son père.

« Ma cave est plus sûre que la vôtre », expliqua-t-elle, et, sautant du coq à l'âne, elle ajouta :

« Maman est morte il y a un mois.

— Ta maman ? demandai-je, distraite.

— Ta grand-mère. On a réussi à l'inhumer au cimetière de Lichtenberg. »

Ma grand-mère ? Ah oui, elle voulait parler de ma grand-mère par alliance. Alors je me rebellai : « Ma mamie, elle est en Pologne ! »

Hilde s'arrêta et dit d'une voix acide : « Que cela te plaise ou non, ma maman était ta grand-mère. »

Je n'osai la contredire.

« Elle a été victime d'un infarctus au cours d'un raid aérien », précisa Hilde. J'acquiesçai sans intérêt parce que, cette grand-mère, je n'avais dû la voir en tout et pour tout que quatre fois. Constatant mon indifférence, Hilde soupira, secoua la tête, scruta le ciel et finit par lâcher avec irritation : « Qu'importe ! » Et elle me lâcha la main. À l'angle de la Lothar-Bucher-Strasse, je demandai : « Elle est où ta maison ? » Je ne voyais que des ruines.

« C'est le dernier immeuble, tout au fond.

— J'ai besoin de faire pipi », fis-je en gémissant.

Elle soupira de nouveau, avala sa salive et son rouge à lèvres, et consentit : « Fais donc, qu'est-ce que t'attends ?

— Où ça ?

— Mais là, où tu veux, où est le problème ?

— J'ai honte.

— Mais personne ne te voit ! »

J'hésitai. Elle esquissa un petit sourire las et désarmé, puis se retourna en regardant l'extrémité de la rue, où se trouvait sa maison. Aussitôt je m'accroupis et fis pipi dans un trou qui sentait le soufre, mais dans le même temps quelque chose attira mon attention : le tronc d'un nounours. J'allais le ramasser quand Hilde haussa le ton : « Qu'est-ce que tu fabriques ? Tu ne vas quand même pas ramasser tout ce que tu trouves dans la rue ! » Et elle m'entraîna.

On était presque arrivées à la porte quand une femme courut à notre rencontre en criant :

« Allez ! Au refuge, vite ! Ils arrivent ! »

Je levai les yeux et vis un triangle d'avions qui volaient à basse altitude, suivi de près par d'autres triangles. Au même moment, les sirènes se mirent à hurler. J'étais comme pétrifiée : l'alerte avait été donnée trop tard. Ils avaient déjà commencé à mitrailler. Et tout d'un coup l'enfer se déchaîna. Je restai le souffle coupé, avec l'impression que mon cœur s'était arrêté. Puis il y eut un formidable déplacement d'air qui me projeta contre la porte. Je perdis connaissance, convaincue de glisser dans un gouffre profond.

Quand je revins à moi, je me trouvais par terre avec un grand bourdonnement dans les oreilles. Autour de moi, tout paraissait voler : morceaux de briques, morceaux d'asphalte, morceaux du monde. Tout tremblait, la terre se cambrait, se tassait, se labourait, comme blessée par une charrue devenue folle. Je vis Hilde effondrée au pied de la porte, les bras abandonnés, les yeux clos, tandis qu'un filet de sang coulait lentement de la racine de ses cheveux jusqu'à la commissure de ses lèvres. Elle semblait morte. Autour de nous continuait un vacarme de tous les diables et tandis que, terrorisée, j'éclatais en sanglots, une pluie cinglante de gravats me heurta comme un ouragan. Je sentais ma bouche et mes narines se remplir de poussière et de sable. J'avais l'impression d'étouffer. Je toussais. Je crachais de la terre, du sang et des fragments de brique. J'essayai de me relever, mais quelque chose me clouait au sol. Un genre de chaleur brûlante m'asphyxiait. Mes mains avaient l'air grillées. Je parvins enfin à me rapprocher de Hilde à quatre pattes, continuant de cracher du sang. Soudain se fit un silence sinistre, qui me terrorisa davantage encore que le vacarme précédent.

Je rejoignis Hilde, la dévisageant, ahurie. Je lui effleurai le menton. Tout à coup, elle écarquilla les yeux et me regarda d'un air vide. « Que s'est-il passé ? » fit-elle enfin dans un murmure. Puis son regard se ranima : « Oh, mon Dieu, tu es blessée ?

— Je sais pas... » J'examinai mes mains, mes bras. Il y avait du sang. Saisie d'horreur, je déglutis pour réprimer la nausée. Brusquement, Hilde chuchota : « Ne te retourne pas, je t'en prie... » Mais je me retournai aussitôt, et je la vis. La dame qui avait crié : « Vite, au refuge ! » Elle gisait non loin de nous dans une flaque de sang, sans tête. Je vomis. Je vomis mon âme. Je vomis toute l'horreur de ce monde.

Entre-temps, Hilde s'était péniblement relevée et frappait des poings sur la porte en pestant :

« Bon sang... elle doit être fermée de l'intérieur ! » Quelqu'un finit par ouvrir et des bras nous tirèrent sous le porche. On descendit une volée de marches.

La cave était noire et pleine de gens qui nous dévisageaient. L'air était irrespirable. La première personne que je vis, ce fut mon petit frère, et aussitôt je fondis en larmes. D'une voix brisée par l'émotion, je criai : « Peter, je suis revenue ! »

Il me regarda sans comprendre à la lueur vacillante d'une lampe, puis interrogea du regard la marâtre, qui lui répondit : « C'est ta sœur, Helga. »

Il continua de me dévisager tout en se frottant le mollet avec la pointe de son soulier. Peter plus maigre et moins bouclé, Peter plus grand et moins potelé. Peter : mon frère. Il n'arrivait pas à se rappeler et se fourra un doigt dans le nez.

« Helga ? » demanda-t-il enfin en inclinant la tête. Je volai à sa rencontre et le serrai dans mes bras. Il pleura parce qu'il entendait mes sanglots et moi aussi je pleurai avec lui. Mes mains touchaient un corps amaigri. J'en eus le cœur serré.

Tout le monde s'embrassa. Hilde et son père (le grand-père par alliance), Hilde et sa sœur (la marâtre), Hilde et Peter. Moi et le grand-père par alliance. Hilde demanda à Peter : « Tu as été sage, fripon ?

— J'ai vomi », grommela-t-il.

J'étais contente de revoir grand-père. Il était grand et distingué, il avait des yeux clairs, bons et intelligents, des cheveux gris partagés par une raie, des habits élégants quoique froissés. Mais qui pensait à repasser, en temps de guerre ?

Un vieux monsieur nous soigna ensuite avec des gestes appliqués. « Ce ne sont que des plaies superficielles, déclara-t-il. Vous avez eu de la chance, Fräulein Hilde, vous auriez pu vous retrouver dans l'autre monde ! » À quoi Hilde répondit : « C'est un scandale ! Ils ont sonné l'alarme quand les avions étaient déjà sur nos têtes ! » Mais à cet instant reprit la symphonie des mitrailleuses : « Ils sont revenus, ces salauds, fit le vieux. Que Dieu les désintègre ! »

Les visages étaient tendus par l'angoisse. À chaque détonation, les gens ouvraient la bouche et se bouchaient les oreilles. J'appris par la suite que c'était une précaution pour éviter d'avoir le tympan percé.

L'attaque terminée, on dîna : pain et navets. Le pain était sec, les navets flétris. Le pot de marmelade avait disparu avec ma valise au cours de l'enfer qui s'était déchaîné devant la porte.

Après ce maigre repas, la marâtre m'installa sur le plus haut des lits superposés rudimentaires tout en me suggérant de dormir. Elle ne m'avait pas posé beaucoup de questions sur le collège, elle ne m'avait pas dit grand-chose de leur vie. Peu après, grand-père vint me souhaiter bonne nuit. « J'aimerais bien que tu m'appelles Opa, dit-il gentiment. Si tu as besoin de quelque chose, je suis là. Essaie de te reposer. » Mais j'étais trop secouée. J'avais froid et je tremblais. Je me sentais dépaysée et malheureuse. Je continuais à regarder autour de moi, à regarder les choses et les gens, les pauvres choses et les pauvres gens, dans une cave noire éclairée par une seule et unique lampe à pétrole qui projetait sur le mur des ombres lugubres. Une vieille priait, enveloppée d'un absurde vêtement de taffetas noir. « Ça va durer longtemps ? » rugit méchamment un vieil homme, lançant à la dame des regards de reproche exaspérés. Mais la vieille répondit, posément : « Vous feriez bien, Herr Hammer, de vous mettre vous aussi en communication avec le Seigneur. »

L'autre répliqua avec mépris : « Un Dieu qui permet cette guerre ne mérite aucune prière ! » Et il cracha par terre.

Juste au-dessous de mon lit, j'entendis Peter gémir : « J'ai faim...

— Dors, lui répondit la marâtre d'un ton affectueux et chagrin.

— Je veux du pain, insista Peter.

— Dors », répéta-t-elle.

Tout en me sentant terriblement seule, je réussis enfin à m'endormir.

6.

Quand les sirènes hurlent, on court à la cave ; une fois l'alerte passée, on retourne à la maison. C'est un ballet incessant dans les escaliers, et à l'essoufflement s'ajoutent la terreur constante et l'épuisement dû à la faim.

L'appartement de Hilde conserve encore un soupçon de son élégance passée malgré la tapisserie en lambeaux et les murs endommagés. En outre, les détonations des bombes ont brisé tous les carreaux des fenêtres, que l'on a remplacés par des planches de bois. À travers les fentes d'une fenêtre qui donne sur la Lothar-Bucher-Strasse, on aperçoit les ruines noires, en face, et la mare de sang qu'a laissée le corps de cette malheureuse frappée par la bombe tout près de notre porte. Sur la gauche, au contraire, on voit l'angle d'une colonne publicitaire sur laquelle on peut lire le slogan DER FEIND HÖRT MIT, « Attention, l'ennemi écoute ! ».

L'habitation est glaciale et plongée dans l'obscurité, même de jour. Il faut utiliser des lampes à pétrole et des bougies.

Néanmoins, je me sens toujours fatiguée, je souffre beaucoup de l'inactivité forcée. À Eden, j'allais à l'école ou, avec Hans, je ramassais du crottin de cheval sur la nationale, je parlais avec la doctoresse Löbig, on allait glaner ou je me promenais sur mes échasses, mais ici il n'y a rien à faire qu'à attendre la prochaine alerte. On ne peut pas aller dans la cour pour se dégourdir les jambes parce qu'on est toujours sous le tir de quelque chose ; il n'y a pas non plus moyen de se distraire en bavardant un peu parce que Peter ne veut parler que de bombes et du Führer, et, quand j'insiste pour jouer à cache-cache, il me regarde comme si j'étais une idiote.

Nous végétons dans une ville fantôme, sans électricité ni gaz, avec des robinets à sec, contraints de considérer l'hygiène personnelle comme un luxe et un plat chaud comme un concept abstrait. Nous vivons tels des spectres dans un immense champ de ruines, où de chétifs moyens de transport se traînent avec circonspection comme des bêtes résignées à recevoir le coup de grâce, où les écoles sont sans élèves, les magasins sans marchandises, les théâtres sans comédiens et les églises sans fidèles, parce que le nazisme déteste les prêtres, mais aussi parce que les nefs immenses servent de morgue, et où, dans les rares hôpitaux qui restent debout, manquent l'eau, l'électricité, les médicaments et les médecins. Une ville dans laquelle plus rien ne fonctionne, sauf les téléphones, qu'on entend parfois sonner, lugubres, en vain, sous un monceau de gravats.

À la maison, les cabinets sont bouchés. Il faut se servir d'un seau qu'on doit ensuite vider dans la cour, avec le risque de mourir pendant qu'on enterre les excréments.

Au lieu des parfums de nourriture règne dans la cuisine l'odeur âcre de l'incendie mêlée à celle, douceâtre et nauséabonde, des cadavres qui se décomposent dans les rues sans personne pour les inhumer.

Mon frère Peter me déconcerte : il ne montre aucun intérêt pour le jeu, mais il est spasmodiquement attiré par tout ce qui concerne le Führer. Il connaît les noms de ses plus proches collaborateurs, de son médecin personnel, de ses aliments préférés et de ses QG, qu'il énumère avec sa drôle de façon de siffler les « s » : Wolfschanze, Adlerhorst, Berghof, Felsennest-Eifel, la Chancellerie du Reich, naturellement, et ainsi de suite... Des renseignements de première main, qu'il tient de Hilde.

Par un après-midi de pluie, à peine revenus de l'abri après une attaque aérienne particulièrement massive, Peter m'entraîne dans la salle à manger glaciale pour me faire une communication importante : « Tu le sais, qu'on va aller dans le bunker de la Chancellerie ? » Il est là, jambes écartées, poings sur les flancs, regard électrisé, guettant ma réaction. Pas très intéressée, je demande :

« Qui c'est qui va aller dans le bunker ?

— Toi et moi !

— Et pourquoi on irait ? » Je ne le prends pas trop au sérieux. Il passe son temps à imaginer des histoires à seule fin de provoquer une réaction.

« Pour manger des saucisses de foie et voir le Führer ! » s'exclame-t-il, tout agité, avec ses culottes tyroliennes à bretelles, une mèche rebelle qui lui tombe sur le nez, un air insolent, sa pâleur du temps de guerre et son regard ahuri parce que je n'ai pas lâché de cri de joie. Rentrant dans son jeu, je marmonne :

« Qui t'a dit ça ?

— Tante Hilde. »

Je me montre plus attentive. Si c'est Hilde qui l'a dit, c'est peut-être vrai. Elle travaille au ministère de la Propagande. Ça ne doit pas lui être très difficile de nous faire venir en qualité d'« invités spéciaux du Führer », comme on appelle les privilégiés qui peuvent profiter d'une période de « détente » dans le bunker de la

Chancellerie du Reich ; le bruit court qu'il y a encore pléthore de vivres là-bas.

Passant le doigt sur la surface luisante du piano, resté miraculeusement sans une égratignure, je demande : « Et on y va quand ?

— Bientôt ! » fait-il dans un haussement d'épaules. Mon manque d'enthousiasme l'a vexé.

« Il vient aussi Opa ?

— Non, rien que moi, toi et Mutti ! » lâche Peter, réticent. Il voudrait bien me punir, maintenant, en me donnant les informations au compte-gouttes.

Mais je suis bien décidée : « Je veux pas y aller, au bunker de la Chancellerie, et je veux même pas le voir, le Führer ! »

À Eden, j'ai entendu dire des horreurs sur le Führer. La directrice ne mâchait pas ses mots. Elle affirmait que Hitler avait entraîné l'Allemagne dans la catastrophe, que c'était un fou mégalomane et un affreux raciste ; qu'il haïssait les Noirs, les danseurs, les poètes, les prêtres, et qu'il faisait brûler les livres des écrivains hostiles au nazisme. La directrice disait qu'il traquait les juifs jusque hors de l'Allemagne, qu'il les faisait arrêter par la Gestapo avec leurs enfants pour les déporter dans des camps de concentration. C'était arrivé aussi à sa sœur. La femme, déjà veuve, avait été arrêtée avec ses deux filles, des jumelles de moins de trois ans, et déportée dans un camp de concentration en Pologne, sous l'accusation d'avoir pollué la race aryenne en épousant un juif.

« Je veux pas y aller, dans le bunker du Führer !

— Idiote ! braille Peter.

— Idiot toi-même ! »

Mon frère me regarde incrédule, d'un air de plus en plus sombre. Il n'arrive pas à comprendre qu'on ne partage pas sa passion du Führer. Et sur un ton de dépit hargneux, il me dit : « Tu seras bien obligée de venir, maman t'obligera, tu verras !

— Non, j'y vais pas ! »

Je crie, indignée par son arrogance.

« Non, j'y vais pas, parce que le Führer il est méchant ! Je veux pas le voir, le Führer, parce qu'il envoie les enfants dans des camps de concentration et qu'il fait brûler les livres des écrivains ! »

Peter me lance un regard ahuri comme si j'avais brisé une idole et proteste, furieux :

« Dans les camps de concentration, il y a que les enfants juifs qui y vont, et nous on est pas des enfants juifs ! » Et il se met à flanquer des coups de pied à un buffet enfermant des verres déjà brisés.

« La directrice elle a dit qu'aucun enfant il doit y aller, en camp de concentration ! protestai-je avec mépris. La directrice elle a dit que personne il doit y aller ! La directrice elle a dit que si on envoie des gens dans des camps de concentration, eh ben c'est qu'on est méchant ! Je veux pas y aller dans le bunker du Führer, parce que le Führer il est méchant ! Lui, il envoie les gens et aussi les mamans ! »

Peter frétille et glapit : « Ma maman elle ira pas dans un camp de concentration parce qu'elle est pas juive ! Aucun de nous il ira dans un camp de concentration !

— Mais même les autres ils doivent pas y aller !

— Mais il y a que les juifs qui y vont ! pleurniche-t-il.

— La directrice elle a dit que même les juifs ils doivent pas y aller. Personne il doit y aller. Personne ! »

Peter me regarde d'un air ahuri parce qu'il ne saisit pas le sens de ma véhémence. Haussant les épaules, il déclare : « Si c'est comme ça, eh ben moi j'irai dans le bunker avec Mutti, et je mangerais même tes saucisses ! » Il se met à sauter sur les ressorts d'un fauteuil en répétant, agaçant comme un singe : « Je mangerai même tes saucisses et je dirai au Führer que t'es rien qu'une menteuse ! » Mais il s'arrête brusquement, montre du doigt un cadre accroché de travers sur un mur fissuré et hurle en grimaçant : « C'est papa qui l'a peint et tu le savais pas ! Nananère !

— C'est vrai ? » demandé-je dans un murmure, anéantie.

« Tu le savais pas, t'es une idiote ! » Et il me fait un pied de nez.

J'éclate en sanglots, comme une vraie idiote. Enfin, un signe de mon père ! Je regarde le tableau, qui représente deux lions dans la savane, et une douce chaleur m'envahit. Je m'exclame :

« Comme elle est belle, la lion ! » C'est la première chose qui me sort de la bouche.

Peter saute du fauteuil, fronce les sourcils, s'approche de moi, me montre du doigt et crie avec mépris : « On dit la lionne, andouille ! »

Non mais quelle morgue ! Il a raison, on dit pas une lion, mais une lionne, mais lui il devrait pas me corriger avec cette méchanceté ! Alors j'écarquille les yeux pour l'impressionner et je nie effrontément l'évidence :

« T'as tort, on dit une lion !

— Une lionne ! grogne-t-il.

— Une lion !

— Crétine, on dit une lionne ! hurle-t-il.

— Une lion ! » Il a les larmes aux yeux.

Il se rend, mais il me gâche ma victoire.

« Toute façon, t'es qu'une andouille, maman elle le dit elle aussi ! » Sur ces mots de mépris infantile, il m'abandonne dans la salle à manger glaciale. Je reste blessée, désarmée.

La vérité, c'est que mon petit frère ne m'aime pas. Ma longue absence nous a séparés, elle a étouffé en lui toute affection instinctive, comme si les événements, graves et menaçants, l'avaient desséché. Le monde n'a plus rien à m'offrir parce qu'il m'a déjà tout pris : l'enfance, ma mère, mon père, ma mamie, mon frère. Qu'est-ce qu'il me reste ? La faim, la soif, la peur, le froid, la solitude.

Dans la pièce gelée, je m'approche du tableau que mon père a peint et le regarde fixement, désespérée. Je voudrais enfoncer mes ongles dans la toile et en gratter la surface. Je voudrais gratter jusqu'à n'avoir plus d'ongles pour voir si au fond se trouve quelque chose de mon père, une réverbération, un souvenir. Je voudrais arracher ce cadre du mur et creuser parmi les couleurs, séparer les rouges des verts afin de découvrir un geste de mon père, un écho de sa respiration, du battement de son cœur. Alors je grimpe sur un siège, bien décidée à m'emparer de la toile, à fouiller dans l'herbe de cette savane pacifique, à crier aux lions : « Dites-moi quelque chose de celui qui vous a peints avec tant d'amour ! » Mais, au dernier moment, je me domine et me contente d'effleurer délicatement la toile, avec respect. Sous mon doigt, la surface se révèle rugueuse, et je sens affluer au bout de mes doigts une chaleur délicate. J'ai envie de pleurer. Mais ce n'était qu'une illusion. La toile se tait et ces lions continuent de regarder imperturbables, immobiles, au soleil.

Je quitte alors une salle à manger glaciale pour me rendre dans une cuisine non moins glaciale, où Peter s'exhibe devant la marâtre dans un de ses habituels spectacles, qui consistent à imiter d'un ton de litanie bouffonne les discours de Goebbels comme si c'étaient des comptines apprises en cours de récréation : « ... on va leur faire voir à ces instigateurs impérialistes, à ces sous-hommes de bolcheviks... à l'ennemi, la défaite totale... œil pour œil, dent pour dent... la victoire totale... *Kameraden !* » Il aime accompagner sa récitation de gestes affectés, comme font certains politiciens mégalomanes, et prendre une voix basse et sournoise de conspirateur. Et naturellement, il n'oublie pas le beuglement final : *Heil Hitler !* Comme il est différent des enfants que j'ai connus au collège d'Eden !

Le spectacle terminé, la marâtre applaudit, amusée, dans la cuisine sombre et saturée de la puanteur de l'incendie et des cadavres qui pénètre par les fentes des planches de bois. Peter plaît à la marâtre parce qu'elle a réussi à le façonner à l'image du fils qu'elle aurait voulu avoir ; probablement est-il le fils qu'elle aurait désiré, tandis que je suis certainement la fille qu'elle n'aurait jamais voulu avoir. Mais moi, je ne peux lui pardonner ce qu'elle a fait de mon frère ! Elle l'a dressé en lui inculquant l'idée d'une prétendue race supérieure, dont le petit angelot se croit un parfait exemple.

« J'ai faim ! déclare Peter, ses petits poings sur les flancs.

— C'est pas l'heure, lui rappelle la marâtre. Si je te donne maintenant ta ration de pain, que te restera-t-il pour ce soir ?

— Mais j'ai faim tout de suite !

— Un bon Allemand sait se dominer, Peter ! »

Un autre sujet pour lequel Peter témoigne un intérêt malsain, ce sont les bombes. Elles semblent exercer sur lui une fascination sinistre même si, dans l'abri, il ne semble pas en sous-estimer la dangerosité. À la maison, au contraire, il s'amuse à en décrire minutieusement les capacités destructrices, mettant à profit les notions apprises par un déserteur qui, des mois plus tôt, s'était glissé dans la cave de la Lothar-Bucher-Strasse et les avait tenus quelques jours en respect à la pointe de son fusil. Depuis ce jour, Peter raconte, à qui a envie de le savoir mais aussi à qui n'en a pas envie, tout ce qu'il sait des divers engins de mort : les bombes incendiaires, les bombes explosives, les bombes au phosphore (une spécialité des Anglais), ou encore les mortiers soviétiques, les « orgues de Staline », tristement célèbres pour leur sifflement déchirant.

Un autre sujet qui frappe Peter, quoique de manière un peu confuse, ce sont les juifs, mais le thème me déconcerte, moi aussi.

Notre enfance a été infestée d'une féroce propagande contre les juifs. Il ne se passait pas un jour sans que nous assistions à une manifestation d'antisémitisme. Depuis qu'on était petits, on voyait les vitrines brisées des magasins juifs et les rideaux de fer barbouillés du mot *Jude*. Les gens le prononcent avec prudence, avec méfiance, avec gêne et avec crainte, comme s'il désignait une maladie contagieuse, parfois avec un mépris aveugle, fruit naturel d'une propagande suivant laquelle « le judaïsme international est l'empoisonneur de tous les peuples ». Nous savons tous que les juifs doivent porter l'étoile jaune cousue sur la poitrine, que Hitler a fait brûler les synagogues, qu'interdiction a été faite aux juifs de se laisser pousser la barbe. Tout le monde sait, sans exception, que la Gestapo traque partout les juifs pour les arrêter et les déporter dans des camps de concentration. Tout le monde en est amplement prévenu : qui cache des juifs est passible du peloton d'exécution, tandis que les dénoncer procure certains avantages. Certains renient leurs parents juifs et mettent fin à des amitiés autrefois très solides avec des gens pour la simple raison qu'on leur soupçonne des origines juives. On entend même parler d'enfants qui renient leurs parents ou, pis, qui les dénoncent aux autorités, et, au contraire, de gens qui ont risqué leur vie pour protéger ou cacher des juifs. Pourquoi mon frère n'ouvre-t-il pas les yeux ?

Mon père a disparu et on ne sait plus rien des autres parents. La marâtre a téléphoné plusieurs fois à la villa de Tempelhof, mais jamais personne n'a répondu.

La faim nous consume. Nous sommes tous nerveux et électriques. Les gens passent la ville au peigne fin à la recherche des magasins où s'approvisionnent la Wehrmacht, les SS, l'entourage du Führer et certaines familles de riches bourgeois. Dès qu'ils en ont repéré un, ils le saccagent sans pitié, dussent-ils pour cela tuer quelqu'un qui s'y oppose. La population est devenue fataliste. Méprisant le danger, elle est prête à risquer sa vie pour une baguette de pain ou une cuillerée de sucre ; mais il se passe parfois des semaines avant que les recherches n'aboutissent. Tous les chats de la ville finissent dans la poêle et on ne recule devant rien pour attraper les malheureux moineaux qui volettent dans les cours ou parmi les décombres. On est presque tenté de manger les rats d'égout qui se nourrissent des cadavres et qui sont répugnants à souhait tellement ils sont gras.

Une fois, la marâtre est rentrée avec une vingtaine de navets et, trois jours durant, on n'a mangé que des navets. C'est comme ça qu'on a attrapé la dysenterie. De temps en temps, Hilde rapporte quelque chose du magasin du ministère, mais c'est de jour en jour plus difficile.

Il y a deux jours, alors qu'il vidait le seau dans la cour, Opa a été blessé par un éclat de grenade perdue, et il a failli se vider de son sang parce qu'on ne trouvait pas de médecin. Quand la marâtre l'a conduit à l'hôpital, les infirmiers se sont mis à rire, disant qu'ils n'avaient pas de temps à perdre à des bagatelles pareilles. Par chance, l'hémorragie a fini par s'arrêter spontanément, mais Opa est resté longtemps très faible.

Pour s'approvisionner en eau, il faut aller aux fontaines ou aux pompes où se forment des queues effroyables qui offrent une cible beaucoup trop facile à l'ennemi. Souvent, les files sont fauchées par une grenade ou par un tir de mortier ou d'artillerie dans un raid éclair : ces raids subits sont particulièrement dangereux.

Quand on est à la maison, on a toujours l'oreille aux aguets : dès que les sirènes hurlent, on laisse tout tomber pour courir à l'abri. Les valises sont toujours prêtes avec les affaires que chacun désire sauver si jamais l'immeuble s'effondre. Hilde voudrait préserver son vison et son aspirateur ; la marâtre, son vison, son argenterie et ses autres bijoux ; Opa, ses papiers, des lunettes, un précieux appareil photo, un réveil de voyage, une montre en or, les bijoux de sa défunte femme, deux petites huiles acquises en 1936 dans une salle des ventes à Londres et quelques habits. Peter veut emporter son nounours, Teddy – tendresse qui s'accorde mal avec sa nature de « petit Allemand étranger à la faiblesse et aux minauderies ».

C'est très dur de passer une bonne partie du temps à la cave, où on est entassés les uns sur les autres. D'autant qu'il n'y a même pas de cabinets et qu'il faut aller au bout d'un couloir long et lugubre où on a installé un seau qui répand une odeur nauséabonde. Mais, parmi nous, il y a un vieux qui préfère faire sous lui plutôt que d'aller jusqu'au seau, prétextant une incontinence vraie ou simulée, ou encore des crises de diarrhée, en sorte qu'on en est réduits à respirer une odeur indescriptible. Et comme on est toujours à court d'eau, le malheureux ne peut même pas y remédier par un brin de toilette.

Ces derniers temps, les alertes se succèdent sans discontinuer. Il n'y a plus de trêve. Nous sommes tous mal en point. Opa a un genou enflé qui le fait souffrir, mais on manque d'analgésiques et même Hilde n'en a pas trouvé, bien qu'elle se soit directement adressée au ministère. La marâtre souffre de coliques néphrétiques et s'en sort en s'enveloppant le ventre de châles de laine tandis que les massages que lui fait la concierge de l'immeuble, Frau Köhler, la soulagent un peu. J'ai des croûtes plein la tête et Peter vomit souvent une écume jaune. Chaque fois que je me lève d'un siège ou du lit, ma vue se brouille.

Bien que ce soit interdit, Opa a un récepteur. En cachette, on écoute les bulletins du front et les nouvelles que la BBC diffuse en allemand. On capte aussi les bulletins du service antiaérien. Le soir, c'est le black-out et le couvre-feu.

Je me sens faible, seule et malheureuse. Personne ne m'aime. Je voulais rester avec mamie, et je suis obligée de vivre avec la marâtre qui ne me supporte pas. Je voulais rester à Eden, mais ils m'ont fait revenir à Berlin où l'on meurt de peur, de froid et de faim. Je veux retourner à Eden ! Je veux la directrice et la doctoresse Löbig ! Je veux me promener sur mes échasses et remuer les chaudrons où mijote la marmelade. Je veux un ciel bleu, non pas sillonné d'oiseaux noirs. Je veux respirer un air qui n'empeste pas les cadavres, je veux des nuits qui n'explosent pas au-dessus de ma tête. Je veux un Dieu qui arrête la guerre !

Je veux voir la mer. On dit qu'elle est grande, bleue et pure. Je veux voir une plage. On dit que celles de la Baltique sont blanches, avec des dunes moelleuses derrière lesquelles sont alignées des rangées de pins tout verts. On dit qu'en temps de paix les gens vont en vacances. Je veux aller en vacances ! Je veux aller à la mer ! Au lieu de quoi il a été confirmé qu'on irait dans le bunker de la Chancellerie du Reich. Sous terre ! Des vacances de taupes.

Je veux pas y aller. Je l'avais dit à Hilde, mais elle s'est mise en rogne. Elle a répondu que je ne me rends pas compte de la chance que j'ai ; la marâtre m'a traitée d'ingrate. Même Opa y a trouvé quelque avantage : « Au moins tu vas te remplir le ventre ! »

L'enthousiasme de Peter est légèrement retombé quand il a su que la marâtre ne pourra pas nous accompagner parce que Opa a une amygdalite et qu'elle ne se sent pas de l'abandonner tout seul, à la cave, où personne ne pourra lui venir en aide, pas même Hilde, que le ministère doit envoyer en mission spéciale (elle dit que, en réalité, il s'agit d'un délicat travail de secrétariat à accomplir sur place). Mais, finalement, le mirage des saucisses au foie a été le plus fort ; Peter est disposé à se rendre au bunker, même sans sa petite maman chérie. Il y aura d'autres enfants, nous a-t-on prévenus, et une amie d'enfance de Hilde, Marianne, s'occupera de nous tout le temps que nous passerons dans le bunker. Moi, je veux pas y aller, mais j'ai pas voix au chapitre.

7.

Berlin, décembre 1944

La Lothar-Bucher-Strasse est totalement déserte. Un anémique soleil hivernal effleure une longue façade de ruines. Sur la chaussée et les trottoirs, des cratères de toutes tailles. Et partout des tas de gravats, des restes de murs noircis, des fenêtres qui ressemblent à des yeux crevés. L'air est glacial et fait craquer les os.

Opa a un manteau de laine de bonne qualité, d'avant la guerre. Le manteau est chiffonné, parce que sans électricité, impossible de repasser, et avec des vêtements froissés l'élégance se dissipe.

La marâtre a un foulard noué en turban pour cacher ses cheveux sales ; sans eau, pas d'hygiène, sans hygiène, pas de dignité qui tienne.

Peter est en culottes courtes avec un veston rembourré. Veston clair, visage sombre : sans la marâtre, il ne veut pas aller au bunker.

« Un bon Allemand se montre toujours courageux, dit la marâtre. De quoi as-tu peur ?

— T'as qu'à venir, toi aussi, grogne Peter, la lèvre inférieure crispée.

— Je t'ai expliqué au moins mille fois que je ne

peux pas », répond la marâtre, son turban légèrement de travers.

Quant à moi, j'ai un petit habit de velours pesant que je déteste, des souliers de cuir avec des lacets et des chaussettes de laine que j'abomine. Le manteau est trop petit sous une figure de souris affamée et avec des cheveux rebelles taillés à la garçonne par une marâtre que je hais.

On va au bunker de la Chancellerie, mais je veux pas y aller. On nous a dit pourtant qu'il y aura des saucisses de foie et qu'on va rencontrer le Führer. Et comment ne pas être heureux d'être reçus dans le grand bunker de la Chancellerie du Reich, une ville souterraine où travaillent et vivent des centaines de personnes de la suite de Hitler, où il y a les bureaux, les cuisines, la blanchisserie, les dortoirs et l'espace réservé aux « invités spéciaux du Führer », dont nous serons nous aussi ? ! Un privilège, disent-ils. Et une occasion unique à laquelle nous ne saurions renoncer, répètent-ils.

« On va te donner du pain frais et des saucisses de foie ! » rappelle une fois encore la marâtre au petit Allemand, mais Peter hausse les épaules.

« Du dentifrice, ajoute Opa. Pense un peu comme ce sera amusant de se laver les dents avec du dentifrice.

— Je préfère les saucisses ! crie Peter.

— Et puis Marianne ne vous quittera pas un instant, s'emploie à le rassurer la marâtre qui cherche inlassablement à le convaincre. C'est une amie de Hilde, elle s'occupera de vous. Tu verras, ça te plaira.

— Non ! » proteste Peter, flanquant un coup de pied dans un éclat de verre qui tombe dans un trou. Mais, à cet instant, le nez du bus prend l'angle. Il avance avec circonspection, furtivement. Il est camouflé, c'est un bus qui se fait passer pour un blindé, un bus qui joue à la guerre. La grosse bête s'arrête brusquement devant un cratère. Elle fume. Elle gronde. Depuis les fenêtres, des yeux curieux nous observent. Encore des « invités spéciaux du Führer », encore des privilégiés. Peter leur fait plein de grimaces.

En descend une jeune femme avec des tresses à la Gretel, qui adresse un salut expéditif à Opa et à la marâtre. Ce doit être Marianne, l'amie d'enfance de Hilde ; une beauté germanique dure, éclatante.

« Peter ne veut pas aller au bunker », déclare la marâtre en jetant un regard de reproche au petit monstre d'ingratitude qui lance des regards noirs. « Qu'est-ce que c'est ces caprices ! » s'exclame la jeune femme, qui le soulève comme un colis et l'installe dans le bus bien qu'il continue à gigoter. Elle redescend et me conseille : « Monte toi aussi, que ce petit diable se calme. » La rudesse expéditive de Marianne me plaît. Je m'empresse de dire « Au revoir ! » et j'adresse un salut à Opa. « Tiens bon ! » m'encourage-t-il, le regard ému, tout en tâchant de se donner une contenance dans son paletot froissé. Je cours vers le bus et grimpe les hautes marches en essayant de paraître énergique et gracieuse devant une Gretel-Marianne enveloppée d'un manteau militaire qui lui donne un charme puissant. Je rejoins Peter qui rue contre le siège, puis fait de la buée sur la vitre et dessine quelque chose qui ressemble à une bombe. Monte enfin Marianne, qui invite Peter à saluer Opa et la marâtre par la fenêtre, mais il baisse le menton et fait non de la tête. Je leur adresse un dernier salut et on part.

La voiture gémit – crissement des roues sur les détritus, les éclats de verre, les gravats et les décombres –, avance par à-coups sur la chaussée défoncée, crevassée, blessée. On tourne à l'angle. Encore des ruines et des décombres, gris, tristes, plâtreux ; sur un petit chemin, entre deux haies de buis, gisent des cadavres rangés comme des sardines, dont deux sans tête. De mon estomac remonte quelque chose d'amer, un genre de hoquet acide, et je déglutis pour m'empêcher de vomir.

Peter continue de protester, attirant sur lui l'attention des autres enfants qui le dévisagent ; il leur fait un pied de nez. Par chance, après un dernier « moi j'y vais pas », il s'endort sur mon épaule. Marianne dit au chauffeur : « Nous sommes au complet, Herr Klug, on peut filer tout droit à la Chancellerie. »

Je recommence à lorgner par la fenêtre. Après les cadavres, je n'ai plus envie de regarder, mais ce spectacle funeste m'attire comme une calamité. Cela fait des semaines qu'on n'a pas quitté la Lothar-Bucher-Strasse, la maison et l'abri, dans un ballet incessant d'alertes et de répits, de phases de terreur et de répits. J'éprouve un besoin urgent et irrépressible de comprendre ce qui s'est passé ailleurs pendant ce temps, mais ce que je vois m'atterre. Où que je tourne mon regard, je tombe sur des monceaux de ruines et des amas de gravats à perte de vue. Peu après, nous traversons toute une rue en flammes sous un ciel violet. Le bus fait une brusque embardée à gauche et longe les rails du tram pour éviter que les façades des immeubles en ruine ne s'effondrent sur nous. Le véhicule se remplit de fumée et d'une odeur d'incendie qui sèche la gorge ; dehors, il pleut dcs cendres.

Nous poursuivons. Dans le bus, l'agitation ne fait que croître.

De tous côtés, on voit de la ferraille, des trams renversés et troués comme des passoires ; un cheval efflanqué tire une charrette chargée de cadavres.

Des cadavres, encore des cadavres, des gravats et des édifices en feu : on dirait qu'il n'y a rien d'autre dans cette ville ; dans le bus plein d'enfants qui s'agitent et hurlent de peur, j'ai une bouffée d'angoisse. Deux enfants sont accompagnés de leurs mères, qui s'emploient à rassurer leur progéniture ; les autres n'ont que Marianne. Dans le remue-ménage, Peter s'est réveillé. Il regarde autour de lui, étonné. Ahuri, il décide de chercher refuge dans le col de mon manteau en marmonnant : « J'y vais pas, je veux rentrer à la maison... »

Je passe un bras sur les maigres épaules de mon frère et continue à lorgner par la fenêtre, comme hypnotisée. Dans quel monde est-ce que je vis ? Quelle fin a connue cette ville dont Opa, de temps à autre, se plaît à chanter les merveilles passées ? Une ville splendide, vivante, avec des millions d'habitants qui travaillaient, produisaient et organisaient leur vie avec cette perfection dont sont capables les Allemands. Une ville riche, avec des rues illuminées toute la journée, des vitrines fastueuses et des gens élégants qui passaient par le Kurfürstendamm ou Unter den Linden. Des gens qui se pressaient dans les restaurants, les cafés, les cinémas, les théâtres et les salles de concerts. Qui hurlaient dans le palais des Titans, où se multipliaient les rencontres sportives. Des gens qui aimaient, qui se mariaient, qui avaient des enfants et les élevaient avec des principes sains. Une ville moderne pourvue d'un métro efficace et de voies aériennes tout aussi fonctionnelles. Qu'est-il arrivé pour transformer tout cela en un immense cimetière à ciel ouvert ?

Près de la porte de Brandebourg, on tombe sur un barrage de police. Un groupe de SS agite leurs disques. « Merde ! » lâche le chauffeur. Herr Klug est vieux. Il porte un uniforme usé, avec des pièces de cuir aux coudes. Il a une nuque blanche avec des cheveux coupés haut et ses frêles épaules se courbent, fatiguées, sur le gros volant. Un SS s'approche de la portière, l'ouvre brutalement, monte à l'intérieur et crie : « *Heil Hitler !* papiers et laissez-passer, s'il vous plaît ! » Marianne ne se démonte pas. Elle se lève avec calme et lui porte un pli. Le SS l'examine avec soin. C'est un homme très jeune, aux yeux si clairs qu'on les croirait de glace. Un grand gaillard dont la tête touche le toit du bus et moulé dans son uniforme comme s'il avait été cousu directement sur lui. Dans le bus s'est fait un silence inquiet.

Peter lève la tête, fixe le SS et murmure : « J'y vais pas. » Puis il se réfugie à nouveau contre mon col.

Le SS est satisfait. « Tout est en ordre ! crie-t-il. *Heil Hitler !* » Il redescend. « Qu'ils aillent au diable ! lâche Herr Klug.

— Je vous en prie, surveillez votre langage ! le reprend Marianne.

— Surveillez donc ces couillons », grogne le chauffeur, qui redémarre.

Le bus repart vers la porte de Brandebourg, qui se détache sur un ciel squameux, dont le bleu innocent est écrasé sous le rouge écarlate des incendies. Quelques minutes après, nouvel arrêt : on est arrivés.

Tous regardent dehors, curieux de voir la fameuse Chancellerie du Reich, mais devant moi n'apparaît rien qui réponde à mes attentes.

Le véhicule crache des flots de fumée qui s'élèvent jusqu'aux fenêtres ; deux sentinelles nous ignorent. Des garçons grands et blonds, de pure race aryenne, comme le veut le Führer.

Marianne nous ordonne le silence et descend. Elle disparaît en direction d'une grande porte. Herr Klug descend lui aussi se dégourdir les jambes. Je le vois qui se frotte les épaules pour se réchauffer ; des bouffées de vapeur sortent de

sa bouche. Quand il remonte, je lui demande :

« Mais elle est où, la Chancellerie du Reich ? »

Les coudes appuyés sur le volant, il indique du menton un palais détruit : « La voilà, mais c'est l'ancienne. Pour le Führer, elle était trop petite. »

On ne voit que des ruines, dont l'aspect sombre et blessé s'accorde parfaitement avec le reste de la ville bombardée. Déçu, Peter murmure : « Je veux pas y aller ! », puis il se met à hurler. « Silence ! crie une des mères. Ce que tu es dissipé, mon garçon ! » Et Peter de hurler de plus belle.

De l'ancienne Chancellerie impériale ne reste debout que la partie avant, qui paraît très endommagée. Devant la façade et sur ce qui devait être autrefois des plates-bandes s'étend un amas de gravats sur lesquels les moineaux picorent avec empressement. Je suis déçue.

Ce qui est resté debout, en revanche, c'est l'imposante silhouette de la nouvelle Chancellerie avec ses colonnes carrées massives et le balcon auquel le Führer aimait se montrer pour saluer la foule qui l'acclamait en criant *Sieg Heil !*

Marianne revient, agitant les documents et nous faisant comprendre que nous sommes en règle. Elle pointe la tête dans le véhicule et dit :

« Courage, tous dehors, et vite dans le bunker ! » Nous sommes tout excités. Je saisis la main de Peter et nous descendons du bus, suivons Marianne et assistons, stupéfaits, au spectacle d'une immense porte de fer qui se lève lentement pour nous ingurgiter. « J'y vais pas, moi », déclare Peter, qui a perdu tout son courage de véritable petit Allemand et me flanque un coup de pied.

Je serre encore plus fort sa main rebelle et, comme nous commençons à descendre les marches de ciment, un flot d'air chaud nous enveloppe.

Au pied de l'escalier, s'étend un couloir au parquet ciré ; l'éclairage est froid ; des SS sont appuyés au mur de béton armé ou assis par terre, mitraillette au bras. Nous empruntons d'autres couloirs.

Nous nous arrêtons enfin devant un poste de contrôle, où stationne un groupe de femmes SS. Elles sont blondes et se ressemblent toutes. Marianne doit signer un registre, elle échange deux mots avec une jeune fille au visage de Gretel. Elles bavardent toutes les deux en dialecte berlinois, puis nous continuons. Je suis désorientée.

De tous côtés sonnent des téléphones ; j'ai un léger sentiment de panique, une petite crise de claustrophobie, mais qui passe comme elle est venue. Peter a renoncé à ruer dans les brancards et regarde tout autour de lui, les yeux exorbités. Nous arrivons dans une sorte de salle d'attente. Un immense portrait de Hitler nous fixe : moustaches soigneusement taillées, regard pénétrant, on dirait qu'il veut nous hypnotiser. Goebbels, sur l'autre paroi, a une expression officielle – c'est lui, le responsable des missions spéciales de Hilde. Nous sommes entourés de grandes croix gammées.

Arrive une autre SS qui crie : *Heil Hitler !* et nous répondons : *Heil Hitler !* Puis elle demande à Marianne : « Le trajet s'est déroulé sans incident ?

— Comme sur des roulettes !

— Suivez-moi », nous exhorte la SS.

Elle nous conduit dans une chambre pleine de lits superposés et d'armoires de fer et nous ordonne : « S'il vous plaît, rangez vos affaires. »

Je mets mon pyjama et ma chemise de nuit dans un tiroir de l'armoire, avec la brosse à dents dont je ne me suis plus servie depuis le collège d'Eden. Opa a dit qu'on va nous donner du dentifrice. Je suis curieuse de voir ce qu'en fera Peter : il ne sait même pas de quoi il s'agit. Dans tout Berlin, on n'en trouve pas un seul tube.

« Lavez-vous les mains ! » Le nouvel ordre est sec, martial. Nous allons dans une salle de bains avec quantité de lavabos. On dirait un troupeau de brebis étourdies. Par chance, Marianne est toujours à côté de nous, elle reste notre point de repère. À peine ai-je passé le tube de dentifrice à Peter qu'il l'écrase au milieu et fait la moue : « Je préfère les saucisses ! »

Marianne réprime un sourire amusé et lui dit : « Tu en auras aussi, mais pour l'instant lave-toi les dents ! »

Il obéit, non sans mille complications et après avoir tenté d'avaler le dentifrice ; puis mon culotté de petit frère crie : « Je veux voir le Führer !

— Le Führer n'est pas ici et il ne faut pas crier, répond Marianne avec calme.

— Il est où ? » Peter a mis ses petits poings sur ses hanches : il a un visage sombre, un regard noir, un pied qui bat la mesure et la lèvre inférieure qui tremble tellement il est irrité.

« Le Führer est sur le front, Peter.

— Mais moi je suis venu pour voir le Führer ! » glapit-il d'une voix dépitée et stridente tout en tapant du poing sur le lavabo. Le petit despote joue les ogres.

« Tu le verras, le Führer, le rassure Marianne.

— Quand ?

— Bientôt. »

Du coup, Peter est certain de vouloir rester dans le bunker.

« À table ! » ordonne quelqu'un.

Nous nous rendons dans une petite salle à manger avec de longues tables et des bancs de bois. Entre les poutres des murs de ciment scintille l'humidité. Enfin, une odeur de nourriture !

Nous nous attablons et commençons à manger, à nous empiffrer, à tout dévorer en quatrième vitesse comme si nous craignions que quelqu'un ne nous ordonne à l'improviste d'arrêter. Hitler nous observe depuis un énième portrait, il regarde les petites tranches de bœuf noyées dans la sauce et accompagnées de macaronis trop cuits, regarde les patates bouillies, regarde le pain noir, l'*Apfelsaft*[1] et les poires au sirop en conserve. « Mille unités en vol au-dessus de Berlin ! » crie quelqu'un dans le couloir alors que je déguste une poire.

Dépité, Peter murmure : « Même ici ?

— Tout ira bien, fait Marianne, installée à côté de lui. Ce bunker est recouvert d'une chape de béton de trois mètres et demi, aucune bombe ne peut te toucher, pas même un cheveu. »

Peter se détend et recommence à mastiquer. À tour de rôle nous vient l'envie de vomir. Nous allons nous soulager à la salle de bains puis, au retour, réclamons une nouvelle portion de tout.

Pendant que nous mangeons, l'attaque se déchaîne au-dessus de nos têtes, mais le vacarme des bombardements nous parvient assourdi et la rumeur des batteries antiaériennes ressemble au grondement d'un lointain orage.

Les jours passent vite. Nous dormons dans une chambrée de deux rangées de lits superposés. Les deux mamans dorment aussi avec nous, tandis que Marianne est installée ailleurs.

Tous les matins, un médecin nous examine avec soin, contrôle notre poids et, suivant les cas, nous administre des vitamines ou des médicaments. À peine arrivés, on nous a fait le test de la tuberculose. Ils nous mettent même sous la lampe à quartz et deux fois par jour nous font ingurgiter une mixture répugnante : de l'huile de

1. Jus de pomme. *(N.d.T.)*

foie de morue. Il y a aussi une salle de détente avec des livres pour les grands et toutes sortes de jeux pour les petits. Peter et Marianne jouent souvent aux dominos ; moi, je préfère regarder.

Un jour, on nous fait savoir que le Führer va venir nous saluer. Peter s'illumine de joie. On dirait qu'on lui a promis de rencontrer le père Noël en personne !

On nous prépare à la rencontre avec le plus grand soin. Avant tout, en présence du Führer, il ne faut pas parler fort. S'il vous demande quelque chose, il faut répondre, « Oui, *mein Führer* » ou « non, *mein Führer* ». Naturellement, le salut nazi est de rigueur.

Peter ne tient plus en place. Voir le Führer est son grand rêve. Pour lui, le Führer est un point de référence, le chef des chefs, notre père à tous. Pour lui, le Führer, c'est Dieu.

Je suis moins enthousiaste. Ce que j'ai entendu dire à Eden sur le Führer ne m'a pas plu du tout. J'ai la trouille.

Arrive le jour fatidique.

Peter et moi sommes au premier rang, tous deux très tendus ; une enfant a eu mal au ventre et il a fallu l'écarter. Peter sautille d'une jambe sur l'autre ; il a le visage pâle comme un linge.

Nous nous trouvons dans une salle tout en longueur et couverte de croix gammées. Le long du mur sont disposés des sièges ; sur le mur du fond, un portrait de Hitler encadré de deux grappes de drapeaux allemands. Dans la pièce règne une chaleur humide qui agace. Je suis nerveuse. Jusqu'au dernier moment, on nous répète les mêmes choses : parler à voix basse, ne pas se répandre en bavardages devant le Führer, faire le salut nazi sans crier. Nous attendons, immobiles comme des soldats de plomb. Dans le silence, on entendrait une épingle tomber.

Mais ça y est, on entend des bruits. Sur la gauche, une porte s'ouvre. Entre un groupe de jeunes SS, qui se placent le long du mur, en face de nous. Une femme en uniforme les suit, une corbeille à la main.

Dans la pièce règne un silence absolu. J'ai une crampe d'estomac tant je suis nerveuse. Enfin il arrive, Adolf Hitler, le Führer du IIIe Reich !

Un léger frémissement parcourt les rangs tandis que le Führer avance d'un pas lent. Nous nous mettons tous au garde-à-vous, levons la main et crions : *Heil Hitler !*

On a crié trop fort. On remarque un rictus de gêne sur le visage du Führer.

Alors que Hitler avance vers nous, je le fixe en retenant ma respiration. Que de choses n'ai-je pas entendues sur son compte, des plus enthousiastes aux plus méprisables !

Il marche doucement, les épaules légèrement voûtées, en traînant les pieds : je n'en crois pas mes yeux ! Ce serait l'homme qui a fait délirer les foules ? Je vois au contraire un vieillard qui se déplace péniblement. J'observe qu'il souffre d'un léger tremblement de la tête, et que son bras gauche pend inerte, sur le côté, comme dans le plâtre. J'ai peine à y croire !

Hitler commence à serrer la main aux premiers enfants, leur posant de brèves questions de circonstance. Je les entends, soumis, effrayés, embarrassés, qui murmurent : « Oui, *mein Führer*. Non, *mein Führer*. » Enfin, il arrive à moi.

Mon cœur bat la chamade. Je pique un fard. J'ai peur de m'évanouir, de m'effondrer aux pieds du Führer, même si c'est bien la dernière chose que je voudrais.

Adolf Hitler me tend la main et me regarde dans les yeux. Il a un regard pénétrant qui me gêne. Dans ses pupilles, il y a un étrange éclat, comme si un feu follet y dansait.

La poignée de main du Führer est molle, ce qui me déroute. C'est donc ça, la main de l'homme qui guide le destin de l'Allemagne ? Sa main est chaude et moite, comme celle d'un malade fébrile. L'impression est désagréable et je suis tentée de retirer ma main, mais je me domine. Alors j'imprime sur mon visage un sourire forcé tout en jetant un coup d'œil aux SS. Ils me fusilleraient s'ils se rendaient compte de ma gêne ? Devant le grand Führer du Reich, pas question de ressentir la moindre gêne ! C'est un crime ! Mais ils ne font pas attention à moi, ils ne quittent pas le Führer des yeux, mitraillette en main.

« Comment tu t'appelles ? me demande le Führer.

— Helga. » J'oublie de dire *mein Führer*. Suit une pause. J'ai l'impression que Hitler cherche quelque chose à dire, quelque chose du genre :

« Tu souffres beaucoup de la guerre ? » ou « Ça se passe comment, les approvisionnements en ville ? » Mais il demande : « Ça te plaît d'être dans le bunker de la Chancellerie, Helga ?

— Oui ! »

C'est un mensonge. Ça ne me plaît pas d'être dans le bunker, parce que je souffre de claustrophobie. J'ai la sensation d'être enterrée, enfermée dans un cercueil. La seule chose qui parvienne à compenser mon impression d'être en prison, c'est la nourriture qui arrive régulièrement, mais pour le reste je préfère presque la cave de la Lothar-Bucher-Strasse même si je la déteste. Je lance de nouveau un regard aux SS : ils ont compris que j'ai menti au Führer ? Je le sais bien, un « invité spécial du Führer » a le devoir de se sentir bien dans le bunker, il a une obligation de reconnaissance. Mais, encore une fois, ils m'ignorent. J'en suis soulagée.

Alors je lève les yeux et regarde le couvre-chef de Hitler, avec l'aigle et la croix gammée, puis mon regard glisse sur un visage au teint grisâtre, qui ne ressemble vraiment pas beaucoup aux nombreux portraits placardés dans le bunker. Le visage que j'ai devant moi est chiffonné. De grosses pattes-d'oie marquent ses yeux ; la peau de ses joues est flasque. Seules ses moustaches bien taillées conservent une lueur de cohérence à ses traits avachis.

Quand la main de Hitler se retire de la mienne, j'éprouve une sensation de soulagement. Il tend le bras vers la corbeille, y prend une petite barre de massepain et me la tend. C'est fini. Le Führer passe son chemin et en arrive à mon frère.

« Comment tu t'appelles ?

— Peter ! » Il répond trop fort, avec une angoisse évidente.

« Comment tu vas, Peter ? »

Peter lâche un interminable soupir, puis finit par crier, extatique, spontané, impétueux : « Je vais bien, Herr Hitler ! Quelle belle boucle, Herr Hitler ! »

C'est pas possible, c'est un cauchemar ! Anéantie, je tourne les yeux et je vois le doigt impudent de Peter effleurer la boucle du ceinturon du Führer ! Je crois mourir. Que va-t-il arriver ? Les SS vont lui tirer un coup en plein cœur ? Je jette un regard inquiet aux SS et observe avec soulagement que l'un d'eux réprime un sourire amusé. Je suis rassérénée. Puis j'entends la voix du Führer qui répond :

« Quand tu seras grand, mon petit, toi aussi tu pourras porter une boucle comme la mienne. » Suit le rite du massepain, puis le Führer passe au suivant. Le premier rang terminé, il prononce quelque chose du style « Bonne chance à tous » ; nous crions de nouveau *Heil Hitler !* encore une fois trop fort, et il sort, suivi de ses gardes du corps. Il ne reste plus que la femme, qui continue à distribuer le massepain. L'atmosphère se détend.

Deutschland, Deutschland über alles ! Voilà donc le grand Führer du Reich, le chef des Forces armées allemandes, notre chef à tous ! Voilà l'homme dont dépend notre destin. Il nous a souhaité bonne chance.

Heil Hitler !

8.

Le séjour dans le bunker s'acheva. Nous avions pris du poids, acquis de l'énergie. Nous nous étions habitués aux pièces chauffées – même si le béton armé de la construction relativement récente laissait suinter l'humidité – et à la sécurité que procurent trois mètres et demi de béton au-dessus de la tête. J'avais même appris à dominer ma claustrophobie : certaines nuits, je réussis à dormir jusqu'à sept heures d'affilée, parce que là-dessous on n'entendait pas les sirènes et que le crépitement de l'artillerie nous parvenait amorti.

On était bourrés de vitamines, saturés d'huile de foie de morue et même bronzés par la lampe à quartz. En pleine forme.

La permanence qui régnait dans le bunker avait atténué le souvenir de la réalité extérieure. Depuis le jour de la visite, on ne parlait plus que de la tenue de Hitler : ses pantalons enfilés dans des jambières luisantes, son couvre-chef avec l'aigle et la croix gammée, la veste militaire impeccable et le ceinturon avec sa fameuse boucle ! On en parlait même en dormant.

Dans le bunker, j'avais assisté à de vifs échanges d'avis sur le cours de la guerre, sur le personnage du Führer et sur l'ennemi. Ils employaient des mots qui m'inquiétaient comme « Gestapo », « KZ » (abréviation de camp de concentration), « question juive », « déportation ». Ou encore « gardes à la tête de mort », « ennemi bolchevique », « arme secrète », « bataille de Berlin » et « ennemi », « ennemi » et encore « ennemi » ! Ils parlaient des Russes avec haine et avec un mépris viscéral. Une bande de sauvages et de primitifs qui empestaient la vodka et violaient les femmes des vaincus. Je découvris ainsi que les deux mamans qui étaient avec nous dans le bus et qui avaient accompagné les enfants dans le bunker étaient des nazies exaltées et n'en faisaient pas mystère.

Pendant que les autres dormaient et que je faisais semblant de dormir, il leur arrivait de poursuivre leurs bavardages jusqu'au milieu de la nuit. Elles occupaient les lits superposés à côté du mien, si bien que j'entendais chacune de leurs paroles.

Ainsi appris-je qu'elles étaient les femmes de SS ordinaires (catégorie de rang inférieur à celle des SS honoraires, dont faisaient partie des personnages, pour une raison ou pour une autre, illustres, représentatifs ou influents) et qu'elles étaient fanatiquement dévouées au Führer. Elles parlaient comme si le projet de dominer l'Europe et de soumettre les races inférieures était en cours de réalisation et croyaient fermement que l'Allemagne avait déjà gagné la guerre. Mais ce qui m'impressionnait par-dessus tout, c'était le cynisme glacé avec lequel elles parlaient des juifs, des « sales juifs », comme elles disaient. Et elles faisaient allusion au programme de Hitler, qui comptait bien résoudre la question juive « une fois pour toutes » dans les camps de concentration.

J'entendais dire des choses épouvantables et je me demandais ce que les juifs avaient bien pu faire à l'Allemagne pour que les deux mamans en parlent avec tant de mépris. C'est là que j'entendis parler pour la première fois d'« extermination des juifs », tandis que l'expression « camp de concentration d'Auschwitz » sortait de la bouche des deux femmes comme une condamnation à mort.

Les enfants des deux mamans étaient eux aussi fanatiques. Ils répétaient pour un oui ou pour un non qu'ils avaient hâte de grandir afin de pouvoir rejoindre les Jeunesses hitlériennes et offrir leur vie au Führer !

« Tout le monde est prêt ? » demanda Marianne en scrutant le groupe alors que nous étions sur le point de quitter le bunker.

Tout le monde était prêt. Chaussures cirées, dents brossées et, dans la bouche, le goût de la dernière cuillerée d'huile de foie de morue. Chacun de nous avait reçu un cadeau de départ : une provision de petits sandwichs et une petite barre de massepain.

« Je veux pas y aller ! éclata Peter. Je veux attendre le Führer !

— Le Führer est sur le front ! répondit Marianne. Occupé à combattre l'ennemi. »

Peter réfléchit, le front plissé. Puis il lança un regard d'envie à deux SS qui s'ennuyaient dans un coin. « Eux, ils peuvent rester ici ! protesta-t-il.

— Ta maman t'attend à la maison, le reprit Marianne.

— À la maison, il y a pas de saucisses au foie ! répliqua Peter avec une logique toute gastronomique.

— Ça suffit maintenant ! » s'exclama Marianne, impatientée. « Il faut y aller ! »

Peter se donna en spectacle dans un dernier effort pour saboter le départ, se débattit furieusement et essaya même de se rouler à terre. Alors Marianne le menaça : « Quand je verrai le Führer, je lui dirai à quel point tu es indiscipliné ! » Ce qui suffit à convaincre le petit rebelle.

On parcourut une fois encore le labyrinthe des petits couloirs et, au poste de contrôle, Marianne dut de nouveau signer le registre. Enfin, l'ultime trajet : des ventilateurs qui ronflaient, des conduites et des extincteurs. Les talons de Marianne faisaient un claquement sec sur le parquet. Et, pour finir, les marches qui conduisaient à l'extérieur, la porte qui se levait. Dehors !

J'en frissonnai. Je respirai avidement l'air frais, bien qu'il fût imprégné d'une odeur d'incendie, et levai les yeux pour regarder le ciel. J'éprouvai une grande émotion.

« Montez ! » ordonna Marianne.

Au volant, on retrouva Herr Klug, le chauffeur de l'aller.

« Un froid de canard ! se plaignit-il en se frottant les mains.

— Tous assis et silence ! commanda Marianne.

— Pour que les Russkofs nous tirent pas dans la tête, grogna Herr Klug.

— Le bulletin était négatif, répondit Marianne. Arrêtez un peu avec ça, Herr Klug ! »

Peter voulut se mettre du côté de la fenêtre. Il souffla de la buée sur la vitre et, du doigt, dessina une bombe.

Le bus se mit en route. Peter commença à dévorer ses sandwichs et son massepain. Inutile de lui conseiller d'en garder un peu pour ce soir. Quand il eut tout mangé, il s'endormit.

Voici la Hermann Goering Strasse. Le vent balayait l'asphalte grêlé, un ciel strié de rouge s'étendait sur une rangée de sombres ruines. De la Potsdamplatz arrivaient des nuages de fumée noire.

Le bus avançait péniblement. À chaque mètre surgissait un obstacle. Défilèrent les habituelles façades de bâtiments bombardés, coquilles vides, violentées, écroulées. Partout on entrevoyait des automobiles éventrées, criblées de trous, brûlées. Des trams détruits, renversés, rouillés. Des cadavres d'animaux, surtout de chevaux, parfois déjà à moitié décomposés, et le long des murs des cadavres à perte de vue.

Je continuais de regarder, incrédule, stupéfaite. Comme si je sortais d'un rêve, la réalité me saisit brusquement : c'était encore la guerre, rien n'avait changé ! Comment avais-je pu me faire des illusions ?

Je me mis à pleurer en silence, de petits sanglots que j'avalais comme des bouchées amères. M'attendaient donc de nouvelles nuits à la cave, de nouvelles cavalcades haletantes dans les escaliers. De nouveau la faim, la soif, le froid et la terreur ! Et la funeste prévision m'apparut tout à coup intolérable : où trouverais-je la force d'affronter de nouveau tout cela ? Tandis que je luttais contre un abattement profond, le chauffeur pesta : « Sales chiens !

— Qu'y a-t-il, Herr Klug ? demanda Marianne depuis son siège.

— Avions en vue, voilà ce qu'il y a ! »

Marianne courut à l'avant. Maintenant, je les voyais moi aussi : un maudit triangle d'avions fonçait droit sur nous !

Subitement, ce fut la panique, mais Marianne ordonna d'un ton sec et autoritaire : « Préparcz-vous à descendre ! »

Tout le monde se bouscula vers la sortie. Les deux mamans serraient contre elles les futurs membres des Jeunesses hitlériennes en poussant des cris hystériques : « À l'aide ! Vite ! À l'aide ! » Leurs cris résonnaient, stridents, à l'arrière désormais vide du bus. Marianne les foudroya :

« Je vous en prie, mesdames, dominez-vous ! »

J'arrachai Peter de son siège en le réveillant brusquement. Il me regarda avec de grands yeux, sans comprendre. Je l'attrapai par la main et l'entraînai vers la porte. Il s'arc-bouta comme une mule et il fallut le traîner de force jusqu'à la sortie. À un moment, je me heurtai le front contre une barre d'appui. La douleur fut vive, mais je ne lâchai pas mon frère.

Le véhicule s'arrêta brusquement. Le coup de frein nous catapulta en avant. On tomba les uns sur les autres.

En quelques instants, tout le monde se retrouva hors du bus. Mais, sans crier gare, Peter se défit de mon étreinte et se jeta par terre. Alors Marianne le prit dans ses bras, montra l'encadrement de porte d'un immeuble en ruine et se mit à courir. Tout le monde se rua derrière elle.

Une course pour la vie. La porte se trouvait à une trentaine de mètres du bus, et pour y arriver il fallait longer un long tas de gravats qui n'offrait aucun abri. Je courus en gardant les yeux fixés sur la porte tout en souffrant de violents points de côté. De la main, je me pressai le flanc, mais le geste me déséquilibra. Je trébuchai dans un trou et, en chutant, me heurtai la mâchoire sur le bord. Je sentis une dent partir, que je retrouvai sur ma langue. Je la crachai, me relevai et repris ma course désespérée. Ils étaient juste au-dessus de moi : ils arrivaient en piqué et mitraillaient. Je crus que c'était la fin. Les élancements s'amplifièrent, me coupant la respiration. La douleur était si forte que je me tordis le genou et continuai à avancer à quatre pattes, puis un élancement plus fort encore m'enflamma le mollet. Je pleurai sans larme. Je ne vis plus rien, tout était noir devant mes yeux.

J'étais sur le point de céder : tout me suggérait de me laisser aller, de m'arrêter et d'attendre le coup de grâce ; mais je sentis ensuite deux bras qui me tiraient à travers la porte.

La certitude d'en avoir réchappé me ranima. J'entendis Herr Klug qui me demandait : « T'es blessée ? » Du doigt, je lui indiquai mon mollet. Il m'examina.

Autour de nous régnait un grand vacarme auquel se mêlait le vrombissement assourdissant des avions. Comme à travers un nuage, j'entrevis la silhouette de Marianne. Elle se pencha sur moi en disant quelque chose, mais le boucan couvrit sa voix. « C'est qu'une blessure superficielle, petite, fit Herr Klug. Quand on sera dans le bus, je te soignerai. » Presque sans voix, je demandai : « Et mon frère ? » Herr Klug montra Marianne, et c'est alors seulement que je vis mon petit frère dans ses bras. Je pleurai de soulagement et de reconnaissance. Il était sauf !

En revanche, un des garçons, Karl-Heinz, donnait du souci. Blessé au ventre, il perdait beaucoup de sang. Ce n'était pas un des enfants accompagnés par sa maman. Herr Klug lui tamponna sa plaie comme il put.

« Il faut le conduire à l'hôpital », dit le chauffeur à Marianne.

Quand le vacarme commença à se calmer, elle fit l'appel. Tout le monde était là. Certains avaient des contusions, mais rien de grave. Les deux mamans, qui s'en étaient tirées sans unc égratignurc, continuaient dc pleurer, hystériques.

L'attaque terminée, on sortit prudemment par la porte pour rejoindre le bus. Je pris la main de Peter, désormais docile ; Marianne et Herr Klug portèrent Karl-Heinz dans leurs bras. Le bus était en piteux état, avec le toit criblé et le pare-brise cassé. Presque toutes les fenêtres avaient également volé en éclats. Les sièges étaient jonchés de bris de verre.

« Vous pensez pouvoir faire démarrer cette carcasse ? demanda Marianne à Herr Klug tout en continuant de tamponner la plaie de Karl-Heinz.

— Bon sang, pesta Herr Klug, il le faut. » Et il se mit au volant.

Le moteur faisait hop-hop-hop et clop-clop-clop, mais il ne voulait rien savoir. Tout le monde retenait son souffle.

Tous hagards. Le bus était plein de courants d'air, il y faisait un froid de canard. Agrippé au col de mon manteau, Peter tremblait. Herr Klug m'avait soigné le mollet et y avait appliqué un grand sparadrap, mais j'avais mal. Du côté de la plaie, ma chaussette était maculée de sang, mais je n'avais pas le courage de regarder.

Le bus se fraya un chemin à travers mille obstacles à la lumière des immeubles en feu. Le raid avait dû être assez massif. Arrivés devant l'hôpital, on vit une aile en flammes. Des infirmières couraient dans tous les sens avec des civières. Herr Klug passa la tête par le pare-brise cassé et cria : « On a un blessé grave à bord. Quelqu'un peut nous donner un coup de main ? » Mais celles-ci lui répondirent : « Vous voyez pas qu'on évacue l'aile qui brûle ?

— Au diable ! grogna Herr Klug en crachant à travers le pare-brise. Garçon ou pas garçon, ils en ont rien à foutre des accidents ! »

Finalement, Marianne et Herr Klug portèrent Karl-Heinz à l'hôpital, où ils restèrent un bon moment. Pendant ce temps, on se gelait dans le bus plein de courants d'air et de bris de verre. Quand ils revinrent, Herr Klug jurait comme un charretier. Il disait qu'ils ne voulaient pas recevoir Karl-Heinz et que Marianne avait dû appeler la Chancellerie pour qu'on lui passe quelqu'un qui fasse la grosse voix. C'est alors seulement que ces canailles s'étaient décidées à le recevoir.

« Courage, fit Herr Klug après avoir vidé ce qu'il avait sur le cœur et s'être remis au volant. Qui est le premier à descendre ? »

Il était presque midi. Le ciel était saturé d'un brouillard rouge écarlate. Je passai le bras autour des frêles épaules de mon frère et lui dis d'un ton presque maternel : « On sera bientôt à la maison.

— Je veux retourner au bunker... », murmura Peter dans le creux de mon épaule.

9.

Le bus prend la Lothar-Bucher-Strasse en sens interdit, mais personne n'y fait attention. Les rares voitures qui circulent dans les rues désertes ne se soucient pas d'observer le code de la route, et, de toute façon, il n'y a pas d'agents de la circulation, une espèce totalement disparue, de même qu'ont disparu les pompiers qui devraient éteindre les incendies provoqués par les bombes au phosphore. Plus rien ne marche : il n'y a plus de facteurs ni de livreurs qui portent le lait, on ne trouve plus un seul médecin et les brigades d'intervention rapide qui, il y a quelque temps encore, évacuaient les cadavres de la chaussée ne répondent plus au téléphone. Une ville autrefois fonctionnelle et organisée a laissé sa population livrée à elle-même : plus de droits, plus de devoirs.

Nous disons au revoir à Herr Klug et Marianne nous accompagne à la porte. Elle prend congé de nous comme si on était deux soldats, effleure le bord de son béret militaire, et dit : « Allez, je veux vous voir franchir la porte », et s'en va.

On reste un instant comme étourdis.

Puis je prends Peter par la main, le traîne dans l'escalier et frappe à la porte du deuxième étage avec la petite plaque « Hilde Busch ». C'est la marâtre qui vient nous ouvrir. Tout de suite elle embrasse Peter. Elle a l'air contente et le conduit à la cuisine tandis que je les suis comme une pauvre bourrique. « Comment s'est conduit ce fripon ? » me demande la marâtre en ne regardant que lui.

Peter sort de sa torpeur et piaille : « J'ai vu le Führer et sa boucle !

— Quelle boucle ? demande la marâtre.

— Le Führer, il a dit qu'il me la donnera, sa boucle !

— C'est pas vrai. Il a pas dit ça.

— Si, si ! »

Je rectifie, mais Peter insiste, envoie des coups de pied en l'air. La marâtre me regarde. Elle veut savoir :

« Alors, c'est quoi la vérité ?

— Le Führer a dit, expliqué-je d'un ton suffisant, qu'à la fin de la guerre Peter aussi il pourra avoir une boucle comme la sienne, voilà ce qu'il a dit !

— C'est pas vrai ! conteste Peter.

— Marianne a dit qu'un bon Allemand il ment jamais. » Je le reprends en lui lançant un regard de reproche. Mais il fait la grimace et la marâtre lui donne raison. « C'est bon, c'est bon, on te croit, mon trésor », et elle l'embrasse une fois encore. Je me sens de trop.

Attiré par le tapage, arrive Opa, qui cherche à se donner une contenance dans ses habits chiffonnés, une couverture sur les épaules. « Vous voici, enfin ! » Il agite un peu la tête, l'air content. Tout de suite, il voit le sparadrap sur mon mollet et demande, soucieux : « Mon Dieu, qu'est-ce qui t'est arrivé, Helga ? »

Maintenant, la marâtre regarde elle aussi mon mollet et fait écho à son père : « Mais oui, qu'est-ce qui t'est arrivé ? » Elle me semble un peu gênée de ne pas s'être rendu compte tout de suite du sparadrap. Je raconte l'attaque soudaine en plein milieu de la rue, la porte derrière laquelle on s'est réfugiés, le garçon blessé au ventre, la dent cassée et la peur de perdre Peter, bref tout. Opa examine la jambe et observe : « Vaudrait peut-être mieux que tu voies un toubib.

— Certainement, les toubibs ça court les rues », ironise la marâtre. Je m'efforce de rassurer Opa, expliquant que ce n'est qu'une blessure superficielle, une bagatelle ; et je me rends compte que j'imite les manières bourrues et viriles de Marianne. Je conclus que le chauffeur m'a bien désinfectée et que, si je n'ai pas de fièvre, dans deux jours je serai guérie. Opa se tranquillise et me regarde de ses yeux bons et intelligents. Je m'imagine qu'il m'aime un peu et j'ai envie de pleurer de reconnaissance. Mais je me retiens.

Opa dit ensuite qu'il a réussi à trouver un peu de pain sec américain et nous demande si on en veut un bout. Peter déclare d'un ton détaché qu'il n'a pas faim (et pour cause ! ce matin il a avalé tous ses sandwichs et son massepain alors que moi, j'ai perdu mon petit paquet au cours du raid aérien). Du coup, j'ai faim et je demande du pain. Aussitôt, Peter hurle : « Moi aussi, veux du pain américain !

— Tu viens de dire que t'avais pas faim, observe Opa, interloqué.

— C'est pas vrai, j'ai faim ! » Peter nie effrontément et Opa lance à la marâtre un regard lourd de sens, mais elle l'ignore : « Donne-lui donc du pain américain s'il a faim, le pauvre petit ! »

Tout à coup, arrive Hilde. De toute évidence, elle est déjà de retour de la « mission spéciale », mais elle a de la fièvre. Elle veut savoir comment s'est passé notre séjour dans le bunker, mais quand elle entend parler du raid aérien pendant qu'on était dans l'omnibus, elle s'agite, va au téléphone, et appelle le bunker de la Chancellerie. Elle veut parler à Marianne. Mais celle-ci n'est pas encore rentrée. Peut-être Hilde veut-elle remercier son amie de tout ce qu'elle a fait ; elle ne nous a pour ainsi dire jamais quittés. À intervalles réguliers, Hilde refait le numéro. On finit par lui passer Marianne. Elles parlent longuement. De temps en temps, Hilde tousse : elle a la voix rauque ; à la fin de son coup de fil, elle retourne à la cuisine pour déclarer, d'un air grave et dépité : « J'en ai entendu de belles sur ton compte, jeune homme, dit-elle en regardant Peter.

— Moi ? fait-il en écarquillant les yeux.

— Oui, toi !

— C'est pas vrai ! proteste Peter en tripotant ses bretelles.

— Marianne a dit que tu es capricieux et indiscipliné ! » affirme Hilde, sévère. « Tu mériterais une punition ! »

Peter s'écrase le bout du nez, fait la grimace, jette un coup d'œil en direction des toilettes et siffle : « Je vais faire pipi », et il s'éclipse.

À son retour, la marâtre l'interroge : « C'est vrai que tu es capricieux et indiscipliné ?

— Non.

— C'est Marianne qui l'a dit !

— Non !

— Et menteur, par-dessus le marché », observe Hilde, qui retourne dans sa chambre. Elle a l'air fâchée pour de bon.

Peter en reste contrarié, mais finalement la marâtre décide de couper court : « Eh bien, arrêtons là ! Pour une fois, ne cherchons pas à savoir la vérité ! » Du coup, Peter se ranime et commence à raconter l'entrevue avec le Führer. La marâtre l'écoute en souriant, suspendue à ses lèvres, le regard attendri. Je suis jalouse. Et quand enfin Peter répète : « Je vais bien, Herr Hitler, quelle belle boucle, Herr Hitler ! », la marâtre éclate d'un rire aigu qui dévoile ses dents. Elle a perdu une couronne.

La marâtre continue de rire, mais son rire paraît artificiel dans cette cuisine avec un évier où l'on ne lave plus les assiettes parce qu'il ne sort pas une goutte d'eau du robinet et où, de toute façon, on ne cuit plus rien parce qu'il n'y a pas de gaz et que manque la matière première. Peter n'en finit plus de parler du Führer. Opa et moi rejoignons le bureau de Hilde.

La pièce est glaciale et Opa me passe une couverture sur les épaules. Les fenêtres étant obturées, nous allumons une lampe à pétrole. Je raconte ma version de l'entrevue avec le Führer – que je l'ai trouvé vieux et mal fichu, et à quel point j'étais gênée. À la fin, Opa commente :

« Grâce à Goebbels, la population croit le Führer encore en pleine possession de ses moyens ; la propagande nazie est diaboliquement efficace. » Il tousse un bon moment. On voit qu'il ne va pas très bien, mais subitement sonne l'alarme, et on se précipite dans l'entrée. Hilde sort de sa chambre, s'exclame : « Encore ! Je n'en peux plus ! », et s'apprête à descendre à la cave. Opa empoigne sa valise et la marâtre en fait autant. Peter récupère Teddy, son nounours, et on se précipite tous dans les escaliers où résonnent des voix et des bruits de pas précipités. L'habituel sauve-qui-peut angoissé.

Et voilà, l'odeur humide de la cave, des corps mal lavés, de l'urine et de la lampe à pétrole. Hilde s'installe sur un lit de camp, elle a des frissons, elle est vraiment mal. Peter s'est accroupi dans un coin, son Teddy sous le bras. Il bâille, glisse sur le côté et s'endort. On l'installe sur un lit superposé. « Il doit être épuisé », dit la marâtre, émue, comme si personne d'autre ne pouvait l'être, épuisé ! Les autres locataires de la cave me demandent comment ça s'est passé, les « vacances » dans le bunker du Führer ; je devine un peu de méchanceté dans leur question. Mais subitement commence la symphonie. D'abord le vrombissement intense des avions, puis une détonation violente, puis d'autres, qui s'enchaînent rapidement. Le refuge tremble. Peter se réveille et hurle : « Je veux Marianne ! »

Je suis terrassée par une fatigue mortelle qui parvient presque à annuler la terreur des bombes. Opa me dit : « Étends-toi sur un lit, ma petite, oublie tout, si tu y arrives. » Et il m'aide à grimper sur le lit au-dessus de Peter. J'essaie de ne pas penser à ces avions de chasse qui, au-dehors, sèment la mort et je me concentre sur le mur. Il a une désagréable odeur de moisi. Il y a une conduite d'eau où depuis un moment ne coule plus rien et, dans le coin, une immense toile d'araignée.

L'atmosphère est tendue, la lampe à pétrole projette des ombres tremblantes sur les murs, des ombres de fantômes. La cave est archipleine, on est entassés les uns sur les autres. Une fillette sanglote, un vieux pleurniche. Un autre peste. Les visages sont tirés par une angoisse à laquelle il n'y a pas d'accoutumance. Il y a un désespoir immobile dans ces corps éprouvés par la faim, par les privations et par l'insomnie. Pauvres silhouettes, avec leurs membres sans muscles et leurs visages sans joues, des ombres d'hommes.

À la suite d'une détonation particulièrement violente s'élève la voix d'un tout petit enfant, dont la protestation nous remue jusqu'à la moelle.

« Notre père qui es aux cieux... » : la vieille Fichtner reprend sa litanie et tous lui lancent des regards noirs. Mme Fichtner est veuve, et elle a deux petits-enfants qui ont disparu en Russie. Elle a un visage couleur de cendre et des mains sillonnées de veines. « Seigneur, fais que l'armée Wenck repousse l'ennemi et nous ramène la paix. Sainte Vierge... Jésus, le fruit de tes entrailles...

— Ça commence à bien faire, maintenant ! » menace Frau Köhler qui se plante devant Mme Fichtner. La vieille se tait et, les doigts mêlés au rosaire, fixe l'autre d'un air de défi obstiné tout en continuant à prier.

« Arrêtez ça ! » Frau Köhler est blanche de colère. On entend un long tir d'artillerie et Mme Fichtner crie : « Notre Père qui es aux cieux...

— Suffit ! » Mme Köhler se jette sur Mme Fichtner en lui appliquant une main sur la bouche. La vieille halète, tourne de l'œil. Personne n'intervient tandis que, dehors, l'attaque se déchaîne. Mais à peine Frau Köhler retire-t-elle la main que l'autre continue, imperturbable, avec plus de ferveur encore : « Sainte Marie, intercède auprès de ton... » Les mains de Mme Köhler se serrent autour du cou de Mme Fichtner, qui devient violette et a visiblement des convulsions. J'ai peur qu'elle n'en ait plus pour longtemps mais par chance elle se reprend. Avec un soupir qui ressemble à un râle, elle ajuste les plis de ses habits de taffetas et se remet à prier. Frau Köhler secoue la tête et va faire un tour dans le couloir pour apaiser sa rage. Quand elle revient, elle s'efforce d'ignorer Mme Fichtner.

Au cours d'un intermède de calme relatif, une voix de vieillard annonce d'un ton pressant et timide à la fois : « J'ai besoin de faire pipi.

— Dans le couloir, il y a un seau, aboie la concierge.

— Si quelqu'un veut bien me l'apporter... s'il vous plaît », implore-t-il.

La concierge lui pointe l'index entre les deux yeux : « Vous allez dans le couloir, comme tout le monde.

— Mais j'ai peur, proteste l'homme à la voix geignarde et larmoyante.

— Bon sang, mais ici tout le monde a peur ! hurle l'autre, impatientée, mais on va tous sur le seau, y compris les enfants !

— Je me sens pas d'aller jusque-là, pleurniche le malheureux.

— Il n'a qu'à se pendre », lâche alors Frau Köhler, sarcastique.

À ces mots, une jeune fille blonde et frêle se lève, va au bout du couloir et en revient avec le seau qu'elle pose aux pieds du vieux. La main sur la braguette, celui-ci lui adresse un regard d'une reconnaissance infinie, puis se relève, prend le seau, se met dans un coin et urine avec des crépitements embarrassants. La concierge l'observe d'un air inutilement moqueur : « Voyez-moi ça, regardez-le, la quintessence du surhomme allemand, rien de plus édifiant ! » Et elle éclate d'un grand rire cruel. Mais tout à coup un fracas assourdissant tonne juste au-dessus de nos têtes. Ça y est, ils ont touché l'immeuble, me dis-je avec terreur en attendant que le plafond s'écroule, mais par chance il n'en est rien. La flamme timide s'étire, s'allonge, accomplit une série de mouvements frénétiques, jette une dernière ombre dentelée sur le mur et s'éteint. On entend des cris de panique. Quelqu'un allume une lampe de poche, s'affaire autour de la lampe et annonce enfin d'un ton sec : « Messieurs, plus de pétrole, désormais il va falloir nous contenter de bougies de suif.

— De bougies de suif ! gémit quelqu'un.

— Les bougies de suif m'irritent les yeux, se lamente Herr Hammer.

— Quelqu'un a autre chose à proposer ? » gronde une femme au visage si décharné qu'on dirait un crâne. Herr Hammer rentre la tête dans les épaules et se contente de souffler.

Petit à petit, je commence à connaître les habitués de la cave. Il y a les époux Heinze, qui ne parlent jamais. Ils se mettent dans un coin, collés l'un contre l'autre, sans beaucoup participer aux problèmes de la communauté. Frau Heinze est dépressive. La jeune fille qui a porté le seau hygiénique au vieux s'appelle Erika. Elle a la tuberculose. Herr Hammer est un repenti qui passe son temps à râler. Autrefois admirateur de Hitler, il profite aujourd'hui de l'obscurité de la cave pour le maudire.

Un soir, Herr Hammer, particulièrement nerveux, s'en prend à Opa : « Eh oui, ici on a droit à des chandelles de suif, et qui sait ? Les abris des nazis, peut-être qu'ils sont équipés de groupes électrogènes ! Pourquoi, nous, on n'en a pas, de groupe électrogène ? »

Opa le regarde sans comprendre. « Ma parole, Herr Hammer, je...

— Ça vous serait facile de faire installer un groupe électrogène, Herr Busch, vu que votre fille, elle travaille pour un ministère très important !

— Vos insinuations sont totalement gratuites, répond calmement Opa.

— Sans blague ! » fait Herr Hammer, hostile.

« Et je dirai même plus, Herr Busch, que ça vous plaise ou non. Je pense que personne, excepté ceux qui ont la carte du Parti dans la poche, ne parvient à faire engraisser ses petits-enfants dans le bunker de la Chancellerie du Reich ! »

Opa s'apprête à répondre, mais Hilde intervient : « Dans ma famille, personne n'a la carte du Parti dans sa poche, Herr Hammer, que ce soit bien clair une fois pour toutes ! » Mais l'autre éclate d'un gros rire méchant : « Mais bien sûr ! Et surtout personne ne travaille en contact étroit avec Goebbels ! Mais vous me prenez pour qui, Fräulein Busch, je suis pas un imbécile ! » Les autres ne s'intéressent guère à sa diatribe ; de temps à autre, Herr Hammer succombe à son artériosclérose.

Mais Frau Köhler, la concierge, jette de l'huile sur le feu : « Ah oui, Fräulein Busch, pourquoi on l'a pas, l'électricité, nous ? Je me suis posé la question, moi aussi ! Une petite intervention, allez ! »

Hilde se défend, déconcertée : « De votre part, je n'aurais pas cru, Frau Köhler !

— Alors, pourquoi je peux pas envoyer mon Rudolf dans le bunker du Führer, Fräulein Busch ? » insiste Frau Köhler.

À sa question polémique, Hilde répond sans se départir de son calme : « Pourquoi ne pas en faire la demande, Frau Köhler ? » Mais celle-ci rétorque, avec un rire méchant : « Vous parlez sérieusement, Fräulein Busch, ou vous vous moquez de moi ? »

La marâtre intervient : « Laisse tomber, Hilde, tu as encore de la fièvre. »

La dispute s'arrête parce que Erika est prise d'une crise de toux et que Frau Köhler s'approche d'elle pour lui proposer son aide. Elle est moitié ange, moitié démon, me dis-je. Frau Köhler est vraiment bien étrange.

Erika et sa mère, réfugiées des provinces de l'Est, s'étaient présentées un soir à la cave en demandant de l'aide. Elles n'avaient emporté avec elles qu'une valise et quelques objets de valeur, dont une soupière de famille qui s'était révélée utile pour la maladie d'Erika ; et depuis lors elles étaient restées dans la cave parce que Frau Köhler n'avait pas eu le courage de les chasser, vu l'état de santé précaire d'Erika.

« Il manquait plus qu'une tuberculeuse ! grogne un vieux. Cette fille devrait être à l'hôpital, dans le pavillon des contagieux ! Ici, on risque tous d'être contaminés, ça fait cent fois que je vous le dis ! » Et il jette un regard de travers à la malheureuse jeune fille qui crache ses poumons.

Le visage de la mère est parcouru d'un imperceptible frémissement. Elle finit par répondre, mortifiée : « Personne ne veut l'hospitaliser.

— Et nous on va tous finir tubards ! » répond l'autre avec hargne.

Alors Frau Köhler aboie : « Vous commencez à me chauffer les oreilles, vieux gâteux, et de toute façon sachez que la tuberculose ne s'attaque qu'aux jeunes tissus, pas à ceux d'un vieux décrépit ! Vous faites donc pas tant de souci !

— J'ai que cinquante-neuf ans ! grommelle le vieux.

— Eh ben, si vous avez que cinquante-neuf ans, cher monsieur, vous les portez très mal ! » déclare Frau Köhler, sarcastique, tout en dévisageant l'autre avec un évident mépris.

« Vous avez la délicatesse d'un éléphant », observe celui-ci, vexé, et il se retire sur son matelas. Mais juste à cet instant sonne l'alarme et commence un pilonnage frénétique. Un filet de chaux coule le long de la conduite d'eau, les murs tremblent. Aurai-je le temps de grandir ? Opa aura-t-il le temps de vieillir ?

Le bambin recommence à geindre et Frau Fichtner, enfouie sous les plis noirs de ses habits de taffetas, s'écrie : « Mais faites-le taire, ce petit monstre ! Comme s'il y avait pas déjà assez de boucan comme ça !

— Futée ! s'exclame ironiquement Herr Hammer en battant des mains, elle est futée notre bigote ! Serait-ce là l'effet de votre bonté et de votre charité chrétiennes, Frau Fichtner ? » Il crache par terre avec mépris. La mère du gamin, une jeune femme timide et introvertie, regarde autour d'elle, consternée. Le sifflement plaintif d'un « orgue de Staline » annonce l'habituelle explosion. Je me penche sur le lit de Peter et le vois assis, son nounours sous le bras, les yeux écarquillés. Il a un air obstinément incrédule. Et tandis que le mortier nous assourdit, Peter baisse la tête et serre les poings en un geste attendrissant.

10.

Berlin, début 1945

Faim, soif, froid, terreur, insomnie, crasse, faiblesse, apathie, sentiment d'abandon et d'impuissance : tels étaient les ingrédients de notre existence à longueur de jour et de nuit à la cave.

Un jour, Opa se laissa dire que, dans un magasin proche de la gare Anhalter, il y avait encore des vivres ; lui-même et deux femmes de notre cave, ainsi qu'une femme et un vieux d'un autre pâté de maisons, décidèrent d'y aller voir. La marâtre ne voulait pas qu'Opa s'exposât au moindre danger. Mais il ne voulut rien entendre.

Ils sortirent un matin de bonne heure. Toute la journée, on se fit du mouron pour eux. Il y avait eu des attaques aériennes et on avait peur qu'ils ne reviennent pas. Finalement, peu avant le black-out, ils revinrent chargés d'un assez beau butin. Les deux de l'autre pâté de maisons continuèrent leur chemin en cachant leurs biens sous des habits devenus trop grands. Les nôtres partagèrent les vivres entre les divers locataires de la cave ; on fit une petite fête. Plus tard, Opa nous raconta comment les choses s'étaient passées.

Afin d'accéder à ce magasin, pour commencer, il leur avait fallu passer par-dessus un amas de décombres, mais comme il neigeait et que les détritus étaient glissants, Opa s'était tout de suite tordu le pied. Puis le vieux de l'autre pâté de maisons, qui était armé, avait forcé une double porte de fer pour se retrouver, inopinément, face à un homme mitraillette au poing, et, sans laisser à l'autre le temps d'ouvrir le feu, le vieux l'avait refroidi d'un coup au cœur. Voilà à quoi on en était arrivé, à tuer pour un peu de nourriture ! Autrefois homme de loi, Opa parlait maintenant de cet homicide avec naturel et fatalisme.

Ceux qui venaient à la cave commençaient à rapporter des histoires horribles sur la barbarie des troupes soviétiques. Des réfugiées des zones orientales racontaient de terribles épisodes de viols commis par des soldats. La peur se propageait. Goebbels avait en outre orchestré une féroce propagande antisoviétique, définissant les Russes comme un peuple de primitifs et de violeurs ; ce qui ne faisait qu'amplifier la terreur, surtout chez les femmes qui avaient des filles adolescentes. Chez nous, il y avait Erika et Gudrun. Erika avait quatorze ans, Gudrun presque seize. Gudrun avait deux autres frères à la cave : Egon, de l'âge de Peter, et Kurt, qui avait presque dix-sept ans. Et, outre les deux jeunes filles, il y avait aussi des femmes adultes, et pas des vieilles !

Les Berlinois étaient épuisés. La population se préparait à la catastrophe imminente, mais depuis les haut-parleurs Goebbels continuait à délirer sur une fantomatique armée Wenck, qui donnerait la liberté et la victoire aux Berlinois. Quelques naïfs s'accrochaient encore à ces mensonges. Puis le bruit courut que les Russes étaient déjà à la porte de Brandebourg, et les gens se mirent à dresser des barricades et à creuser des tranchées antichars, bien que cela fût un peu prématuré.

Dans ce climat de confusion, on ne voyait guère Hilde. Souvent, elle était retenue au bunker de la Chancellerie, mais j'avais l'impression que le temps de ses privilèges au ministère était révolu.

Le temps s'écoulait avec une épuisante monotonie. Les jours passaient et se ressemblaient : la cave froide et obscure, l'odeur de pisse, la fumée des bougies, l'attente, les alertes, la terreur, la fin des alertes, la tristesse, les discussions, la nervosité, la méfiance, l'insomnie, la faim, la soif.

Il m'arriva un jour de me regarder dans la glace, mais ce que je vis s'y refléter m'atterra. Un visage décharné aux joues creuses, la peau gris-jaune, de gros cernes noirs autour des yeux : quelle horreur ! Mes cheveux étaient collés en petites touffes sales sur mon crâne, et j'avais dans les yeux une ombre si pathétique que j'en éprouvai un sentiment de haine pour moi-même. Et je me demandai, effrayée : qui suis-je ? Et je donnai raison à la marâtre : comment aimer un crapaud pareil ? Elle n'aimait que Peter, qui, malgré toutes les privations, avait toujours sa frimousse d'ange contrarié. Je cherchai finalement à me consoler : les autres non plus n'étaient pas des beautés ! La marâtre n'avait plus que la peau sur les os, et ses cheveux, autrefois blond cendré, avaient pris une couleur de poussière indéfinissable. Quant à Hilde, déjà maigre, sa peau était restée jaune à la suite de sa mystérieuse fièvre. Opa avait craint une jaunisse mais un médecin décati qu'il avait rencontré à la pompe à eau était venu l'examiner et l'avait exclu.

Erika, la jeune tuberculeuse, était si fragile et diaphane que chaque fois qu'elle s'endormait j'avais peur qu'elle ne se réveille plus ; et Frau Mannheim, la vieille femme de l'ex-journaliste, Herr Mannheim, avait un visage tellement émacié qu'on aurait dit que ses muscles mais aussi ses os s'étaient consumés. Opa, enfin, était devenu si efflanqué qu'on aurait dit de l'air. Ses doigts étaient longs et blancs comme ceux d'un mort, et on avait l'impression que c'étaient ses vêtements qui le portaient, plutôt que le contraire. Il souffrait souvent d'une toux sèche et irritée, mais naturellement on n'avait pas de médicaments pour le soigner. Un jour, je le vis renversé sur un siège, l'air tellement abandonné que je le crus mort. Le cœur serré, je le secouai. Je fus tellement soulagée de le voir ouvrir les yeux que j'éclatai en sanglots.

De temps à autre, Opa voulait voir à quel point j'avais oublié ce que j'avais appris à l'école d'Eden. Il vérifiait l'orthographe et m'interrogeait sur les tables de multiplication : ça me plaisait beaucoup. Mais il se fatiguait vite et ne montrait pas la sévérité que j'aurais souhaitée. Je craignais aussi qu'il n'en arrivât à la conclusion que tout cela ne servait à rien, qu'on était de toute façon destinés à mourir.

Peter aussi me préoccupait. Autrefois, sa vivacité et ses caprices m'avaient été, en un sens, une consolation. Tant qu'un petit coq de son espèce montait sur ses ergots, me disais-je, il n'y avait pas trop de soucis à se faire. Mais, du jour au lendemain, Peter s'était à son tour effondré. Au cours de son séjour dans le bunker de la Chancellerie, il avait encore fait des siennes, avec ses caprices incontrôlables, mais il donnait maintenant l'impression que quelque chose en lui s'était brisé. Ça m'était insupportable. Un jour, je le mis à l'épreuve.

J'avais retrouvé la vieille histoire de la lionne du tableau de mon père, que j'appelai « une lion », juste pour le provoquer. Mais il avait acquiescé, indifférent, me donnant raison. Même pas la force de me contredire ! J'en étais restée profondément meurtrie. Toutefois, quand il le pouvait, il s'abritait encore derrière l'affection inconditionnelle que lui portait la marâtre.

Un jour – je ne sais même pas comment il avait fait, vu que la cave ne restait jamais vide – il avait chipé un bout de pain sec dans le maigre garde-manger commun. Quand on le découvrit, il n'hésita pas à m'accuser, soutenant même que je le lui avais avoué. La marâtre m'entraîna aussitôt dans le couloir pour me punir, mais Opa, qui nous avait suivies, l'arrêta. Ils allèrent parler longuement en haut de l'escalier et, quand elle redescendit, elle me lança un regard que je ne sus interpréter. Opa m'appela à mon tour en haut de l'escalier. Faiblement éclairé par une torche électrique, son visage arborait un air de tendresse impuissante. Il me regarda longuement et me demanda enfin avec un gros soupir : « Qui est-ce qui a pris le pain, Helga ? »

J'étais gênée, je ne voulais pas trahir mon frère.

« Tu dois dire la vérité, reprit Opa, quelle qu'elle soit. »

Je continuai de me taire. Il sourit et m'épargna le reste. « C'est bien comme ça, conclut-il, n'en parlons plus. » À compter de ce jour, nos liens se renforcèrent.

11.

On vivait comme des taupes dans la cave-refuge, transis de froid, vidés par l'inactivité forcée. On attendait. On végétait. On s'abrutissait. Parfois, on se conduisait comme des bêtes.

Un jour, Egon grignotait un misérable quignon de pain sec dont sa mère s'était privée. Assis sur un tabouret, il tenait le pain de ses deux mains et on l'entendait grignoter au point que s'empara de moi une absurde aversion. Je détournais le regard quand se produisit une chose étrange. Mon frère, qui jusque-là se tenait accroupi dans un coin, son Teddy sous le bras, et comme d'habitude avec cet air penaud et apathique qui m'angoissait, se releva d'un bond et sauta sur Egon pour lui arracher le pain des mains. À cet instant se déchaîna en moi quelque chose d'animal. Au lieu de les séparer, je me jetai dans la mêlée. Je ne comprenais plus rien, je n'entendais plus les voix ni ne sentais les réactions physiques, comme si mon esprit refusait d'entendre tout autre commandement qui ne fût pas celui de l'absolue nécessité de m'approprier ce quignon de pain. J'étais hypnotisée. Je m'acharnai sur les deux enfants et, quand je serrai enfin le pain dans mon poing, je grimpai l'escalier à toute vitesse comme poursuivie par le diable. J'arrivai au premier palier et m'arrêtai, essoufflée. Je tendis l'oreille, histoire de voir si, par hasard, quelqu'un me suivait, mais c'était le silence. Partout, la poussière et les vitres brisées. Je continuai de monter jusqu'au dernier étage et m'arrêtai, hors d'haleine.

Il y avait une fenêtre basse, unique, sans carreaux, et avec une sorte de grillage en forme de croix, devant laquelle je dévorai le pain en le broyant entre mes incisives, tel un rongeur affamé.

Quand j'eus avalé la dernière miette, ce fut comme si je me réveillais d'un mauvais rêve, et c'est alors seulement que je me rendis compte de ce que j'avais fait. Je restai désemparée au point de me mettre à pleurer, des pleurs qui exprimaient non pas le repentir, mais une profonde angoisse. L'espace d'une seconde, la faim avait fait de moi une bête ! C'était atroce, inconcevable. Anéantie par moi-même, je regardai par la petite fenêtre et vis la ville en flammes. Ce gigantesque incendie avait créé une immense chape de fumée rouge écarlate qui planait au-dessus de la ville. Un spectacle terrible, sinistre, effroyable. Stupéfaite, je me demandai pour quelle raison les hommes construisaient des villes si c'était pour permettre ensuite qu'elles soient incendiées.

Peu de temps après, j'entendis des pas et retins ma respiration. De la dernière volée de marches je vis enfin surgir la tête blanche d'Opa et j'eus un coup au cœur : il avait l'air mortifié. « Tout est arrangé, ma petite », dit-il. Soulagée, je lui serrai les jambes.

On redescendit l'escalier. Une fois dans la cave, tout le monde me dévisagea. Opa leur dit : « Oublions l'épisode. C'est pas la faute de Helga. Mais si on veut parler de faute, il faut la rejeter sur celui qui nous a privés de toute dignité, sur Adolf Hitler. »

Personne ne répondit, mais quelqu'un se racla bruyamment la gorge. Quant à moi, je voulais demander pardon à Egon et à Peter. Egon avait reçu un autre bout de pain qu'il serrait dans ses mains en me regardant. Mais quand je murmurai : « Excuse-moi, je voulais pas... », il coupa le pain et m'en tendit la moitié. Son geste me brisa le cœur.

On était tous là, un peu embarrassés, quand sonna l'alarme. En ce temps-là, on était presque constamment sous la ligne de tir, si bien que d'entendre les sirènes nous paraissait presque plus normal que de ne pas les entendre. Chacun rejoignit sa place préférée : si on devait mourir, qu'au moins ce fût à la place qui nous plaisait le plus ! Et voici les habituels grondements menaçants, secs et diffus, telle une concentration de mille orages, et brusquement l'explosion d'une bombe, puis d'une autre. Tout à coup, on entendit une déflagration si proche qu'on eût peur pour notre immeuble. Frau Fichtner priait de plus en plus vite, Herr Hammer maudissait Hitler, Peter serrait les poings, immobile, et les vieux pleurnichaient. L'attaque terminée, quelqu'un sortit pour voir ce qu'il en était : à son retour, il nous dit qu'une partie du dernier étage avait été soufflée, mais que tout le reste était intact. Les deux veufs qui habitaient au dernier durent se faire une raison et s'installer à la cave pour un temps indéterminé.

Un discret tam-tam maintenait le lien entre les diverses caves du quartier. Des bruits étranges couraient sur le Führer : on disait, par exemple, qu'il s'était enfui à l'étranger ou qu'il s'était barricadé dans l'un de ses quinze quartiers généraux pour y attendre la fin de la guerre. Au demeurant, ces rumeurs n'étaient pas dénuées de tout fondement. La dernière fois que la population allemande avait entendu la voix du Führer, c'était fin janvier, à l'occasion du douzième anniversaire de la prise du pouvoir ; depuis ce jour, plus personne n'avait vu Hitler en public et seuls ceux qui fréquentaient le bunker de la Chancellerie du Reich, où le Führer s'était définitivement retiré avec sa suite, avaient pu constater qu'il se trouvait effectivement à Berlin, même si de jour en jour lui-même perdait tout contact avec ce qui se passait hors du bunker.

De sources officielles, on raconte, par exemple, que jusqu'au dernier moment le bunker regorgea de provisions, tandis que la population, surtout celle de Berlin, mourait littéralement de faim. Mais que quelqu'un osât en faire la remarque au Führer, il explosait de fureur. Alors que l'armée allemande en était désormais à la dernière extrémité, on le sait, Hitler exigeait des troupes qu'elles se lancent dans de vaines attaques. Qui refusait d'exécuter ses ordres s'exposait à une condamnation à mort par pendaison. Ce n'est pas par hasard qu'on voyait de nombreux militaires pendus aux arbres ou aux lampadaires de la ville : des exécutions sommaires qui rendaient le paysage berlinois plus effroyable encore.

Hilde continuait de travailler au ministère de la Propagande. Et quand elle ne restait pas au bunker de la Chancellerie, je l'entendais chuchoter, la nuit, avec Opa et la marâtre. Parfois, je découvrais dans ce qu'elle racontait des contradictions flagrantes. Un jour, par exemple, un vieux de la cave fut saisi d'une crise de désespoir. Il pleurait, se mordait les mains et gémissait : « J'ai peur, on est foutus, les Russes vont arriver et nous tuer. » Alors Hilde le consola, s'employant à le rassurer : pour sûr, l'armée Wenck arrivait, elle allait nous sauver. Le vieux reprit courage : en réalité, la veille, j'avais entendu Hilde raconter que l'armée Wenck était anéantie et Berlin irrémédiablement perdu.

Pendant ce temps, il y avait eu des changements dans notre cave. Avant tout, les époux Heinze avaient disparu : des gens réservés et taciturnes, qui restaient des heures durant dans un coin sans parler à personne ; ils s'étaient suicidés avec un revolver après avoir appris que leur fils unique était tombé sur le front est.

Frau Fichtner, la vieille qui ne pensait qu'à prier, avait survécu à un léger infarctus et, comme elle s'en était tirée sans aucune intervention médicale, elle attribuait son salut à la Madone. Depuis lors, elle priait jour et nuit sans prendre le temps de respirer.

Frau Köhler, la concierge, une vraie Berlinoise, celle-là, ne mâchait pas ses mots quand elle sortait de ses gonds. Chaque jour elle se laissait aller à des considérations toujours plus dangereuses sur le Führer, surtout depuis que son fils Rudolf, douze ans, s'était mis en tête d'entrer dans les « Loups-garous », ainsi qu'on appelait la dernière invention de Hitler, concoctée avec Goebbels pour contrer l'avancée de l'ennemi. C'était une organisation faite pour recruter des vieux, des femmes et des enfants en veine d'héroïsme et les engager dans une lutte clandestine aussi improbable qu'absurde. Frau Köhler n'avait pas hésité à donner à son fils deux claques sonores, se jurant de l'enchaîner dans la cave jusqu'à la fin de la guerre plutôt que de le servir sur un plateau d'argent au Führer pour une cause de toute façon perdue. Elle avait vraiment la dent dure, et à peine quelqu'un prononçait-il le nom du Führer qu'elle montait sur ses grands chevaux. Ses sorties auraient pu lui être fatales si elles étaient tombées dans les oreilles de quelque nazi fanatique, qui l'aurait certainement dénoncée séance tenante à la Gestapo pour défaitisme ; mais, par chance, cela se passa toujours bien.

Un matin de bonne heure, quelqu'un frappa à la porte de la cave. Je me réveillai avec une grosse boule dans la gorge et, tout de suite, je craignis le pire. Tout le monde se releva sur son grabat, tous avec un sens aigu du danger.

Frau Fichtner se dressa sur sa paillasse dans son habit de taffetas avec son manteau et son vison pelé ; elle se mit aussitôt à prier. Erika s'efforçait de réprimer une quinte de toux. Les vieux pleurnichaient en silence. Quelqu'un sanglotait. La marâtre s'était précipitée vers le lit de Peter pour l'avoir à ses côtés. Finalement, Frau Köhler alla ouvrir.

Aussitôt jaillirent deux SS, qui crièrent d'un ton sec et martial : « Dépêchez-vous, tout le monde face au mur, même les enfants ! » Et ils gesticulaient avec leur mitraillette.

Raidie par la terreur, je croyais bien ne pas arriver à descendre du lit. Mais on se leva tous de nos paillasses pour se mettre contre le mur ; mais les murs de notre campement ne suffisaient pas, et quelqu'un dut se mettre contre celui du couloir, sous la conduite d'eau.

À côté de moi, Opa murmurait : « Courage, ce n'est qu'une formalité. » Il avait le visage livide, avec une délicate veine bleue qui battait sur son front. Du coin de l'œil, j'aperçus Peter agrippé aux jambes de la marâtre. Je sentis une vague de terreur me parcourir les membres, une peur visqueuse, paralysante, humiliante. Une peur injuste : on était des enfants, nous, on était innocents !

Les SS nous fouillèrent avec des gestes brusques, n'épargnant que le petit qui reposait entre les bras de sa mère. Tout à coup, il me vint à l'esprit que des armes étaient cachées dans la cave et j'eus peur. Je savais que c'était interdit et qu'il s'agissait d'un crime passible du peloton d'exécution.

J'adressai une rapide prière au Bon Dieu afin que les SS ne trouvent pas les armes, mais ils ne les cherchèrent même pas. Après avoir contrôlé tous les papiers, ils nous laissèrent tranquilles en n'emmenant que Herr Schacht. J'observai la scène depuis mon lit.

« Suivez-nous ! » cria un SS à Herr Schacht d'une voix menaçante. Celui-ci balbutia : « Mais qu'est-ce que j'ai fait ?

— Ta gueule, sale juif ! » aboya le SS.

L'autre s'agita, se torturant les mains, s'efforçant fébrilement de convaincre les SS : « Doit y avoir une erreur... je m'appelle Schacht, je suis pas juif.

— Ferme ton clapet ! » ordonna l'autre SS en lui flanquant un coup de crosse dans le ventre. Plié en deux de douleur, le pauvre vieux sanglota comme un enfant.

« Qui est responsable de ce bâtiment ? » cria l'un d'eux. Frau Köhler s'avança.

« Pour quelle raison ce juif se trouve dans cette cave ? »

Frau Köhler garda le silence, confuse et sonnée.

« Répondez ! » lui ordonna le SS en lui pointant sa mitraillette sur l'estomac.

Alors elle raconta, à contrecœur, la voix brisée par la terreur, que Herr Schacht, quelques jours auparavant, avait frappé à la porte de la cave et demandé de l'aide. Il était blessé, il avait de la fièvre et elle l'avait pris en pitié.

Ils l'interrogèrent longuement, rudoyèrent aussi d'autres adultes et, finalement, ordonnèrent à Herr Schacht de se retourner, le poussèrent vers les escaliers, la pointe de leur mitraillette dans sa nuque. En deux secondes, ils ressortirent de la cave.

On en resta tous pétrifiés. Après un long silence, Frau Köhler déclara : « S'il est vraiment juif, que Dieu lui vienne en aide. »

Herr Hammer observa avec une pointe d'optimisme : « Il se peut qu'ils fassent erreur », mais Frau Köhler cracha sur le sol poussiéreux :

« Ceux-là se trompent jamais, vous le savez bien ! »

Un matin, c'est la concierge qui nous réveilla par ses cris déchirants. « Il y a des têtes et des jambes au milieu de mes choux », hurlait-elle, surexcitée. Elle répétait la phrase, y ajoutant d'une fois à l'autre quelques détails : « Des têtes coupées, des mains et des boyaux au milieu de mes choux ! » Elle était visiblement bouleversée. Voici ce qu'il en était. À l'automne, Frau Köhler avait planté des choux dans la cour intérieure sans trop croire qu'ils seraient épargnés par la fauche. Toutefois, constatant que les plants poussaient à merveille, elle les avait recouverts de toile pour les soustraire à la vue des voleurs ; cette nuit-là, cependant, quelqu'un s'était introduit dans la cour pour marauder, mais y avait laissé sa peau sous la bombe et sous les choux.

« Ça devait être des femmes », gémit Frau Köhler en filant pour aller vomir.

Quelques heures plus tard, il fallut s'attaquer au problème des restes. Frau Köhler téléphona aux brigades qui étaient autrefois affectées à l'enlèvement des cadavres, mais une femme lui répondit qu'il n'y avait plus personne, parce que tous les hommes avaient été rappelés sur le front ou enrôlés dans quelque détachement spécial. Mais que fallait-il faire de ce qu'il restait des deux femmes, demandait Frau Köhler. Peut-être qu'on pouvait les enterrer dans la cour ? Non ! Interdit ! Rigoureusement interdit ! Pas question de transformer les cours de Berlin en cimetière de fortune ! Alors elle et Herr Mannheim, le seul d'entre nous qui en trouva le courage, ramassèrent ces malheureux restes et les rassemblèrent, comme ils purent, près de la remise.

Mais pas à l'intérieur, où étaient rangés des outils, qui, par la suite pourraient bien nous servir. De toute façon, tout cela était absurde, parce que sous peu ces cadavres commenceraient à se décomposer et leur puanteur envahirait la cave !

Mais ce ne fut pas le seul épisode hallucinant de cette matinée glaciale. Une demi-heure environ après la découverte des cadavres en lambeaux parmi les choux, la jeune mère de l'enfant qui pleurait sans interruption sous l'explosion des bombes s'aperçut que son fils ne respirait plus. Elle commença par caresser son visage gelé, le secoua de toutes ses forces en l'appelant d'une voix d'abord angoissée, puis terrorisée et enfin implorante, mais tout cela fut inutile : il était mort. Depuis ma paillasse, je regardais la douleur stupéfaite de cette mère, son désespoir incrédule. Ce petit, que la vieille Fichtner avait traité de « petit monstre » parce qu'il se rebellait contre un monde qui lui refusait jusqu'au repos nocturne, s'en était allé sur la pointe des pieds, sans déranger personne.

Une journée et une nuit entières, la jeune mère garda son petit dans ses bras, sans parler, murée dans son supplice glacial. Elle avait un regard de verre, les membres rigides, comme pétrifiés. Le lendemain matin, juste après la fin d'une alerte, elle se leva, se rendit dans la cour, enterra son enfant sous un lilas et remonta chez elle. Au bout d'un moment, ne la voyant pas revenir de la cour, on alla la chercher dans son appartement. On la découvrit pendue aux toilettes.

Ce matin-là, je fus profondément secouée : je ne comprenais pas, je ne voulais plus comprendre ! Je ne voulais plus vivre de cette façon, je n'en pouvais plus ! Je ne voulais plus rien savoir de la vie absurde que nous menions ! Surprise par une crise de diarrhée, je courus au seau.

Une fois soulagée, je restai clouée sur place, épuisée, nauséeuse, dans un couloir glacé et malodorant. Le long des murs couraient d'inutiles canalisations où l'eau ne coulait plus depuis un moment, tandis que l'humidité suintait du plafond. J'entendais les voix de notre campement, des voix basses, sans vie ; ça faisait trop longtemps que je n'entendais plus les cris de rage de mon frère.

Tout à coup, j'aperçus un rat. Il m'observait, immobile. Un animal répugnant, gras et pansu, un de ceux qui se nourrissaient de cadavres. Il me regardait de ses yeux rouges et attentifs, deux têtes d'épingle en feu qui m'hypnotisaient. J'eus l'impression qu'il pouvait me sauter dessus, et j'essayai de hurler, mais mon cri résonna dans ma poitrine, tel un écho devenu fou. Je flanquai un coup de pied au seau qui heurta le mur avec un bruit sourd de métal. Puis ma vue se brouilla.

À mon réveil, j'étais dans la cave avec les autres. Opa me pinçait les joues. Pour finir, il me tendit un verre avec un fond d'eau, le maximum qu'on pût offrir à un malheureux pour l'aider à se remettre après un malaise. Je tournai les yeux vers la marâtre, mais, naturellement, elle marmonnait quelque chose à Peter.

12.

L'eau, l'eau. On en rêvait, de l'eau. À peine celui qui était de corvée revenait-il avec les bidons que le précieux liquide avait déjà disparu. On aurait voulu s'en soûler, en boire par tous les pores de la peau, se sentir désaltérés et propres.

Il était impossible d'étancher sa soif parce qu'on était encore trop nombreux dans cette cave. L'eau des bidons était rare, mais deux fois par semaine chacun de nous avait droit à une ration supplémentaire pour sa toilette personnelle, juste de quoi accomplir les opérations les plus sommaires. Restait le problème de l'hygiène personnelle et celui du linge.

Si la soif était un enfer parce qu'elle creusait des galeries de désirs ardents, nous faisant rêver de robinets, de fontaines qui débordent d'eau, la faim ne l'était pas moins.

Et puis dormir, dormir, j'aurais voulu dormir un mois entier ou pour toujours, peut-être. Mais on allait d'une alerte à l'autre et dans les rares intervalles de tranquillité, surtout de nuit, il fallait supporter les bruits que faisaient les autres : le ronflement et les râles de l'un des vieux, le marmonnement monotone des lèvres de Fichtner, la toux incessante d'Erika, les éternuements de Hammer, qui était toujours enrhumé, les discussions enflammées des époux Mannheim, sans compter les bruits plus gênants. À tout cela s'ajoutaient les craquements exaspérants des lits superposés rudimentaires et les grincements des lits de camp militaires sur lesquels dormaient Egon, Kurt et Gudrun.

Un matin, on se réveilla avec d'étranges grosseurs rouges sur le corps. On comprit très vite que notre refuge était infesté de punaises.

Débuta une lutte forcenée contre ces immondes bestioles : on commença par inspecter les lits, centimètre par centimètre, parce qu'on ne disposait d'aucun produit chimique pour les éliminer. J'en découvris deux dans mon matelas, et j'eus très honte de les avoir trouvées précisément dans mon lit. Je craignais qu'elles ne fussent le signe d'une saleté particulière, mais naturellement ce n'était pas vrai. Nous étions tous sales, sans exception ! En réalité, il ne fallut pas longtemps pour découvrir des punaises dans presque tous les matelas et il ne nous resta plus qu'à les jeter dans la cour ; après quoi, chacun remonta chez lui pour en descendre, à contrecœur, de bons matelas, qui prenaient cependant davantage de place. Encore un problème pour notre cave exiguë !

L'inactivité forcée nous énervait, et chacun essayait de tuer le temps du mieux qu'il pouvait. Quelqu'un, à la lueur tremblotante d'une bougie, ne cessait d'ouvrir et de refermer un vieil album de photos ; Herr Hammer ne se lassait pas d'admirer la collection de papillons qu'il avait lui-même capturés au cours de lointaines excursions à la campagne ou dans le pré vert qui s'étendait derrière sa maison, dans le petit village de Haute-Bavière où il était né. Frau Bittner tricotait des chaussettes pour les soldats du front, tout en sachant que c'était peine perdue. Pour commencer, elle n'aurait pas su où les expédier ; et puis, à ce moment-là, l'armée avait besoin de tout autre chose que de chaussettes de laine rêche. Rudolf s'abîmait les yeux en dévorant les aventures de Karl May, dont le régime nazi recommandait chaudement les livres.

Peter ne parlait plus du Führer. Il était devenu si étrange et taciturne que je ne le reconnaissais presque plus. Quand Opa cherchait à le distraire en se proposant de lui raconter une fable, il refusait toujours, apathique, disant qu'il préférait dormir. Mais la plus calme et effacée était Gudrun, qui venait d'avoir seize ans, naturellement sans fête ni cadeau. Elle avait refusé, avec mépris, les chaussettes tricotées par sa mère. Gudrun passait des heures et des heures recroquevillée dans un coin, fixant d'un regard vide la table sous laquelle étaient rangées les valises, ne s'animant que lorsque son frère Egon l'embêtait en l'attrapant par les seins qui lui étaient poussés, ronds et bien visibles, en l'espace d'une semaine – un phénomène qui l'étonnait en même temps qu'il l'agaçait.

Depuis Eden, j'avais collectionné toute une série de peurs nouvelles que je classais au fur et à mesure en fonction de leur importance. En premier venait la peur des bombes, une peur à laquelle on ne s'habitue pas. Le sifflement plaintif des « orgues de Staline » me faisait toujours frissonner. De plus, chaque raid aérien semblait vouloir me confirmer l'hostilité absolue du monde et je continuais de me demander ce que j'avais bien pu faire pour mériter ça.

Au deuxième rang de mes peurs, il y avait la terreur à l'idée que, brusquement, il ne nous resterait plus rien à manger, pas même des raves et des patates pourries ou du pain moisi, si bien que j'imaginais une mort au milieu des privations dans notre cave puante – même si Herr Hammer m'assurait que la mort par inanition n'était pas douloureuse.

J'étais aussi assaillie par la peur qu'il n'y ait plus d'eau à la pompe et qu'on meure tous de soif.

En réalité, si ces peurs n'avaient pas été au premier rang de mes pensées, parce que liées aux besoins les plus élémentaires, ma plus grande terreur eût été de perdre Opa. Quand ses quintes de toux le tourmentaient et qu'il était cyanosé, j'avais toujours peur qu'il ne s'étouffe ; et quand il sortait chercher de l'eau, je priais que les bombes l'épargnent. Parfois, j'allais même jusqu'à espérer qu'il ne meure pas, je désirais qu'il reste toujours à mes côtés, qu'il me voie grandir.

Je ne pouvais pas le perdre !

Je cherchais toujours à être gentille avec lui. J'allais lui chercher sa ration d'eau et lui nettoyait ses souliers en crachant dessus. J'en avais eu l'idée toute seule, mais il disait en riant que j'avais pris exemple sur les gosses de Naples. Il me racontait comment vivaient ces gamins qui, si l'on comparait leur vie à la mienne, me paraissaient beaucoup plus chanceux.

Je crois m'être toujours comportée correctement avec Opa, même si la marâtre ne cessait de se plaindre de moi. « Mon Dieu, cette gamine est une vraie croix, disait-elle à Opa, Helga ne veut pas s'intégrer à la famille. »

Kurt, le troisième enfant de Frau Bittner, qui avait presque dix-sept ans et auquel était poussée la barbe, était devenu, du jour au lendemain, un garçon agressif et intolérant. Il ne cessait de dire à sa mère qu'il se sentait inutile, qu'il voulait faire quelque chose pour la patrie. À cette époque, précisément, les haut-parleurs et les mégaphones diffusaient les appels pressants des SS : tous les hommes âgés de quinze à soixante ans pouvaient être recrutés dans une unité spéciale : les

Défenseurs de la ville, énième trouvaille pour repousser l'ennemi, dont Hitler devait sentir le souffle dans le cou. Soudain, Kurt se mit dans l'idée de s'engager, mais c'était sans compter avec la résistance acharnée de sa mère. Frau Bittner lui dit que, elle vivante, aucune unité nazie ne massacrerait son fils, et elle lui intima l'ordre de pas sortir de la cave et, s'il le fallait, même jusqu'à la fin de la guerre. Kurt menaçait de s'enfuir, de se présenter au poste de commandement militaire le plus proche dès que sa mère aurait le dos tourné pour aller chercher de l'eau. Il la faisait mourir de peur, la malheureuse, mais il resta finalement dans la cave en nous irritant tous tant il était nerveux. Il y avait aussi parmi nous deux hommes d'un peu moins de soixante ans, qui se mirent brusquement à paniquer : ils ne voulaient pas être enrôlés comme Défenseurs de la ville et décidèrent de ne plus sortir de la cave, même pour aller chercher de l'eau. C'est donc sur les plus âgés, dont Opa et les femmes, que retomba l'obligation d'aller chercher de l'eau et des vivres. Au fond, on formait une petite communauté et la solidarité était presque une obligation si on ne voulait pas mourir de faim ou de soif. Hilde nous fut aussi d'un grand secours parce que de temps à autre, surtout quand on était à bout de ressources, elle nous ramenait les aliments les plus importants. Mais désormais elle devait le faire en cachette ; il était interdit de sortir du bunker de la Chancellerie ne fût-ce qu'une épingle !

Un jour nous arriva la nouvelle : mon père était blessé et se trouvait dans un hôpital militaire des environs de Francfort. Je pleurai de joie : au moins était-il en vie !

La faim, la faim, la faim : il y a des moments où on n'arrivait pas à penser à autre chose. Je rêvais de grandes montagnes de pain et, au réveil, je sanglotais tellement j'étais déçue.

Un jour, Herr Hammer revint avec un sac à moitié plein d'étranges racines en prétendant qu'elles étaient comestibles. On alluma le feu pour les faire bouillir, mais à peine les avait-on mangées que tout le monde eut la diarrhée. Il fallut ajouter deux autres seaux au fond du couloir. Certains jours, ça prenait des allures de procession, d'autant plus pénible qu'on avait épuisé nos réserves de papier hygiénique. Il n'y avait plus que des vieux journaux – les quotidiens ne sortaient plus – et tous nous recommandaient d'en faire un usage parcimonieux !

Environ une semaine après la mésaventure des racines, Frau Fichtner, juste au moment où sonnait l'alarme, s'exclama : « Mon Dieu, j'en ai assez de toute cette histoire ; pourquoi je ne peux pas mourir ? » Elle ferma les yeux, glissa sur le côté et expira. Dans un premier temps, on crut qu'elle dormait, mais son corps s'était affalé de manière beaucoup trop rigide et inhabituelle sur le matelas. Quelqu'un alla voir et s'aperçut tout de suite que le cœur avait lâché.

« Une belle mort, observa Herr Hammer, je demanderais pas mieux. »

Se posa, comme d'habitude, le problème de sa dépouille mortelle.

« Celle-là, elle sent sûrement pas, fit l'un des vieux d'un ton acide, elle était trop bigote.

— Vous avez pas honte, le reprit Frau Köhler, on voit que l'oisiveté vous aiguise la langue. Vous feriez mieux d'aller chercher de l'eau de temps en temps.

— Je suis cardiaque, grommela l'autre, il faut pas que je me fatigue.

— Ce qui vous empêche pas d'avoir la langue bien pendue, répliqua sèchement Frau Köhler. Désormais, vos prétextes pour pas aller chercher de l'eau, vous pouvez vous les mettre où je pense !

— J'ai le cœur fragile..., pleurnicha le vieux tout en versant des larmes inutiles.

— Un véritable Allemand ne pleure jamais, personne vous l'a appris à l'école ? siffla Frau Köhler.

— J'ai le cœur fragile..., répétait l'autre comme un disque rayé.

— Alors fermez votre clapet, répliqua Frau Köhler, énervée. Ou plutôt, il faut mettre Frau Fichtner dans la cour, paix à son âme ! » Ainsi firent-ils. Ils la déposèrent à côté de ce qu'il restait des deux corps déchiquetés par l'explosion au milieu des choux et recouvrirent le tout d'une toile cirée.

On eut toutes sortes de problèmes de santé. La marâtre souffrit d'une douloureuse crise de foie et Frau Köhler lui prodigua des massages répétés. Ursula avait toujours la nausée et supportait mal la puanteur du vieux qui pissait toujours sous lui ; un matin, elle l'invita à se laver et à changer de pantalon. Vexé, le vieux prit le bidon, alla dans le couloir et utilisa toute l'eau pour se laver. Puis il monta chez lui chercher un pantalon de rechange. Entre-temps sonna l'alerte et, dans le remue-ménage, personne n'y fit attention. L'alarme terminée, quelqu'un se rendit compte que le bidon avait disparu et que le vieux n'était plus là. Dès qu'on eut retrouvé le jerrycan vide, beaucoup se mirent en colère ; peu après, on retrouva le vieux chez lui, en proie à une crise cardiaque assez préoccupante. On essaya de téléphoner aux Secours d'urgence, mais personne ne répondit. Alors on le redescendit à la cave, où il eut droit à tous les égards sans que personne n'ose lui reprocher d'avoir gaspillé l'eau. On resta à sec jusqu'à la fin du jour suivant ; le vieux s'était remis, mais l'atmosphère de la cave s'était dégradée : rage contenue, amertume impuissante, effroi muet. Un rien, le moindre prétexte ridicule tournait à la tragédie, avec des conséquences disproportionnées.

Quelques jours plus tard, le petit Egon souffrit d'une sorte d'intoxication : couvert de pustules, il avait affreusement mal au ventre. La scarlatine et la rougeole écartées – il les avait déjà eues –, restait l'hypothèse de la rubéole. Sauf que les éruptions ne ressemblaient pas à la rubéole et qu'il n'avait pas de fièvre. Il ne pouvait donc que s'agir d'une intoxication et l'on essaya de comprendre ce qui l'avait provoquée : les patates pourries ? le pain moisi ? les pois secs pleins de vers ? Egon guérit spontanément et, quand il fut à nouveau sur pied, il déclara de but en blanc :

« Quand je serai grand, je veux être un bandit et tuer tout le monde avec une mitraillette. » Il nous regardait d'un air menaçant.

Un jour, je suivis Opa qui sortait de la cave pour aller chercher de l'eau. Je trottinai derrière lui comme un petit cheval cagneux qui suit l'unique source de chaleur qu'il ait au monde ; les autres me croyaient au seau.

Une fois dans la rue, je le vis tourner à l'angle et continuai à le suivre sans l'appeler. Subitement, je me retrouvai devant une barrière de bâtiments en flammes ; aussitôt, je fus enveloppée d'une vague de chaleur et de cette âcre odeur d'incendie qui vous coupe la respiration et imprègne durablement vos habits. Je demeurai au milieu de la chaussée pour éviter que des pans de mur ne me tombent dessus. L'air était chargé de fumée et, craignant de perdre Opa de vue, je me mis à courir. Tout à coup je glissai sur un tas de neige tassée et mes chaussures se remplirent d'eau, devenant lourdes et glaciales. Je me relevai et continuai d'avancer à travers la fumée. Je passai devant une Volkswagen poussiéreuse criblée de balles, dans laquelle un mort en décomposition tenait encore le volant. Ce visage en bouillie avec la chair qui pendait en lambeaux à son crâne me donna la nausée. Il me fallut déglutir plusieurs fois pour ne pas vomir et ne pas perdre ainsi un temps précieux.

Je continuai de courir dans la rue semée d'obstacles : motocyclettes rouillées, bicyclettes tordues, un triporteur sur lequel on pouvait lire « Boucherie Emmerhasen », une cuvette de W.-C. en céramique, des sommiers, des restes de barricade. J'arrivai sur une place dont les maisons avaient presque toutes été rasées jusqu'au sol par les bombes et de laquelle partaient quatre rues plantées d'arbres. Des arbres nus et roussis, comme souillés de pétrole, comme si on leur avait fait violence.

Ce devait être une belle place. On en voyait encore les signes : réverbères baroques qui pendaient, tordus et cabossés, bancs de fer déformés, larges trottoirs éventrés. Sur une colonne d'affichage, les habituels slogans nazis invitaient à la haine. L'endroit était terriblement triste et désolé. Un gros rat traversait la rue, suivi de ses petits. C'était même une famille !

Voyant qu'Opa s'était immobilisé, je m'arrêtai moi aussi. Il observait les restes de ce qui avait été autrefois une rangée de magasins très chic, désormais réduits en une pauvre série de cavernes noires et funestes, où le vent jouait à soulever des fils électriques ou à agacer d'immenses toiles d'araignée entremêlées.

Tout à coup, j'entendis un grondement lointain qui s'approchait beaucoup trop vite ! Ces derniers temps, il y avait de plus en plus souvent des attaques aériennes sans que sonne l'alarme. Prise de panique, je vis Opa se mettre à courir. Au même instant, une salve d'artillerie me passa juste au-dessus de la tête pour aller frapper le balcon d'un bâtiment déjà bombardé qui s'écrasa au sol dans un grand fracas. Je me mis moi aussi à courir, folle de peur, rattrapant Opa qui s'était réfugié sous un porche. Je tirai le pan de son manteau. Il baissa les yeux et s'exclama, consterné : « Mon Dieu ! Qu'est-ce que tu fais ici ? » Et il me serra contre lui sans poser d'autres questions tandis que des obus balayaient la rue. On se cacha encore un peu plus sous le porche.

En un instant, l'air fut saturé de poussière et on se retrouva ensevelis sous une grêle de gravats. Je crus étouffer. La poussière me remplit la bouche et les narines. Je me mis à tousser si violemment qu'à un moment je n'arrivais plus à respirer. Je lâchai un gémissement de douleur, un halètement angoissé, et je sentis mes yeux sortir de leurs orbites. Opa me donna des tapes dans le dos en criant : « Respire, Helga ! De grâce, mon trésor, respire ! » Je repris enfin ma respiration. Soulagé, Opa sanglotait.

Quand les appareils finirent par s'éloigner, Opa me prit la main et on quitta le porche au plus vite pour rejoindre l'entrée du métro qui se trouvait à une trentaine de mètres de là. Les marches étaient glissantes de neige et, naturellement, je dérapai et me cognai le genou, mais je fis semblant de rien.

Le tunnel était plein de gens : vieux, femmes et enfants, membres de la milice populaire, simples soldats, SS. L'air était humide et vicié. On entendait les pleurs diffus des enfants tandis qu'une femme était en train d'accoucher, étendue à même le sol, entourée de gens ébahis qui ne savaient que faire. Même Opa ne savait que faire.

On s'assit par terre, attendant que s'interrompe au-dessus de nous ce bombardement sauvage. Une autre femme ne cessait de répéter :

« Depuis hier le Hohenzollerndamm est en feu. » Elle cherchait à attirer l'attention d'une mère qui tenait à l'œil deux enfants : « Depuis hier le Hohenzollerndamm est en feu ! »

La mère baissa le pantalon de l'un de ses enfants, qui s'accroupit et fit pipi sur les rails.

« Depuis hier le Hohenzollerndamm est en feu, madame, et moi je n'ai plus rien ! »

En un brusque geste de solidarité, la mère se retourna, serra le bras de l'autre et répondit :

« Moi non plus, je n'ai plus rien, madame, ni maison ni mari et pas même un lit pour mes enfants.

— Depuis hier le Hohenzollerndamm est en feu ! »

La mère haussa les épaules et remonta le pantalon de son enfant. « Je le sais, madame, je le sais. La ville est en feu, et on n'y peut rien. »

Adossée aux carreaux blancs du métro, une vieille tricotait. Des chaussettes, me dis-je, des chaussettes pour les soldats du front. Au-dessus de nous se déchaînait un vacarme de tous les diables, puis on entendit pour la énième fois les « orgues de Staline ». Avant, on entendit un long sifflement aigu, et les gens se bouchaient les oreilles parce qu'ils savaient déjà comment c'était : menaçant, pénétrant. Et pour finir, l'explosion qui résonnait dans le tunnel comme un grondement incontrôlé. « Rien de moins sûr que le métro, grommelait un vieux amputé d'un bras, même le plus petit calibre suffit à le défoncer d'en haut.

— Comme tu vois, on est au bon endroit », me chuchota Opa à l'oreille. C'était une boutade. « Quand le concert sera terminé, on va courir à toutes jambes », ajouta-t-il en me faisant un petit pinçon sur le côté.

À peine les sirènes avaient-elles sonné la fin de l'alerte qu'on s'empressa de sortir de ce piège ; mais sitôt dehors nous enveloppa une âcre odeur d'incendie et, juste à l'entrée, on se heurta à un enchevêtrement de morts, les uns sur les autres, les jambes entremêlées, sans tête ou sans bras, une masse confuse de chairs en lambeaux, de chair sanguinolente. Opa m'entraîna en disant : « Ne regarde pas, petite, ne regarde pas, suffit. » On traversa la place. « J'ai soif », fis-je. J'avais une soif terrible, au point que ma langue était clouée à mon palais. « Dès qu'on sera à la pompe, tu pourras boire », me promit Opa. Juste après, on se heurta à un barrage. « Halte ! Arrêtez-vous ! » Un groupe de jeunes SS braquèrent leurs armes sur nous : « Où allez-vous ? »

D'un mouvement de menton, Opa indiqua les jerrycans : « Chercher de l'eau.

— Vos papiers ! »

Opa posa les bidons et, de la poche de son manteau, sortit sa carte d'identité. Un des SS la contrôla minutieusement. Ils ratissaient la ville à la recherche de gens à enrôler dans les diverses unités improvisées, mais Opa avait passé l'âge.

« Tout est en ordre ! » cria enfin un SS en lui faisant signe de s'éloigner.

Sous un feu tordu et qui ne marchait plus depuis une éternité, Opa s'arrêta. Me regardant dans les yeux, il me demanda : « Tu n'aurais pas dû me suivre, Helga. Mais pourquoi as-tu fait ça ? »

Il s'efforçait de se donner une contenance dans son manteau chiffonné, avec une ombre de regret dans ses yeux clairs.

« Je voulais rester avec toi... », murmurai-je, confuse.

Il marqua un instant d'hésitation, le regard posé sur mon visage, puis son expression s'adoucit et il murmura avec indulgence : « Très bien, je m'arrangerai avec ta mère. » Et il reprit les bidons.

Je commençais à sentir la fatigue, mais on était tout près de la pompe désormais. Il y avait une grande queue qui allait jusqu'au bout du pâté de maisons et qui était, pour l'essentiel, composée de femmes qui attendaient leur tour, les pieds dans la gadoue, les traits tirés et le regard voilé d'un épuisement infini. On se mit nous aussi dans la file. « J'ai soif ! » répétai-je. Mais Opa répondit : « Il faut attendre, ma petite, c'est bien regrettable, mais c'est comme ça. »

Au bout d'un moment, une petite vieille qui se trouvait devant nous, édentée et en guenilles, commença à monter sur ses grands chevaux. Elle se répandait en imprécations contre Hitler, contre la guerre et contre le régime, et elle employait des mots si injurieux qu'une femme crut de son devoir de la prévenir que quelqu'un pouvait l'entendre et la dénoncer à la Gestapo. Mais l'autre continua de plus belle en brandissant une marmite émaillée : « Qu'ils m'arrêtent donc, qu'est-ce que vous voulez que ça me fasse maintenant ? »

On attendit si longtemps notre tour qu'à la fin je ne sentais même plus mes pieds. Mes semelles s'étaient refroidies dans la neige fondue et mes pieds ressemblaient à deux morceaux de glace.

Enfin arriva notre tour. D'instinct, je me jetai sous le jet pour boire ; dans le creux de mes mains, je retenais le plus d'eau possible, mais aussitôt les autres commencèrent à râler. Apeurée, je m'arrêtai. Opa se mit à remplir les bidons, mais l'eau coulait lentement et cela prit encore beaucoup de temps.

On se remit en marche. Tant de route et tant de fatigue pour deux bidons d'eau !

On marchait lentement parce que les deux jerrycans étaient lourds. Je voyais le visage d'Opa tendu sous l'effort ; j'aurais bien voulu l'aider, mais ce n'était vraiment pas possible. De temps en temps il s'arrêtait pour souffler et regardait le ciel. Il me faisait de la peine.

Soudain hurlèrent les sirènes. « Mon Dieu, encore ! » s'exclama Opa, exaspéré. On regarda autour de nous à la recherche d'un abri antiaérien, mais il n'y en avait aucun dans les parages. Et l'on se faufila sous le porche d'une église.

La grande nef était plongée dans un courant d'air glacé. Une nuée d'oiseaux venait tout juste de s'envoler pour se disperser à travers une immense brèche ouverte dans la coupole. Le bénitier gisait par terre, brisé, et tout au fond, au-dessus d'un autel dépouillé et criblé de balles, pendillait un christ sans tronc. Soudain, j'aperçus une rangée de cadavres alignés le long d'un mur et j'éprouvai un frisson de rébellion : j'en avais marre des morts !

Pendant ce temps, à l'extérieur, avait commencé une canonnade enragée qui résonnait lugubrement dans la nef. Je ressentis le besoin de faire pipi. Un moment, je cherchai à me dominer, mais je n'y réussis pas. Embarrassée, me sentant un peu en faute, je le dis à Opa, mais il me répondit : « Fais donc, petite, pas de scrupules. » Je m'accroupis entre les bancs qui sentaient encore l'encens et me soulageai. Mais pendant que je faisais pipi, un sifflement effrayant annonça la tragédie : juste après, un projectile pénétra par une des grandes baies vitrées pour aller s'écraser sur le mur opposé, faisant tomber une corniche de stuc. Les vitres se brisèrent dans un fracas sec et assourdissant ; une pluie de bris de verre s'abattit sur les bancs et sur nous. Je les sentais dans mes cheveux, sur mes sourcils, dans ma nuque, tandis qu'un écho cristallin résonnait, insolent, entre les marbres opaques et les anges de plâtre indifférents.

Opa m'avait couchée par terre en me faisant un bouclier de son corps.

Quand l'enfer cessa, je rouvris les yeux et vis sous les bancs un livre de prières. Je tendis la main pour le ramasser, mais j'entendis la voix d'Opa qui me demandait : « Qu'est-ce que j'ai là, sur le front ? »

Je levai les yeux et vis du sang couler à la racine de ses cheveux. Il haletait, l'air ahuri, étourdi, ne sachant trop où il était. Je sentais quelque chose remuer dans mon ventre, comme un gros lombric qui faisait des cabrioles, mais ce n'était pas le moment de s'évanouir. Je demandai un mouchoir à Opa, lui épongeai le front avec un peu d'eau des jerrycans, nettoyai la blessure, me rendis compte qu'elle était superficielle et le lui dis, soulagée.

« Tu es une enfant courageuse », me dit Opa, et je fus fière de moi. On se remit en route.

Juste devant le porche gisait un homme en uniforme, avec les boyaux qui lui sortaient du ventre. « Regarde pas, siffla Opa, d'autant que maintenant il est mort, le pauvre, il n'y a plus rien à faire. »

Des ruines, encore des ruines. De nouveaux bâtiments en feu. De nouveau des ruines, et encore des ruines et d'autres maisons en feu. Les rues étaient désertes. La population se terrait dans les caves, épuisée, démoralisée, résignée. Les rues étaient vides, oubliées. On ne comptait plus les morts, mais eux au moins ils allaient bien, maintenant. Beaucoup les enviaient.

De temps en temps, Opa s'arrêtait pour souffler. Ses yeux étaient clairs et dignes. La sueur ruisselait sur ses cils, ses pommettes. Ses épaules maigres ployaient sous la fatigue. Je l'aimais, je le sentais. On rentra à la maison sans autres difficultés.

À peine la marâtre nous vit-elle qu'elle cria :

« Où avais-tu filé, petite peste ? Ça te passera donc jamais, la manie de fuguer ? »

C'est Opa qui répondit, conciliant : « C'est ma faute, c'est moi qui lui ai demandé de m'accompagner. »

La marâtre demeura perplexe, mais n'osa pas insister et s'enquit de la blessure d'Opa :

« Qu'est-ce qui t'est arrivé ?

— Une blessure superficielle. Ce n'est rien. Mais Helga m'a soigné. Une brave fille, Helga, une enfant courageuse. » Et il me passa la main dans les cheveux.

Peter me regarda d'un air renfrogné : « Quand je serai grand, je veux tirer sur tous les hommes. Je t'ai cherchée derrière les escaliers.

— Tout le monde t'a cherchée, ajouta la marâtre en me lançant un regard de hargne impuissante.

— C'est ma faute, répéta Opa.

— Où étiez-vous quand il y a eu l'alerte ? voulut savoir la marâtre.

— Quelle alerte ? demanda Opa d'un air amusé pour nous faire sourire. La première ou la seconde ?

— La seconde, répondit la marâtre. On dit que la seconde a été particulièrement massive.

— Dans une église. Une église avec des oiseaux et des cadavres. On mérite bien un verre d'eau !

— Moi aussi, moi aussi », piailla Peter en allant chercher son verre. Et tout le monde, dans la cave, de tendre son propre récipient.

De l'eau. De l'eau. Mille fois précieuse, parce que conquise au risque de sa vie.

13.

Berlin, avril 1945

La grippe se déclara dans notre cave, la promiscuité favorisant la contagion. Le campement prit un aspect d'apocalypse : entassés les uns sur les autres, fébriles et toussotant, semant des germes à tout-va. Nos corps allongés sur les lits de camp, amaigris et enveloppés d'habits crasseux et usés, ressemblaient à des enveloppes inertes. Nous attendions qu'un Dieu miséricordieux nous libérât de notre triste existence, cependant que la fumée de la bougie ajoutait une mélancolie pathétique à une scène déjà funèbre.

Opa tomba assez gravement malade, avec le réveil d'un vieil asthme qu'il croyait guéri. Il était assailli de crises violentes qui m'inspiraient une vive inquiétude : à chaque fois, je craignais qu'il ne s'étouffât.

Hilde parvint à se procurer une provision d'aspirine, mais par la suite elle resta à l'écart pour éviter la contagion. De fait, elle ne tomba pas malade. En revanche, la maladie s'abattit sur Erika, assaillie d'une très forte fièvre et, en conséquence, d'une faiblesse mortelle. Elle délirait et sa poitrine était secouée d'effroyables quintes de toux.

Peter s'en tira avec deux jours de vague malaise.

La marâtre, en revanche, attrapa une forme de grippe gastro-intestinale, qui la contraignit à un va-et-vient incessant entre le lit et le seau, tandis que la pénurie de papier n'était pas faite pour arranger les choses. Herr Mannheim avait sacrifié une précieuse collection de quotidiens berlinois du début du siècle en les découpant en rectangles : désormais, il était recommandé de faire des économies. Une recommandation presque comique, surtout quand quelqu'un souffrait de diarrhée.

Quant à moi, je vomis et toussai, et mon cuir chevelu se couvrit à nouveau d'affreuses croûtes qui me démangeaient. Opa dit que c'était à cause du manque de vitamines. Si seulement ce n'était que ça. Dans cette maudite cave, on manquait de tout, à commencer par l'air !

Un pauvre campement de malades. Et je ne désirais qu'une chose : m'endormir pour ne plus jamais me réveiller. Malgré tout, cependant, on guérit, l'un après l'autre. On avait survécu à des tonnes de bombes : il aurait été idiot de mourir de la grippe !

Un jour, alors que j'étais guérie de la toux, je fus saisie d'un désir presque spasmodique de prendre une bouffée d'air frais. Je demandai alors à la marâtre la permission d'aller un moment dans la cour, mais elle me répondit par un non ferme et définitif. Avec moi, elle se montrait toujours catégorique, sans jamais chercher à comprendre mes états d'âme, mes besoins les plus intimes. Avec Peter, au contraire, elle se montrait plus tolérante, même si je ne l'avais jamais crue capable d'intuitions psychologiques particulières : exactement le contraire de son père. Il était vraiment étrange qu'une personne aussi « prussienne » pût être la fille d'Opa, d'un homme aussi extraordinairement intuitif et humain. Mais peut-être tenait-elle de sa mère.

Peu après, Opa, qui avait entendu ma requête et le refus qui l'avait suivie, prit sa fille à part. Ils parlèrent un moment et, finalement, la marâtre m'accorda cinq minutes.

« Je t'accompagne, je t'attendrai à la porte », m'annonça Opa. Toute contente, je le précédai. J'ouvris la petite porte qui donnait sur la cour avec une émotion qui me coupa le souffle, mais aussitôt la lumière m'éblouit et je dus fermer les yeux. Quand je les rouvris, je vis le soleil et respirai avidement, à pleins poumons, l'air printanier même s'il sentait l'incendie et, pire encore, le cadavre. Mais c'était quand même de l'air frais, rien à voir avec la moiteur de la cave !

Après le ciel, je vis ma crasse et la joie se dissipa. Je regardai mes mains et mes ongles sales, mes bras couverts de raies noires, et j'eus honte de moi. Je regardai mes souliers crottés, élimés ; on voyait qu'ils n'avaient jamais reçu une seule couche de cirage ! Au demeurant, ça faisait un bon bout de temps qu'on ne se lavait même plus les dents, ce qui nous donnait à tous une haleine fétide. Sous le soleil resplendissant, je me fis l'effet d'une taupe, une malheureuse taupe sortie un instant de son misérable trou.

Je finis par surmonter la crise et par regarder autour de moi. Le ciel était rouge carmin, mais le soleil pénétrait à travers la couche de fumée suspendue au-dessus de la ville et inondait les ruines d'un éclat légèrement trouble. De toute façon, c'était le soleil ! J'observai les ruines alentour, tandis qu'une brise soufflant du côté opposé à la remise agitait l'air et dissipait un peu la puanteur des cadavres. Une atmosphère d'un charme sinistre.

Il faisait chaud. Le lilas était couvert de bourgeons qui devaient bientôt exploser. Je passai quelques instants à me plaindre d'être condamnée à survivre dans cette cave lugubre et exiguë, avec ce vieux qui pissait sous lui et tous les autres malheureux qui partageaient le même sort que moi.

Puis je haussai les épaules et regardai le ciel. Je me demandai si Dieu existait, si à cet instant il me voyait et en éprouvait un peu de pitié. Pitié d'une gamine en guenilles, de ses souliers usés jusqu'à la corde, de sa peau noire de crasse. Mon Dieu, on était vraiment aussi sales ? ! En bas, à la cave, ça ne se voyait pas, parce que même la bougie jetait un voile pieux sur l'horreur. Je regardai encore les ruines et songeai que le soleil était la chose la plus neutre qui existât. Le soleil était impartial, il éclairait le laid et le beau, le pathétique et le solennel, l'infamie et la vertu. Le soleil était incorruptible. Les hommes pouvaient bien détruire Berlin, voire le monde entier, le soleil éclairerait toutes ces horreurs et, finalement, réchaufferait de nouveau la vie !

Opa m'attendait à la porte, me prévenant qu'il s'était déjà écoulé trois des cinq minutes qui m'étaient accordées, quand un sentiment de révolte s'empara soudainement de moi. Cinq minutes de liberté face à une enfance entière dans la prison de la guerre était un privilège vraiment dérisoire.

Opa scrutait le ciel, ce ciel trompeur. À tout instant, au-dessus de ces ruines, pouvait surgir une escadrille d'appareils venus nous canarder et nous tuer. Le soleil aurait éclairé nos corps déchirés et fait paraître notre sang plus vif et effroyable.

« Encore une minute », me prévint Opa. J'enrageais. Qu'est-ce qu'on peut faire en une minute, bon sang ?

Je jetai un dernier coup d'œil à cette cour hallucinée où, jadis, des enfants heureux jouaient et de jeunes mamans poussaient leurs landaus avec des bébés qui piaillaient ou, peut-être, paisiblement endormis dans la chaleur du soleil printanier.

Je jetai un coup d'œil aux choux de la concierge au milieu desquels les deux corps s'étaient désintégrés. Les rejets séchaient, alanguis, sur des tiges filandreuses offertes à l'attention avide d'un merle. Dans un coin d'herbe luxuriante poussaient des marguerites : je fus tentée d'en cueillir quelques-unes, puis je changeai d'avis. Je me rappelai les vers d'une poésie de Goethe dont la directrice, au collège d'Eden, qui avait un grand respect pour les plantes, nous avait expliqué le sens. C'était l'histoire d'un homme, qui, traversant les bois, avait aperçu une belle fleur. Il s'apprêtait à la cueillir quand la petite plante lui avait demandé tristement : « Tu veux me cueillir pour que je me fane ? »

Subitement, le vent tourna et mes narines se remplirent de l'odeur fétide des cadavres qui se putréfiaient au pied de la remise ; une sensation de nausée si profonde me saisit que j'aurais voulu me faire engloutir par la terre. Disparaître ! Mourir ! Je haïssais tout. Le monde, moi, ma crasse, ma misère. La cave dans laquelle je devrais retourner dans une minute, et cette guerre, qui me contraignait à végéter. Tous, sans distinction, m'avaient trahie : ma mère, mon père, la marâtre, l'Allemagne, le monde. La vie. Dieu !

Aveuglée par la haine, je courus vers la porte. Opa me regarda sans comprendre et cria : « Je voulais t'accorder une prolongation de cinq minutes, mon trésor ! », mais je répondis, butée, hostile, rebelle, irritée : « J'en veux pas ! J'en veux pas de tes cinq minutes ! Je veux plus rien, je veux mourir ! » Et je retournai, toute tremblante, dans ma prison.

Opa me rejoignit dans la cave obscure et me serra dans ses bras. « Ma pauvre enfant..., murmura-t-il au-dessus de ma tête, ma pauvre enfant... » Puis il s'écarta et dit d'un ton plus prosaïque : « Il faut que j'aille chercher de l'eau.

— Mais c'est pas ton tour ! » Je protestai, mais il me répondit que la marâtre n'était pas bien et qu'il préférait la remplacer.

Je le vis prendre les jerrycans et disparaître lentement dans l'escalier. Je me sentais triste et abattue. Peu après, lorsque Peter se réveilla, je lui dis : « Je suis allée dans la cour et j'ai vu les marguerites. »

Il se frotta les yeux et grogna : « Moi aussi, je veux y aller dans la cour. » L'envie l'anima : « Moi aussi, je veux y aller dans la cour ! » s'exclama-t-il plus fort. Et il sauta du lit. Egon, qui à son tour émergeait d'un petit somme, lui fit écho : « Moi aussi, je veux y aller dans la cour ! Moi aussi ! »

La marâtre me lança un regard contrarié : « Tu pouvais pas la fermer, non ? Je savais bien que ça allait finir comme ça !

— Alors, je peux y aller dans la cour ? demanda Peter en se plantant devant la marâtre.

— Non, mon trésor. » Que n'avait-elle dit ! Egon et Peter organisèrent une petite émeute et il nous fallut un moment pour la calmer. À la fin, Peter me lança un regard haineux et déclara :

« Je te parlerai plus jamais. Plus jamais de toute ma vie ! » J'avais un regard buté, mais j'étais bien contente : l'espace d'un instant il avait retrouvé sa mauvaise tête d'autrefois.

Rejetée par Peter, je me retirai dans un coin en gardant un œil sur l'escalier. Au bout d'un moment, Erika me pria de lui parler de la cour. Je m'accroupis près d'elle et lui parlai du soleil, des bourgeons du lilas et de l'herbe verte, mais je passai sous silence le ciel rouge, l'odeur âcre de l'incendie et celle des cadavres.

Puis elle voulut parler de son village natal, d'un petit lac avec deux cygnes, des criques parsemées de myrtilles et d'une rivière au bord de laquelle, l'été, les enfants se racontaient des tas d'histoires. Elle voulut me raconter aussi sa fuite ; d'abord devant les Allemands, puis devant ces terribles Russes, qui avaient cloué son papy à la porte de l'étable et violé sa maman. On discuta jusqu'à ce qu'elle soit prise d'un accès de toux. Sa maman me conseilla alors de m'éloigner.

Il y eut une nouvelle alerte, et commença alors l'habituel concert : le ra-ta-ta-ta de l'artillerie et les tirs de la DCA sous les yeux exorbités de la population, de ces pauvres gens aux visages décomposés et aux cheveux collés ; et au milieu du grondement sourd des détonations s'élevait, peut-être, une prière, une pensée destinée au fils qui se trouvait sur le front ou une timide recommandation à ceux qui nous attendaient déjà au ciel. Qui sait ? Ils pouvaient dire un mot gentil pour nous. Mais je ne connaissais personne qui fût déjà mort, sauf Frau Fichtner. Alors je priai Frau Fichtner de protéger Opa qui était dehors avec les bidons.

L'attaque passée, on se regarda tous, soulagés, encore une fois sauvés, encore une fois rescapés. Peter rouvrit les poings et Gudrun retira le chandail qui recouvrait ses jeunes seins. « On s'en est bien sortis, cette fois », soupira Herr Hammer, et le vieux demanda le seau. Ils le lui accordèrent, par une sorte de bonne action quotidienne, même si la concierge, dégoûtée, préféra regarder de l'autre côté. Le vieux était content.

Il ouvrit sa braguette sans pudeur et le seau métallique amplifia le petit crépitement exaspérant. Il n'y avait pas grand-chose, parce qu'on ne buvait presque plus, désormais, ce qui nous valait à tous une inflammation des reins. Peu après, on s'aperçut qu'un autre vieux pleurait : il nous regardait de ses yeux clairs et désespérés, avec un filet de sueur qui coulait de ses pommettes.

« Qu'est-ce qu'il y a ? demanda Frau Bittner. Après toutes les attaques qu'on a essuyées ces derniers mois, on n'est pas encore blindé ? » Elle s'approcha et lui posa une main affectueuse sur l'épaule. Le vieux sanglota et dit : « Quand vous dormirez tous, je me tuerai, j'ai un pistolet dans mon caleçon. »

Quelqu'un sourit, incrédule, Peter le dévisagea d'un air intéressé. « Sottises ! » lâcha Herr Hammer, et Frau Köhler fit de l'esprit : « Comme ça, il y a au moins quelque chose de dur dans le caleçon, mes compliments, cher Herr Spitzberg ! » Le troisième vieux ricana, mais Herr Spitzberg était vexé. « J'exige le respect, Frau Köhler, fit-il d'un air grave. J'ai été un acteur célèbre, moi, mon Egmont a fait parler de lui ! J'ai tenu le rôle dans les meilleurs théâtres du Reich, Frau Köhler, et même dans votre Schlossparktheater, si ça vous dit quelque chose !

— Egmont ! » bêla la concierge qui, en l'occurrence, pouvait être une vraie fripouille. « Il fallait vous faire décapiter pour de bon, Herr Spitzberg, au moins ça vous aurait épargné de croupir dans cette cave lugubre !

— De toute façon, je vais me tuer, grommela le vieux en glissant la main dans son caleçon.

— Qu'est-ce que vous fabriquez ? » railla Frau Köhler, qui ne le prenait pas au sérieux. « Vous vérifiez qu'il y a encore quelque chose de dur dans votre caleçon ? » Mais, tout à coup, Kurt arriva dans le dos du vieux, en un éclair glissa la main dans son caleçon et en retira un pistolet.

« Bon sang, cria Herr Hammer, vous êtes cinglé, Herr Spitzberg ! Qui vous a permis de sortir le pistolet de sa cachette ? Vous savez que si la Gestapo arrive et trouve une arme sur vous, elle vous fusillera ?

— Tant mieux », lâcha le vieux qui, en l'espace de quelques secondes, renifla, s'allongea sur son lit et se mit à ronfler.

Herr Hammer retira le pistolet des mains de Kurt : « Ne te fais pas d'illusions, jeune homme, ce truc retourne à sa place, et tout de suite !

— Je le veux, le pistolet ! » s'exclama Rudolf, le fils de Frau Köhler. Mais sa mère lui allongea une claque : « Je te le donne, moi, le pistolet ! Vous êtes tous cinglés ? »

Il faisait déjà nuit quand Opa descendit enfin les marches : je me rendis compte tout de suite que quelque chose n'allait pas. Avec une étrange rigidité, il posa les jerrycans, leva un instant les yeux au plafond et s'écroula. La marâtre lâcha un cri, mon cœur se mit à battre furieusement :

« Mon Dieu, faites qu'il soit pas mort ! »

Tout le monde se précipita autour d'Opa, mais Herr Hammer nous renvoya à nos places en nous imposant le calme et le silence, puis il retira le manteau d'Opa et, de mon lit, je vis que, dans le dos, ses habits étaient tachés de sang. Je faillis m'évanouir, je haletai.

« Il y a un éclat, annonça Herr Mannheim après l'avoir examiné. Il faut à tout prix trouver un médecin, il perd trop de sang. » Il enfila son manteau et sortit, malgré les protestations de sa femme. Frau Köhler la foudroya d'un regard éloquent, mais ne dit mot. On ne savait pas comment aider Opa, tandis que dans la cave la tension était terrible. La marâtre tenait la main de son père et pleurait. Peter continuait de lui demander pourquoi elle pleurait. Hilde n'était pas là.

Pour faire tomber la tension, peut-être, quelqu'un raconta : « Vous allez pas le croire, mais ce soir, à la Salle Beethoven, il y a un fou qui donne un concert, et vous savez ce qu'il y a au programme ?

— Une symphonie pour artillerie et mortier ? ironisa Herr Hammer.

— Non. L'ouverture du *Egmont* de Beethoven, ainsi que *Mort et transfiguration* de Strauss. »

Au mot « Egmont », le vieux qui voulait se suicider se réveilla comme par enchantement et cria : « Qui joue Egmont ?

— Criez pas ! fit Herr Hammer. Personne ne joue Egmont. C'est un concert.

— Où ça ? demanda Herr Spitzberg, maintenant parfaitement réveillé.

— Salle Beethoven.

— On donne un concert à la Salle Beethoven ? répéta-t-il en s'illuminant. Alors la guerre est finie !

— Elle est finie, mes couilles ! siffla Herr Hammer. Du calme, vous voyez pas que Herr Busch est pas bien ?

— Pas bien ?

— Mon Dieu...

— Qui est pas bien ? balbutia le vieux.

— Herr Busch ! Merde alors, vous êtes aveugle ou quoi ? »

L'autre tourna enfin le regard vers Opa et se mit à pleurnicher : « Pauvre Herr Busch, qu'est-ce qui lui est arrivé ? »

En haut de l'escalier, on entendit des pas et de la pénombre émergea Herr Mannheim, qui descendit en soutenant un vieillard décrépit et amputé d'une jambe.

« Voici le docteur Schreber, annonça-t-il. Il va s'occuper de Herr Busch. »

Le médecin réclama un verre d'eau, qu'il but à longues gorgées tout en s'appuyant de l'autre main sur ses béquilles. Puis il demanda d'un signe qu'on lui passe la trousse de secours d'urgence que Herr Mannheim avait portée pour lui et commença son opération.

D'une main habile, il retira un long éclat du dos d'Opa, nettoya la blessure, fit quelques points de suture, s'assura que le poumon n'était pas touché et déclara : « Voilà, demain il ira déjà mieux. » Il se laissa glisser sur un siège et s'endormit. Au bout de quelques secondes, il se réveilla et raconta, tout guilleret, qu'il avait travaillé quarante ans à l'Elisabethhospital de Berlin : « C'était une époque... où tout fonctionnait parfaitement... aujourd'hui, je ne sais pas comment ils s'en sortent là-bas sans eau ni électricité, sans anesthésiants ni médicaments... le monde est devenu fou... comme j'aimerais mourir ! » Et il se rendormit. À la lueur enfumée de la bougie, son moignon de jambe avait quelque chose d'insupportablement lugubre qui exerçait sur Peter un funeste attrait. Il s'en approcha, se gratta le front, plissa les paupières et demanda :

« Il est où, l'autre bout de ta jambe ? »

On le fit taire : « Pst, qu'est-ce que tu dis ? Le médecin pourrait t'entendre. Il serait pas content.

— Il est où, l'autre bout de ta jambe ? » répéta Peter plus fort. Le médecin se réveilla et répondit : « C'est une grenade qui me l'a emporté, mon garçon. Tu veux bien me promettre une chose ?

— Oui..., marmonna Peter, surpris.

— Tu dois me promettre que, quand tu seras grand, tu ne permettras pas qu'il y ait une autre guerre, dit le vieux.

— Pourquoi ? demanda Peter en se pinçant les joues.

— Parce que la guerre n'est pas digne des hommes.

— Pourquoi ?

— Parce qu'à la guerre les gens sont obligés de se comporter de façon contre nature.

— Pourquoi ?

— Toi, par exemple, tu es tout le temps dans cette cave. Ça te paraît juste ?

— Oui.

— Pour quelle raison ça te paraît juste, mon petit ?

— Si je sors, on me tue.

— Et ça te paraît normal qu'un petit garçon ne puisse pas sortir de sa maison parce que autrement on le tue ?

— C'est comme ça..., marmonna Peter dans un haussement d'épaules.

— Mais ça te dirait d'aller jouer dans la cour ? insista le médecin.

— Oui, fit Peter, pour cueillir une marguerite.

— Juste pour ça ?

— Oui, parce qu'elle pue, la cour. Il y a des morts.

— Mon pauvre petit », murmura le médecin, les yeux brillants de larmes.

Peter se frotta le mollet avec la pointe de sa chaussure et déclara : « Quand je serai grand, je veux faire le bandit et tuer tous les hommes.

— Tous ? » fit le médecin.

Peter y repensa : « Pas Mutti, accorda-t-il, et pas Helga et pas Opa et pas Hilde. » Il omit notre père.

« Pauvre garçon ! » répéta le médecin en se levant. Son moignon oscillait horriblement à la lueur de la bougie qui projeta une ombre monstrueuse sur le mur. « Dieu vous protège », conclut-il en jetant un dernier regard à Opa avant de disparaître dans l'escalier. Herr Mannheim se proposa de le raccompagner, sans trop savoir où, d'ailleurs, parce qu'il l'avait trouvé dans les couloirs du métro. Le vieux commença par refuser, puis finit par accepter. La femme de Herr Mannheim protesta : « Personne d'autre peut y aller ?

— Je t'en prie, Gitte ! » rétorqua Herr Mannheim en lui lançant un regard réprobateur.

Quand ils furent partis, Frau Köhler explosa :

« Vous êtes d'un égoïsme à vomir, Frau Mannheim !

— C'est toujours mon mari qui s'y colle, aboya l'autre.

— C'est toujours à nous d'aller chercher l'eau, lui fit observer Frau Köhler.

— J'ai de l'arthrite aux genoux, pleurnicha la femme.

— Désormais, vous serez vous aussi de corvée d'eau, décida froidement Frau Köhler. Et vu que Herr Busch est hors combat, votre tour commence juste demain. Compris ? »

Frau Mannheim essaya bien d'élever une protestation larmoyante, mais Frau Köhler avait dit son dernier mot. Un vrai adjudant-chef, celle-là !

Opa guérit rapidement, mais il lui fut désormais impossible de supporter le poids des jerrycans. Désormais, c'est Frau Mannheim qui, bon gré mal gré, le remplaça avec force jérémiades. Moi, j'étais bien contente : Opa ne serait plus exposé au danger des obus et des attaques aériennes en pleine rue. Frau Mannheim était furieuse. Elle avait cherché la complicité de son mari, mais celui-ci s'était dérobé. La première fois qu'elle avait dû sortir avec les jerrycans, elle en avait fait une tragédie. Elle traînait la patte et se lamentait.

« Courage, mon trésor ! » lui lança Herr Mannheim.

Elle gravit lentement l'escalier en soufflant et, arrivée au sommet, nous souhaita à tous d'être frappés par une bombe géante ; puis elle s'éloigna affreusement vexée.

L'épisode de la blessure d'Opa coïncida avec la phase la plus dramatique, juste avant la fin de la guerre.

C'est dans ces jours-là que se produisit une chose très grave. Au cours d'un raid aérien, une bombe toucha la canalisation d'eau potable et tout Berlin resta à sec. Quand les bouteilles, les seaux et les bidons furent vides, il ne resta plus que la Spree. La nécessité faisant loi, les gens se mirent à filtrer cette eau putride à la surface de laquelle flottaient les cadavres. Étrangement, aucun de nous n'attrapa la typhoïde ni la dysenterie.

Un jour, les locataires de la cave firent la collecte des objets d'une certaine valeur pour les échanger au marché noir contre un peu de lait en poudre, de l'huile ou des patates. Mais cela ne suffit pas à nous nourrir. En échange d'un petit tapis persan, la marâtre obtint un kilo de petits pois secs !

Avec les nouvelles contradictoires qui nous arrivaient, on ne savait plus trop à quoi s'en tenir. Un jour, la BBC annonça que les Soviétiques avaient enfoncé les lignes allemandes à l'est et s'approchaient des faubourgs de Berlin ; de son côté, le Deutsche Rundfunk, l'organe officiel du Reich, se voulait rassurant et continuait d'affirmer aux Allemands que la 12e armée du général Wenck « infligeait à l'ennemi une défaite cuisante ».

En vérité, le 20 avril, pour l'anniversaire de Hitler, Berlin se trouva pour la première fois sous le feu de l'artillerie soviétique.

Les informations les plus précises nous venaient de ceux qui étaient de corvée d'eau. Ils racontaient que régnait dans la ville un chaos indescriptible et qu'il y avait une gigantesque invasion de rats. Les rues étaient jonchées de cadavres : depuis quelque temps, plus personne ne les évacuait et la puanteur était si terrible que les gens, déjà affaiblis, tombaient dans les pommes. Plus aucun moyen de transport ne marchait : ni le tram ni l'omnibus ni le métro, pas plus les lignes aériennes que les autres. Les couloirs du métro étaient bondés de gens qui hurlaient de faim et de soif, y compris les tout-petits. Il n'existait aucune forme d'assistance médicale et les médicaments étaient introuvables. Aller chercher de l'eau était à chaque fois une aventure terriblement risquée et qui rentrait à la cave faisait figure de miraculé. On fouillait parmi les décombres pour trouver quelque chose à troquer au marché noir, faisant fi des sirènes et défiant la mort. On ne comptait pas les suicides. La peur des Russes avait conduit de nombreux quartiers à édifier des barricades et à creuser des tranchées antichars. La population tout entière vivait dans l'angoisse.

Qui était contraint de sortir des caves, pour une raison ou pour une autre, se faisait arrêter et fouiller à maintes reprises. Des escouades de fanatiques passaient la ville au peigne fin à la recherche de recrues pour les divers détachements spéciaux, mais la population qui survivait dans la capitale à l'agonie se composait surtout de vieux, de femmes et d'enfants en si piteux état qu'ils n'auraient pu en aucune façon contribuer au salut de la patrie.

Dans la cave, le moral était à zéro. Peter était toujours somnolent, Kurt oscillait entre des phases de torpeur évidente et d'agressivité incontrôlable. Gudrun passait des heures et des heures à fixer la table sous laquelle on avait rangé nos valises. « Et pourtant, c'est une fille normale, continuait d'assurer Frau Bittner, on ne lui a jamais connu de troubles psychiques. »

Egon avait toujours une petite fièvre et se plaignait d'étranges maux de dos. La marâtre souffrait de coliques hépatiques. Après la grippe, Erika était restée affaiblie et demeurait un peu fiévreuse. On assistait, médusés, à ses effroyables crises de toux, et on se sentait impuissants. Elle crachait du sang dans la soupière, mais elle le faisait avec une certaine grâce pour ne pas trop nous impressionner.

Erika était belle. Elle avait une peau si transparente qu'on devinait ses os. Elle avait de grands yeux bleus comme des myosotis. Elle était tellement fine qu'elle ressemblait à une fleur de lys, et elle en avait même la couleur.

Sa maman était une femme douce et courageuse. Un soir, après le black-out, elle sortit de la cave munie d'un petit pistolet et d'une torche pour ne rentrer que peu de temps avant l'aube. Entre-temps, on essuya deux raids aériens, dont un particulièrement massif. Des heures durant, on craignit de ne plus la revoir. Mais elle finit par reparaître avec une bonne nouvelle. Elle avait découvert un magasin de ravitaillement de la Wehrmacht où il y avait encore de grandes réserves de vivres. Aussitôt la marâtre proposa d'y aller ; et Herr Spitzberg, le vieux qui voulait se suicider, insista pour en être. Ils essayèrent de l'en dissuader, mais, étrangement, il continua d'insister. Opa ne voulait pas que la marâtre risque sa peau, mais elle fit la sourde oreille. En ce temps-là, on ne voyait guère Hilde : toujours plus souvent, elle passait la nuit au bunker de la Chancellerie.

Ils avaient décidé de sortir le soir, quand il ferait nuit. On resta tous dans l'attente, soucieux.

Opa, le malheureux, se rongeait les sangs pour sa fille. Il allait et venait dans le couloir. Arrivé au seau, il faisait demi-tour, les mains jointes dans le dos. Moi aussi, j'avais de l'appréhension pour la marâtre, tout en reconnaissant que je préférais que ce soit elle qui risque sa vie, plutôt qu'Opa.

Ils revinrent au cœur de la nuit avec un assez beau butin. Mais ils nous rapportèrent une affreuse nouvelle : le vieux y avait laissé sa peau.

Apparemment, le magasin n'était surveillé que par une seule personne, qu'ils avaient aussitôt tuée. Mais alors qu'ils s'apprêtaient à fuir, était apparue une deuxième sentinelle qui, juste avant, dormait derrière un tas de pommes de terre. Arrivé par-derrière, le vieux lui avait flanqué un coup de barre sur la tête, mais l'autre avait eu le temps de lui tirer une balle dans le ventre. Ils avaient dû le laisser sur place. C'est la maman d'Erika qui avait tué la sentinelle.

Ils firent du feu et préparèrent une soupe de légumes avec des patates. Pour Erika, il y avait du lait en boîte déjà sucré qui devait lui faire tout de suite du bien.

On avait toujours l'oreille tendue, guettant le moindre bruit en haut de l'escalier parce qu'on craignait l'arrivée de la Gestapo ou de SS à la recherche de déserteurs. Au moindre soupçon, Kurt et l'autre vieux disparaissaient dans une galerie si bien camouflée qu'on aurait eu bien du mal à la découvrir, surtout si l'on venait de l'extérieur. C'est là aussi qu'était planqué le récepteur.

Un matin de bonne heure, Opa entendit à la radio que des détachements soviétiques d'avant-garde avaient occupé les premiers faubourgs de Berlin. Je pensai tout de suite au collège d'Oranienburg-Eden. « Nous approchons de la fin, dit Opa d'un ton grave. On n'en a plus pour longtemps, maintenant. » Mais les bombardements continuaient de nous tourmenter jour et nuit.

Les dernières provisions avaient amélioré l'état d'Erika, qui reprit un peu de couleur sur les joues et redonna quelque espoir à sa mère. De temps à autre, Herr Hammer encourageait Erika du regard en disant : « Du courage, petite, bientôt ce sera fini, cette merde ! »

Un jour, un jeune SS fit irruption dans notre cave. Il avait ouvert la porte, en haut de l'escalier, si prudemment qu'on le retrouva en face de nous comme un fantôme. Il était livide, les yeux hagards. « Tout est perdu, cria-t-il, nous sommes entre les mains des bolcheviks. *Heil Hitler !* » Et il se tira un coup de pistolet dans la bouche. Il s'effondra à nos pieds tandis que le sang jaillissait de sa bouche. C'était horrible, je me sentais mal.

« Je m'en charge », fit Herr Mannheim d'un ton impassible. Il traîna le corps à l'extérieur et l'ajouta aux cadavres qui se tenaient déjà compagnie à proximité de la remise.

Nous attendions les Russes. Nous savions qu'ils devaient venir. C'était désormais inévitable. On n'arrivait pas à penser à autre chose.

Nous attendions, tendus, sales, épuisés. Par-dessus le marché, l'un des locataires de la cave souffrait de troubles intestinaux fâcheux, même si on savait que ce n'était pas le typhus parce qu'il n'avait pas de fièvre.

Quelques jours plus tard, Opa apprit par la radio que les Soviétiques occupaient Tempelhof. Du coup, la marâtre monta à l'appartement de Hilde téléphoner à la villa de tante Margarete – le téléphone a marché jusqu'au bout –, mais personne ne répondit. Elle essaya plusieurs fois jusqu'à ce que, à l'autre bout du fil, une voix lui répondît en russe.

Nous attendions. Nous attendions dans le petit enfer de notre cave au-dessus de laquelle, toutes les deux ou trois heures, se déchaînait un véritable enfer, un grand celui-là. La terreur était devenue la compagne habituelle de notre vie ; la faim et la soif, un tribut forcé à une cause qui, depuis quelque temps, était apparue comme un gigantesque piège. Nous attendions.

Une attente épuisante, comme la peur de l'inconnu. De faibles reparties dans l'obscurité de la cave, des hypothèses angoissées sur l'arrivée des Russes, de sinistres prévisions sur un avenir incertain. Et pendant ce temps, le même vieux qui continuait à pisser sous lui et à chercher un seau pour faire ses besoins, sans aucune possibilité de trouver du papier hygiénique !

On n'avait reculé devant rien pour remédier à cette ridicule pénurie. On avait découpé un drap et des torchons de cuisine ; à la fin, on avait pris des livres, en choisissant ceux dont le papier était le plus doux. Ainsi disparurent, sous nos fesses, des pages précieuses de Nietzsche ou de Shakespeare. Au début, certains avaient ciselé à ce propos de bons mots, mais bien vite le silence retomba : « Quand la culture s'en va en merde », avait commenté Herr Mannheim, dans le temps journaliste, « un peuple est proche de la fin ».

Puis arriva cette nuit terrible de la mi-avril.

Je venais tout juste de m'endormir après avoir pensé à mon père et je me réveillai avec la sensation que la cave tremblait. Je me redressai sur mon lit. Mon cœur battait la chamade. En effet, la cave tremblait sur ses fondations et un fracas inouï nous défonçait les tympans. La panique s'empara de nous. Des cris s'élevèrent, et des imprécations contre Hitler, l'unique vrai responsable.

Toutes les forces du monde semblaient s'être alliées contre nous. La terreur me raidissait. La bougie tremblait frénétiquement, projetant des ombres monstrueuses sur les murs tandis qu'au-dessus de nous la bataille faisait rage. L'artillerie lourde des Soviétiques se déchaîna avec un acharnement tel qu'ils semblaient vouloir détruire le peu qui subsistait de la capitale. De puissantes détonations secouaient les murs comme un tremblement de terre. Je fus prise d'un frisson incontrôlable. J'étais certaine que c'était la fin, que dans quelques minutes on serait tous morts. Je vis le vieux se lever et demander, vainement, le seau, puis l'expression de son visage trahit l'inévitable : il faisait sous lui.

Herr Hammer fixait le plafond, comme pour le conjurer de ne pas céder ; la veine de son cou était gonflée, comme chaque fois que la terreur le submergeait. Tout à coup, une poutre s'abattit sur le lit d'Egon dans un cri de terreur général. L'enfant paraissait mortellement atteint ! Par chance, ce n'était qu'un évanouissement ; pour le reste, il était quasiment indemne. Soulagée, Frau Bittner éclata en sanglots convulsifs. Il y eut enfin un grondement indescriptible et Herr Mannheim s'exclama : « Bon sang, cette fois elle est tombée sur nous. » Et il serra sa femme dans ses bras, pleurant sur son épaule.

Entre-temps, la cave s'était remplie de fumée et tout le monde se mit à tousser. La maman d'Erika pressait un mouchoir sur la bouche de sa fille, mais la malheureuse était en proie à une crise de toux convulsive.

On ne comprenait pas d'où venait la fumée. Selon Herr Hammer, notre immeuble était en feu.

Tout le monde suffoquait. Je sentais une brûlure âcre dans la gorge, puis dans les bronches, comme si elles étaient pleines de sable. Je toussai jusqu'à la nausée. Je jetai un œil sur le lit de mon frère. Il était vide. Puis j'aperçus Peter sur le lit de la marâtre, agrippé à elle comme une branche de lierre. Dans les sales moments, elle ne pensait pas à moi, uniquement à Peter ! Mais moi, j'avais Opa. Il s'approcha de mon lit et demanda comment j'allais. Je le regardai, sans savoir que dire. J'étais défaite. Mais il l'était, lui aussi. « Je ne sais pas ce qui se passe... ma petite... mais il faut essayer de... rester tranquilles. » Il hurlait parce que le fracas était infernal. Tout à coup, je le vis porter la main à la tête, rouler des yeux et crier en haletant : « Suffit ! Je dois sortir d'ici, suffit ! » Et il s'engouffra dans l'escalier. Je vis la marâtre lâcher Peter et courir derrière Opa. Peter poussa un hurlement de protestation et s'apprêta à la suivre. Je sautai de mon lit et le rattrapai. Je le serrai dans mes bras en chuchotant : « Reste ici, reste avec moi, reste ici... »

Il se débattait, me flanquait des coups de pied, et me planta un ongle dans l'œil. Aussitôt le sang jaillit. Quand je sentis le goût du sang dans la bouche, je fus prise d'un haut-le-cœur. Je vomis sur la tête de mon frère : une horreur.

Pendant ce temps, la marâtre avait rattrapé son père et l'avait convaincu de s'allonger sur un lit. Opa se mit à pleurer comme un enfant, ce qui me fendit le cœur. Mais il finit par surmonter la crise. Et l'attaque cessa.

C'était le raid le plus violent que nous ayons eu à subir depuis le début de la guerre. Il avait duré plusieurs heures. Lorsque sonna la fin de l'alerte, tout le monde sortit voir dans quel état était l'immeuble. Il était encore debout.

« Les Soviétiques ont atteint le cœur de Berlin », annonça Opa. Il venait de l'entendre à la BBC. « La fin approche », ajouta-t-il. On pensa aussitôt aux Russes. Qu'allait-il arriver quand ils descendraient dans notre cave ? Il était beaucoup question de viols mais, en réalité, je ne savais pas de quoi il retournait.

Frau Bittner avait peur pour Gudrun, mais la maman d'Erika avait aussi peur pour sa fille, bien qu'elle ne fût que l'ombre d'une jeune fille. Au fond, même la marâtre, Frau Köhler et la maman d'Erika n'étaient pas vieilles, elles non plus. En somme, la seule à s'en tirer serait probablement Frau Mannheim, qui avait soixante ans passés.

Rudolf, le fils de Frau Köhler, qui ces derniers temps s'était retiré dans sa coquille, passant de longues heures à lire, à la faible lueur d'une bougie, les livres de Karl May, changea après avoir appris la nouvelle. L'angoisse pour sa mère ne le lâchait plus ; il voulut savoir par le menu en quoi consistaient ces violences, à la suite de quoi il lui interdit de sortir de la cave.

Dernières nouvelles : le centre de Berlin grouillait de blindés et on tirait de tous les côtés. Les Russes se dirigeaient vers le Reichstag.

Opa et Herr Mannheim restaient collés au poste, cherchant à y voir clair parmi les informations qui se bousculaient. Ils écoutaient également les bulletins du Deutsche Rundfunk, l'organe officiel du Reich, qui un jour, sans crier gare, se tut au beau milieu d'un communiqué. Le silence qui suivit ne signifiait qu'une chose : l'ennemi avait atteint la station de radio.

Depuis des jours, plus personne ne sortait de la cave. Les provisions étaient épuisées.

On passait le plus clair du temps allongés sur nos paillasses pour ne pas gaspiller nos forces. D'un côté, on désirait que la guerre s'arrête ; de l'autre, on redoutait l'arrivée des Russes. Pendant ce temps, ils continuaient à nous bombarder, mais personne ne comprenait quels objectifs pouvaient encore tenir debout et faire envie à l'ennemi. Berlin était en feu, qu'est-ce qu'ils voulaient de plus ?

Depuis une semaine, Hilde manquait à l'appel. La marâtre avait téléphoné au ministère, mais personne ne savait où elle était. Opa et la marâtre étaient très inquiets.

14.

Dans ces mois de 1945, toute ma force vitale n'était concentrée que sur un objectif : survivre. Non que mon âme se fût desséchée ou que le besoin d'amour se fût tari, au contraire. Mais mon esprit sélectionnait les signaux extérieurs suivant leur priorité. On vit sans amour, pas sans vivres ni eau. J'avais confiné mon désir d'amour en un lointain recoin de mon âme, en attendant des temps meilleurs, plus généreux d'une affection qu'en réalité je n'aurais jamais plus. Même après la guerre, la marâtre devait me rejeter, m'expédiant loin de la famille ; et mon père devait se soumettre à son désir.

Consciemment, je ne ressentais jamais le manque de ma vraie mère. Je ne pensais jamais à elle. Il m'arrivait de penser à ma mamie avec une grande nostalgie et à mon père avec l'espérance de sa présence protectrice, mais jamais à ma mère : je l'avais effacée de mon esprit. Je ne devais affronter ce genre de trou noir que de longues années plus tard, alors que j'avais déjà un fils et vivais en Italie. Le besoin de connaître ma mère me prit au dépourvu et j'entrepris des recherches. Je la retrouvai à Vienne trente ans après qu'elle nous eut abandonnés. Exultant de joie, j'étais toute prête à pardonner, à recommencer. Mais je découvris une ex-nazie restée profondément attachée à cette doctrine, et la déception me terrassa. Le tribunal de Nuremberg l'avait condamnée à six ans de prison pour crimes de guerre à la suite de son arrestation au camp de concentration de Birkenau, où elle était gardienne. Je rejetai ma mère, mais au prix d'un conflit intérieur douloureux et lancinant. Je la perdis pour la seconde fois. Ce vide me pèse encore, je ne parviens pas à m'en libérer. C'est le vide le plus pesant qu'un être humain puisse supporter ; un vide pareil à un ennemi rusé toujours à l'affût pour te faire chuter, pour te désarmer et faire de toi la proie fragile et facile de consolations illusoires. Il me coûta bien des luttes et bien des douleurs.

Nous attendions les Russes avec une tension croissante. À mesure que les jours passaient, l'attente se transformait en une angoisse irrépressible et on ne pensait pratiquement qu'à ça. Les grands cherchaient à se maîtriser, à masquer le problème devant les plus petits, mais la peur régnait sur la cave telle une couverture épaisse et suffocante, qui nous privait de sommeil.

Je pensais souvent à ces Russes que Hans et moi avions rencontrés à Eden et qui nous avaient donné de la pâte de semoule et du pain : ils n'avaient pas l'air méchants. Et je me mis dans la tête qu'il devait y avoir deux espèces de Russes : ceux qu'on avait connus à Eden et les « Soviétiques », que Goebbels dénigrait, traitait de barbares et de primitifs. Si c'étaient les Russes qui étaient arrivés, me disais-je, il n'y avait pas trop de crainte à avoir, mais je n'osais penser à l'autre hypothèse.

Rudolf, douze ans, était le fils de la concierge, Frau Köhler. Un jour, il attendait sa maman sortie chercher de l'eau. Depuis qu'on parlait de viols, il était devenu vraiment insupportable. Il embêtait tout le monde avec ses peurs délirantes pour sa mère.

Subitement, je le vis bondir, s'approcher d'Opa et lui réclamer un pistolet. Opa lui demanda pour quoi faire. Pour tuer le premier Russe qui oserait lever les pattes sur sa mère, répondit Rudolf, pâle et farouche. Opa lui expliqua qu'il ne pouvait pas lui donner satisfaction, avant tout parce qu'il n'était qu'un petit garçon, mais aussi parce qu'on ne devait pas trouver d'armes dans les caves : il était interdit aux civils d'en posséder. Du coup Rudolf s'échauffa et se mit à invectiver Opa. Il disait que les hommes de la cave étaient des lâches parce qu'ils ne comptaient pas défendre les femmes contre les Russes. En vain Opa tâcha de lui expliquer que les Russes arriveraient armés jusqu'aux dents et que, s'ils trouvaient des armes, ce serait le carnage.

Rudolf ne voulut rien entendre et traita Opa avec un toupet invraisemblable. Les autres essayèrent de le calmer, mais rien n'y fit. Il ne se calma que lorsque Frau Köhler revint avec les jerrycans. Je ne le reconnaissais plus. Le garçon inoffensif qui passait des heures et des heures à s'abîmer la vue à la lueur d'une bougie, plongé dans les aventures de Karl May, s'était métamorphosé en un contestataire hargneux que plus personne n'était capable de raisonner.

Frau Köhler regarda son fils et lui demanda :

« Il s'est passé quelque chose, mon trésor ? »

Rudolf jeta un coup d'œil à Opa, mais celui-ci répondit posément : « Rien, Frau Köhler, votre fils était juste un peu inquiet parce que vous tardiez à revenir. »

Alors Frau Köhler soupira et se mit à raconter : « Vous savez pas ce qui se passe dans les rues ! C'est l'enfer. Ça tire de partout et faut faire attention à pas se prendre une balle. De tous côtés, on voit des blindés que les Jeunesses hitlériennes essaient d'arrêter avec leurs Panzerfaust[1]... Ces pauvres garçons meurent comme des mouches, c'est un scandale ! » Elle fit une caresse à son fils, lui donna une petite tape affectueuse sur le nez, s'allongea sur son lit et s'endormit.

J'avais observé la scène depuis mon lit et regardais Frau Köhler dormir. Son visage s'était pour ainsi dire creusé, ses joues s'étaient retirées sous ses pommettes tandis que ses yeux étaient devenus deux fosses noires. On aurait dit un masque mortuaire.

Je frissonnai. Frau Köhler n'était pas très âgée, mais à certains moments elle avait l'air tellement vieille ! Il en allait de même pour les autres femmes, y compris la marâtre. Comme si une main mauvaise avait effacé de leurs visages jusqu'au souvenir de leur jeunesse passée. La marâtre, en particulier, qui n'avait pas même trente ans (Opa l'avait eue assez tard), avait effroyablement changé au cours des derniers mois. Je me souvenais très bien du jour où je l'avais vue pour la première fois au côté de mon père : les yeux d'un bleu intense, un peu durs, mais vifs et intelligents, l'élégance sobre et désinvolte d'une jeune femme qui a grandi dans la métropole ; un corps svelte mais délicat, un sourire effronté et un peu arrogant ; elle plaisait à mon père, ah ça oui, elle lui plaisait ! Tout en elle lui plaisait, et il n'en faisait pas mystère.

Je détachai mon regard de Frau Köhler et pointai la tête hors de mon lit pour voir ce que faisait mon frère. Il dormait. Teddy serré dans ses bras, le visage encadré par ses bouclettes. Ses paupières tremblaient légère-

1. Lance-roquette à un coup. *(N.d.T.)*

ment et sa bouche était contractée comme s'il rêvait d'une chose épouvantable. Je m'attendris : cinq ans, me dis-je, à peine cinq ans et déjà tellement trahi par la vie et par les hommes ! Cinq ans, mon Dieu, et il ne savait pas jouer. Il ne savait pas ce qu'était un verre de lait ni que le ciel pouvait être bleu. Cinq ans. Les hommes pourraient-ils jamais le dédommager de son enfance perdue ? Et moi de la mienne ?

Puis je tournai les yeux vers Opa, qui parlait avec la marâtre. J'entendis des bribes de conversation. Ils s'inquiétaient pour Hilde, ils n'en avaient plus la moindre nouvelle. Ils faisaient différentes hypothèses. Peut-être avait-elle été touchée par une balle perdue ou par une grenade en rentrant à la maison. Ou peut-être, surprise par une attaque aérienne, s'était-elle glissée dans un refuge qui avait sauté. La marâtre ne cessait de répéter qu'il fallait signaler sa disparition et engager des recherches. Opa était d'accord mais tous deux se rendaient bien compte qu'aucun bureau ne se soucierait de chercher une aiguille dans une meule de foin, à moins qu'il ne s'agît d'un juif connu recherché par la Gestapo.

Puis mon regard se posa sur Erika, qui jouait avec sa maman. Je ne l'avais pas entendue tousser de toute la journée, ce qui me semblait être un bon signe. Sa maman lui avait coupé les cheveux, qui maintenant lui arrivaient aux épaules ; ils étaient fins et lisses quoique un peu sales. Je songeai, ragaillardie, que peut-être Erika pourrait en réchapper. Si la guerre s'arrêtait vite, on pourrait peut-être la soigner dans le service spécialisé d'un hôpital. Peut-être guérirait-elle.

Opa aborda enfin la question des Russes tandis que les autres, qui s'étaient rassemblés autour de lui, se mirent à tenir d'étranges discours. Ils recherchaient un subterfuge pour sauver les femmes du viol. Quelqu'un proposa de les envoyer au dernier étage, parce que peut-être les Russes se contenteraient de contrôler les caves, mais Herr Hammer objecta que, s'ils ne trouvaient que des hommes, probablement qu'ils seraient soupçonneux et hargneux, qu'ils chercheraient les femmes à tout prix et, les ayant trouvées, ne se contenteraient pas de les violer, mais se vengeraient en les tuant.

Je me redressai sur mon lit et écoutai leurs propos dans l'air chaud et vicié de la cave. Encore une fois, l'air de l'attente, de l'attente angoissante des Russes. Je finis par avoir sommeil et m'assoupis tandis que Herr Mannheim calculait qu'ils n'arriveraient pas avant deux ou trois jours parce que, pour l'heure, ils étaient trop occupés à assiéger le Reichstag et à conquérir le bunker de la Chancellerie du Reich. Et s'ils y étaient déjà ? Et s'ils avaient déjà tué Hitler ?

Ce jour-là, Frau Mannheim m'avait dans le collimateur. Elle m'avait prise à part pour me reprocher d'avoir consommé trop de papier aux cabinets, c'est-à-dire au seau. Depuis que Frau Köhler l'avait mise de corvée d'eau, Frau Mannheim était devenue exécrable, querelleuse, tout lui était bon pour embêter les autres. Son mari disait que cette charge avait ravivé certains symptômes de la ménopause, alors même que celle-ci remontait à une dizaine d'années. J'essayai de me justifier en invoquant des troubles gastro-intestinaux, mais elle insistait. Elle me regardait de travers, de ses yeux affligés d'un léger strabisme, m'accusant de profiter de la générosité de ceux qui avaient sacrifié leurs livres pour en faire du papier-toilette. Au fond de moi, je m'agaçais de la futilité de la discussion. Moi aussi j'avais conscience que c'était un massacre d'immoler sur nos postérieurs les chefs-d'œuvre des grands maîtres, mais je n'allais quand même pas renoncer à m'essuyer pour épargner deux pages de Goethe !

Tout à coup, j'entendis des bruits suspects en haut de l'escalier et donnai l'alarme. Aussitôt, Kurt et le vieux se glissèrent dans la galerie, tandis que ceux qui dormaient se réveillèrent en sursaut, comme cela arrive aux gens qui vivent dans une situation de danger permanent. « Qu'est-ce qu'il y a ? » marmonna Herr Hammer, mais deux secondes plus tard on avait en face de nous six Russes, fusil à la main.

Je ressentis une peur étrange, comme si je regardais un film. La chose s'était produite avec une telle rapidité que je ne m'en rendis compte que quelques minutes après. Les Russes étaient arrivés ! Tous, sauf Peter et Egon, se levèrent d'un bond, attendant avec une terreur ridicule la suite des événements. Tout s'était passé en un éclair !

Ils avaient descendu bruyamment l'escalier en claquant des talons et en faisant tinter leurs fusils. La flamme de la bougie eut un regain de vitalité ; elle tremblait fébrilement et laissait échapper des ronds de fumée.

Les Russes commencèrent par nous dévisager, puis ils regardèrent autour de nous et manifestèrent un évident dégoût à cause de la mauvaise odeur, mais aussi une sorte de stupeur incrédule devant notre campement. La surprise nous avait tous paralysés. Je me souviens que la peur m'envahit à retardement, faisant tressaillir mon cœur qui se mit à battre à grands coups comme une turbine qui s'emballe.

Je voyais des visages ronds et roses. Deux d'entre eux avaient le crâne rasé, trois portaient des bérets de fourrure et un dernier avait d'épais cheveux noirs et crépus ainsi qu'une grande barbe qui lui tombait sur la poitrine. À la fin, le barbu demanda d'un ton sec et autoritaire :

« Ici *soldaty germanskie* ? » On était comme pétrifiés. Personne ne répondit. Je pensais à ceux de la galerie : étaient-ils considérés comme des déserteurs ? Si tel était le cas, malheur à nous !

« Ici *soldaty germanskie* ? » répéta le barbu, impatient.

Alors Opa se fit notre porte-parole et répondit avec un calme forcé : « Aucun soldat ici.

— Tu mens !

— Non, je ne mens pas, aucun soldat ici. »

Le barbu précisa, insistant à dessein sur chacun des mots : « Si ici *soldaty germanskie*, toi *kaputt* ! » Et regardant Opa dans les yeux, il ajouta : « Compris ?

— Compris », répondit Opa, s'efforçant de dominer la tension. « Il n'y a que des vieux, des femmes et des enfants. »

Le Russe le dévisagea quelques secondes, puis balaya d'un rapide coup d'œil la scène désolante de la cave. « Toi armes ? », demanda-t-il enfin. Il avait des yeux très noirs et intelligents, ainsi qu'une bouche rouge et charnue. Ils semblaient tous les six bien en chair et pas malingres pour deux sous.

« Aucune arme », répondit Opa. Un frisson me parcourut l'échine. Le Russe regarda de nouveau autour de lui. Il y avait quelque chose d'étrange dans ses yeux, un genre de stupeur incrédule. Il regarda nos malheureuses paillasses, la table de bois sous laquelle étaient rangées les valises avec nos rares objets de valeur et quelques habits, la bougie fumante, Erika qui serrait la soupière, les lits où Peter et Egon continuaient de dormir. Mais soudain son visage s'illumina d'un sourire de triomphe et il s'exclama avec force : « Guerre *kaputt* ! Gitler *kaputt* ! », tout en guettant notre réaction.

Mais, n'y voyant que la peur, il demanda sur un ton plus pratique : « Toi *urri* ? » Il voulait les montres.

Pendant ce temps, Peter et Egon s'étaient réveillés et pleuraient tous les deux tellement ils avaient peur. Le barbu demanda d'un signe que quelqu'un aille s'occuper des gamins et répéta, plus brutalement : « Toi *urri* ?! » Il tapotait son poignet du doigt pour bien se faire comprendre. Finalement, un frémissement de compréhension parcourut nos rangs, et tous ceux qui avaient une montre s'empressèrent de la détacher de leur poignet. Seul opposa un refus le vieux qui faisait pipi sous lui : « Pas la montre ! C'est le seul souvenir que j'aie de ma femme... je peux pas vous donner la montre ! » Il pleurait, se contorsionnant de désespoir. Un Russe jaillit du groupe et lui pointa son fusil entre les yeux : « Toi donner *urri* ou toi *kaputt* ! » Mais le vieux ne s'arrêta pas et continua de pleurnicher avec une obstination ridicule et irrationnelle : « Pas la montre, je vous en prie ! S'il vous plaît !

— File ta montre, idiot, murmura Herr Hammer.

— Non, non, je veux pas !

— Lâche-la, bordel ! »

Le vieux s'étranglait à force de pleurnicher.

Alors le Russe lâcha avec mépris : « Toi pleurer pour *urri* ? Toi *idiot* ? ! Pleurer plutôt pour ta ville ! » Et il lui arracha brutalement la montre du poignet. Le vieux éclata en sanglots convulsifs.

Pendant ce temps, la marâtre et Frau Bittner s'étaient précipitées vers les lits des deux garçons en larmes, s'efforçant de les rassurer. Le barbu fixa d'abord Opa, puis moi et ordonna : « *Idi sjuda !* » Comme on ne comprenait pas, l'autre nous fit signe d'approcher. Opa me prit par la main et on fit quelques pas hésitants. Le visage de l'homme s'épanouit en un large sourire et il dit à Opa : « Toi *gutt* ! » Il se tourna enfin vers moi et demanda : « Toi *golod* ? », faisant le geste de manger. Ma langue avait dû se perdre dans mes souliers.

« Toi *golod* ? répéta-t-il en élevant la voix.

— Dis-lui si tu as faim, suggéra Opa.

— Oui », fis-je dans un souffle.

Le Russe dit quelque chose à un membre de son groupe qui retira d'une espèce de musette une miche de pain noir et me la tendit. Quand il vit ma stupeur embarrassée, il rit. Il me caressa la joue de la crosse de son fusil, se retourna, dit quelques mots aux autres, qui tous éclatèrent de rire. Ils rirent dans la cave sombre et puante, et je ne comprenais pas si c'était par amusement ou par pitié. Puis le barbu ajouta : « Toi dire *spasibo.* » Je ne comprenais pas.

« *Spasibo !* » répétait-il en me regardant d'un air amusé. Opa me vint en aide : « Ça veut dire "merci", mon trésor. Dis-lui merci.

— Merci.

— *Spasibo !* », fit-il encore une fois, et les Russes reprirent en écho : « *Spasibo ! Spasibo ! Da !*

— *Spasibo* », fis-je d'un mince filet de voix.

Ils étaient enfin satisfaits. Le barbu prit congé de nous en criant pour la dernière fois : « Gitler *kaputt* ! Allemagne *kaputt* ! » Les mots résonnèrent sourdement dans la cave crasseuse où une bougie somnolente ciselait des ronds de fumée.

Le soldat tourna finalement sur ses talons, donna un ordre à ses subalternes. Pas pesants, tintement des fusils, *do svidanija !* Deux secondes plus tard, ils avaient quitté la cave.

Fini. Silence médusé. Puis silence de soulagement. Et enfin un peu d'agitation étonnée. Et les premiers commentaires, confus, incrédules. Un « Dieu, je te remercie », d'une voix rauque. Des éternuements libérateurs. Herr Hammer, enrhumé, se moucha dans une page de Nietzsche et murmura : « Quel bol ! » Les commentaires finirent par s'entrecroiser et par devenir de plus en plus exaltés dans une atmosphère d'immense soulagement. Je serrais le pain sur ma poitrine comme si c'était un enfant. « Je veux du pain », hurla tout à coup Peter, et je m'agrippai à la miche.

Remise du choc, Frau Köhler s'exclama : « Si c'est eux les barbares dont parlait Goebbels, je demande pas mieux ! »

Egon sautillait sur un pied : « Moi aussi je veux du pain ! »

On fit sortir ceux de la galerie. « Par ici les déserteurs et les *soldaty germanskie* à la manque », plaisanta quelqu'un.

Pendant ce temps, Opa m'avait pris le pain des mains et s'était mis à le couper en autant de tranches qu'il y avait de gens dans la cave. « Tête de mule, dit Herr Mannheim à celui qui ne voulait pas céder sa montre, vous pouviez pas vous empêcher de vous disputer avec un Russe ?

— Ma montre est le seul souvenir que j'aie de ma femme..., fit l'autre en recommençant ses jérémiades.

— Vous savez que ce Russe pouvait vous tuer ?

— Pour une montre ! protesta le vieux.

— Vous n'avez vraiment rien compris ! » conclut Herr Mannheim, et il laissa tomber. Tout le monde commença à manger lentement sa tranche de pain, dégustant chaque miette. Il me semblait n'avoir jamais rien mangé de plus délicieux.

Plus tard, dans un climat plus détendu, les adultes se mirent à débattre de l'éventualité de la mort de Hitler.

« Ce serait trop beau, s'exclama Frau Köhler.

— Et ils n'ont touché à aucune femme ! » sanglota Frau Mannheim, qui se soulagea en versant quelques larmes. Frau Bittner et la maman d'Erika s'embrassèrent parce que leurs enfants avaient réchappé au danger. Erika et Gudrun échangèrent deux mots de complicité enfantine : « Moi j'ai failli faire pipi dans ma culotte tellement j'avais peur », confessa Gudrun. « Moi aussi », fit Erika, dont la joie provoqua une nouvelle quinte de toux. Plus tard, Opa et Herr Mannheim se retirèrent dans la galerie pour écouter les dernières nouvelles à la radio. Le cercle se refermait autour de Berlin. La chute était proche. Peut-être n'était-ce qu'une question d'heures. On avait tous l'impression d'être des miraculés. Cela faisait des heures qu'il n'y avait plus eu d'alarme ; ça nous semblait un bon signe.

Épuisés par la peur maintenant surmontée, certains se retirèrent sur leur lit afin de prendre un peu de repos. Peter se colla à la marâtre sur son lit. Opa me complimenta : « Tu as été très courageuse, mon enfant.

— Merci », répondis-je, reconnaissante et fière, puis je me corrigeai : « *Spasibo !* »

Opa sourit, à la fois amusé et ému : « Je suis très fier de toi. » La marâtre ne m'avait pas dit un mot, mais j'étais heureuse qu'Opa fût fier de moi.

15.

Berlin, fin avril 1945

Une voix tout excitée me tira du sommeil. Je me dressai sur mon lit pour voir de quoi il retournait. Frau Köhler parlait avec une inconnue et je sentis de l'inquiétude dans le ton de leurs voix. Puis elles s'embrassèrent et je reconnus de nouveau l'angoisse sur le visage des femmes. Tout à coup, Rudolf se mit à hurler :

« Je veux le pistolet ! Donnez-moi un pistolet ! »

J'étais sonnée, dans le brouillard. Après la visite des Russes, j'avais dû dormir à poings fermés, mais je comprenais maintenant qu'il y avait un nouveau problème.

La femme était une amie d'enfance de Frau Köhler, cantonnée dans une cave pas très loin de la nôtre, aux abords de la Lauenburger Platz. Elle était venue nous prévenir que des groupuscules éparpillés de Russes ivres faisaient le tour des caves du quartier, molestant et violant les femmes.

La nouvelle fit l'effet d'un coup de tonnerre dans un ciel serein et sema la panique. Opa eut une réaction d'exaspération. Il se saisit d'un verre qu'il lança par terre en criant : « Bon sang de bonsoir ! Comment avons-nous pu être aussi naïfs ? ! » Il prit la marâtre dans ses bras et pleura sur son épaule. Pauvre homme ! Lui qui se faisait déjà du mauvais sang pour Hilde, dont il n'arrivait pas à avoir de nouvelles, et voilà maintenant que ses filles étaient de nouveau menacées de viol !

Tous essayaient de raisonner : que pouvait-on faire ? Leur montrer qu'elles étaient malades ? Mais un homme ivre n'entend même pas. Les cacher aux étages supérieurs ? Ce serait pire encore. S'il ne trouvait que des hommes, ça les rendrait soupçonneux : les Russes les rechercheraient et les tueraient, peut-être. Quelqu'un conseilla de les mélanger aux cadavres de la cour, mais Frau Köhler déclara qu'elle préférerait se faire tuer. « Je veux un pistolet ! répéta Rudolf. Je veux protéger ma maman ! » Et il se planta devant Opa d'un air menaçant. « Il faut que vous me donniez un pistolet. Si personne ne veut défendre ma maman, je vais le faire, moi !

— Les civils n'ont pas le droit de manier des armes ! lui expliqua Opa pour la énième fois.

— J'en ai rien à foutre que ce soit interdit ou pas aux civils, cria Rudolf. Je veux un pistolet ! » Il avait le visage contracté, les yeux hagards, de grosses gouttes de sueur lui tombaient du front.

« Je ne peux pas te le donner, répéta Opa d'un ton calme et paternel.

— Si je suis assez grand pour entrer dans les Jeunesses hitlériennes, je peux me servir d'un pistolet ! s'enflamma Rudolf. Elles tirent pas, les Jeunesses hitlériennes, peut-être ? Bien sûr qu'elles tirent ! Je veux un pistolet !

— Essaie de te calmer, intervint sa mère, Frau Köhler. Je ne veux pas te perdre, mon trésor. Tu sais qu'ils peuvent te fusiller s'ils te voient un pistolet au poing ?

— Je veux te protéger ! répondit Rudolf d'une voix

brisée par l'émotion. Pas question qu'un Russe pose la main sur toi ! »

Le brouhaha avait réveillé Peter, lequel, voyant que personne ne lui prêtait attention, se mit à genoux et commença à s'agiter sur le sommier en faisant exprès un grincement agaçant.

« Peter, arrête ! finit par lui ordonner la marâtre.

— Non ! »

Elle s'approcha du lit et lui flanqua une fessée. Peter la regarda sans comprendre et se mit à pleurer de rage. Egon lui fit écho par pure solidarité, ce qui ne fit qu'ajouter un surcroît de nervosité à un climat qui n'était déjà que trop tendu. Par chance, ça ne dura pas plus de deux minutes, le temps suffisant pour épuiser les énergies de nos deux contestataires.

Gagnée par l'agitation générale, Erika se mit à tousser et à cracher du sang dans sa soupière. Frau Mannheim lui imposa le silence et, pour la première fois, la maman d'Erika réagit durement : « Je me rends compte de jour en jour un peu plus à quel point vos qualités humaines laissent à désirer, Frau Mannheim ! » Piquée au vif, Mme Mannheim sursauta.

« Il y aurait bien la galerie, observa tout à coup Frau Köhler. Elle est assez sûre.

— Je ne vois pas comment vous pourriez tenir à six, objecta Herr Hammer d'un ton dubitatif, il y a de la place tout au plus pour trois. Et puis il y a le récepteur.

— Comme d'habitude, tous les avantages au sexe masculin ! protesta Frau Köhler, acide, tout en toisant Kurt, le fils de Frau Bittner.

— Si c'est pour moi, je reste dehors, fit Kurt d'un ton sec.

— Rends pas les choses encore plus difficiles qu'elles ne le sont déjà, dit Frau Bittner à son fils d'un ton angoissé.

— Je voulais m'engager, grogna Kurt.

— Désormais, rien ne sert de discuter », répliqua sa mère.

Tandis que la bougie s'amusait à projeter sur les murs des ombres informes, notre sentiment de désarroi et d'impuissance ne fit que croître dans la cave exiguë.

Visages fatigués, effroi, peur. Aucune issue. De nouveau piégés. Que faire ? Deux secondes plus tard, on entendit quelqu'un descendre à grand bruit l'escalier. Tout le monde se laissa prendre au dépourvu. De l'obscurité, tels des fantômes chancelants, surgirent deux Russes manifestement pris de boisson. J'en eus le souffle coupé.

Mal assurés sur leurs jambes, ils avançaient en chantant et en esquissant des pas de danse. L'un portait un béret de fourrure accroché de travers sur sa tête, l'autre arborait une tignasse de cheveux roux et une barbe filasse. Je m'aplatis sur mon lit pour passer inaperçue et c'est alors que je me rendis compte que ceux de la galerie n'avaient pas eu le temps de se cacher !

Les Russes ricanaient, nous menaçant de leurs fusils ; mais, pour commencer, ils me firent signe de descendre du lit. Ils firent de même avec Egon et Peter. Egon éclata en sanglots, mais Peter descendit docilement. Très vite, on se retrouva tous au centre de la cave et les Russes se mirent à nous dévisager avec une stupeur interdite comme si on était des bêtes de cirque. Ils cherchaient même à se donner une contenance, mais ils étaient trop ivres. Enfin, l'un d'eux lâcha une série de rots et brailla : « Toi *urri* ! » Encore, me dis-je, ils en avaient encore après nos montres ! Mais personne ne bougea.

« Toi *urri* ! » répéta le Russe avec irritation. Il commençait visiblement à s'impatienter. Alors Opa essaya de lui expliquer que ses camarades les avaient devancés et nous avaient déjà soulagés de nos montres. Il lui mit sous les yeux son poignet nu, invitant les autres à en faire autant. Tous tendirent leur bras sans montre et le Russe fut convaincu. Puis il entreprit de nous éclairer l'un après l'autre avec une torche, insistant sur le visage des femmes. Parvenu à hauteur de la marâtre, il s'arrêta et cria avec une emphase soudaine : « Hourra Staline ! » tout en l'éblouissant avec la torche. La marâtre ne bougea pas tandis que Peter restait accroché à ses jambes.

Le Russe lâcha encore deux rots et répéta, d'un air de défi : « Hourra Staline ! », tout en flanquant une bonne tape sur l'épaule de la marâtre. Une fois de plus, elle ne réagit pas. Indisposé par son mutisme, l'autre lui ordonna : « Toi dire Hourra Staline ! ou toi *kaputt* ! » Effrayé, Peter réprima un sanglot, mais Opa sauva la situation en se substituant à sa fille :

« Hourra Staline ! »

Le Russe se tourna, et son visage s'épanouit en un grand sourire satisfait. « Toi *gutt* ! » Il éructa d'un air satisfait, puis demanda, en montrant la marâtre du doigt : « Ta femme ?

— Je suis son père, répondit Opa. *Ich bin der Vater.*

— *Vater ?* » Le Russe plissa le front, baissa la tête, réfléchit laborieusement en fixant un bouton de son uniforme poussiéreux et décida finalement : « *Vater Gutt* ! Toi dire encore Hourra Staline ! Toi *Vater Gutt* ! *Da !*

— Hourra Staline ! » fit Opa.

Le Russe le regarda extasié, claqua la langue, se frappa les cuisses et brailla : « Encore ! Encore Hourra Staline ! » Et il lorgna Opa de ses yeux brillants et rougis.

Quand Opa le contenta pour la troisième fois, j'en eus le cœur serré. Pauvre vieil Opa.

Enfin satisfait, le visage du Russe arbora un air d'une gravité comique. Comme pour une confidence, il posa sa patte sur la frêle épaule d'Opa et annonça : « Gitler *kaputt*. » Il fit le geste d'un homme qui se tire une balle en pleine tempe et ajouta en grinçant des dents : « Gitler grrrr ! Adolf *kaputt* ! » Et il hennit comme un cheval, hilare, la tête renversée en arrière.

L'autre Russe, qui jusque-là s'était contenté de ricaner, chantonna en exultant : « *Alles kaputt ! Germanija kaputt ! Parlament kaputt ! Da !* » en envoyant de grandes tapes sur l'épaule de son compagnon ; mais celui-ci avait la tête ailleurs, il ne quittait pas Erika des yeux !

Soudain, celui au béret me pointa son fusil sur la poitrine et gueula : « *Imja ! Name ! Was... dein... Name ?* »

Mes cordes vocales étaient desséchées. Une couleuvre s'agitait dans mes pauvres entrailles.

« Dis-lui comment tu t'appelles, mon trésor, me chuchota Opa.

— Helga, murmurai-je.

— Gelga ?

— Helga. »

Le Russe se gratta sous le béret et décida :

« Toi pas *gutt*, Helga. » Il s'approcha, m'enveloppant de son haleine fétide, et me tâta la poitrine, qui était plate comme une planche. Je me demandai ce qu'il avait à me tripoter. J'étais tentée de lui mordre la main, mais je me retins. Enfin, l'animal me pinça au point où l'on pouvait plus ou moins localiser mon mamelon d'enfant et répéta avec mépris : « Non, Gelga pas *gutt* ! » Il cracha par terre et se désintéressa de moi. Il continua à éclairer les visages, s'arrêta devant Gudrun et dit d'une voix gargouillante :

« Toi *Fraülein* ! Toi *gutt* ! » Et il lâcha un rot de satisfaction : « Toi venir avec moi ! » Mais la maman de Gudrun s'interposa : « Non, vous pouvez pas faire ça. Je vous en prie, prenez-moi plutôt, le supplia-t-elle, elle n'est encore qu'une enfant ! » Mais le Russe s'en débarrassa en lui flanquant un coup de pied dans le ventre. « Chienne ! »

Frau Bittner était tombée à la renverse sur le sol, se cognant la tête. Elle resta à terre, comme évanouie. Les autres se précipitèrent pour la secourir. Je sentis une crampe à l'estomac et je craignis de vomir. Le Russe profita de ce remue-ménage pour entraîner Gudrun dans le couloir tout en faisant signe à son camarade de nous tenir à distance avec son fusil. L'autre acquiesça d'un grognement et s'installa sur une chaise, le fusil braqué sur nous. Puis il nous ordonna de nous mettre en rang et de laisser la femme par terre : « Autrement, *kaputt* ! » Il ne nous restait qu'à obéir : ce type avait tout l'air de parler sérieusement. Il n'aurait pas hésité un seul instant à se servir de son arme.

On se regroupa et on resta là, mortifiés et impuissants. Si seulement j'avais eu un pistolet au poing, je l'aurais abattu, moi, ce Russe !

Du couloir nous parvenaient les cris déchirants de Gudrun, qui semblaient s'amplifier et exploser dans nos cœurs meurtris. C'était terrible. J'eus la nausée. J'aurais voulu mourir.

Puis le Russe revint du couloir, sans Gudrun. Un instant, il nous regarda avec une expression d'arrogance satisfaite, mais voyant notre mépris unanime, il changea de tête. Il finit de se reboutonner avec un grognement ridicule et gêné, puis il nous adressa de nouveau un sourire de satisfaction insolente en baragouinant quelque chose dans sa langue. Celui qui nous tenait en joue avec son fusil fit signe à l'autre de le remplacer et s'approcha, chancelant, d'Erika. Jusque-là, je n'avais jamais imaginé qu'un homme puisse montrer un quelconque intérêt pour cette ombre de fille, mais je me trompais.

Erika fixa le Russe et devint blanche comme chaux. Elle se mit à trembler, les quintes de toux se mêlant aux pleurs.

« Ton nom ! » cria grossièrement le Russe, en se balançant sur ses hanches.

Erika remua les lèvres en vain, sans réussir à articuler un seul mot. S'impatientant, le Russe répéta : « Ton nom ! »

La malheureuse déglutit, inspira et balbutia du bout des lèvres : « E-ri-ka.

— Erika... », fit le Russe, soulevant de la crosse de son fusil une mèche de cheveux. Elle sursauta et, tandis qu'un sanglot réprimé lui secouait la poitrine, la soupière lui glissa des mains et se brisa dans un fracas d'enfer.

Sur le visage du Russe apparut une expression de stupeur hébétée tandis qu'il fixait les débris. Revenu de sa surprise, il attrapa Erika par l'épaule et essaya de l'embrasser. Sa mère se jeta sur lui, implorante : « Je vous en supplie, prenez-moi à sa place... elle est malade... elle... » Mais l'autre ne la laissa pas finir et lui flanqua un coup violent en pleine tête. La femme s'effondra, roula sur le côté, se débattit impuissante et perdit connaissance.

Dans le même temps, le Russe avait poussé Erika sur un matelas et s'était jeté sur elle de tout son poids. Certains d'entre nous voulûmes porter secours à la mère d'Erika et arrêter le violeur, mais l'homme au fusil braqué sur nous cria quelque chose en russe et tira un coup de feu en l'air. Le coup retentit dans la cave, sec et menaçant, résonnant dans nos cœurs glacés. Je tentai de détacher mon regard de l'horrible spectacle, mais je n'y réussis pas, et je vis tout ce qui arriva, contrainte par une irrésistible pulsion à regarder, jusqu'au bout. Je sentis mes jambes mollir tandis qu'une affreuse sensation me déchirait le cœur. Un dégoût pénétrant ; ce que je voyais était inouï, cruel, injuste. J'attendais les larmes comme un soulagement à ma terrible tension et, quand je les sentis brûler entre mes cils, j'enfouis mon visage dans la veste d'Opa.

16.

Ils s'en allèrent, forts de leur innocence présumée parce que convaincus d'avoir exercé le droit du vainqueur. Ils remontèrent l'escalier, se donnant des tapes sur l'épaule et ricanant d'un air satisfait, unis dans la complicité d'une violence qui, en temps de guerre, était jugée non seulement naturelle et innocente mais aussi, ce qui est pire, justifiée. Tout simplement.

Suivit un instant de silence hébété, aussitôt brisé par l'urgence de secourir les victimes. Tout était tellement glaçant que je n'avais pas le courage de regarder. Les deux mamans évanouies, Erika qui gémissait sur le matelas ; effrayée, je me réfugiai dans le couloir. Il y avait là Gudrun, et je me laissai emporter par ceux qui accouraient pour l'aider. Mue par une irrésistible impulsion, je les suivis.

Gudrun gisait, repliée sur elle-même, dans une position fœtale, les yeux exorbités. L'expression de douleur glacée qu'elle avait sur son visage m'assomma.

Ils l'étendirent sur un lit de camp. La recouvrirent de draps et de manteaux parce qu'elle tremblait. Elle tremblait et claquait des dents, les yeux exorbités. Les deux mamans étaient encore dans un état de demi-conscience.

Quelqu'un monta téléphoner à la maison pour essayer de savoir s'il existait quelque part une sorte de Secours d'urgence pour femmes violées, mais la réponse fut négative. Il n'en existait pas vraiment. Il n'existait plus rien. Que l'horreur. Dans la cave régnait un climat de rage impuissante et d'impuissante compassion.

Sur le matelas où avait été consommé le sacrifice d'Erika était restée une tache de sang grosse comme une pomme. Je la fixai, stupéfaite. Comme si ce qui était arrivé me concernait moi aussi ; comme si l'épisode atroce m'avait d'avance interdit tout rapport futur avec l'autre sexe ! Je décidai qu'aucun homme ne pourrait jamais me toucher ; les hommes n'étaient que des bêtes féroces, sauf ceux de notre cave, mais peut-être était-ce seulement qu'ils étaient trop vieux ou trop jeunes. Je continuai de fixer cette tache avec une profonde inquiétude.

Entre-temps, Erika s'était traînée loin du matelas pour se recroqueviller par terre. Elle tremblait et toussait, se protégeant de ses mains. Ils lui avaient passé une couverture sur les épaules, mais elle continuait à la rejeter.

À peine les Russes étaient-ils partis que Peter et Egon avaient sombré dans un sommeil profond. Je ne sais à quel point ils s'étaient rendu compte de ce qui se passait mais, tout au moins en ce qui concerne Peter, jamais je ne l'entendis par la suite poser la moindre question à ce propos. Kurt, au contraire, le frère de Gudrun, continuait de se tourmenter et se sentait coupable de n'avoir pas défendu sa sœur de la brute. En réalité, il n'aurait rien pu faire ; se serait-il opposé au Russe que l'autre l'aurait tué.

Je continuais de fixer la tache avec un malaise croissant quand, à un moment, la marâtre me dit : « Regarde pas là ! » Je lui demandai pourquoi.

« Regarde pas, ça suffit ! » Telle fut sa réponse, cassante, habituelle. Mais, cette fois, je ne l'acceptai pas : « Dis-moi pourquoi », insistai-je, me rebellant.

Elle me lança un regard las, soupira et finit par répondre, de manière expéditive : « Parce que ça pourrait te marquer dans ta tête, voilà pourquoi !

— Je veux pas oublier ! » répondis-je d'instinct, même si je ne comprenais pas très bien pourquoi. Elle eut un geste d'irritation, prit dans sa main une mèche de ses cheveux sales et affirma, d'un ton sec et catégorique : « Mieux vaut oublier ! »

J'allais répondre quelque chose d'inconvenant, mais Peter s'était réveillé et la réclamait. Elle s'éloigna aussitôt.

Entre-temps, les deux mamans s'étaient suffisamment remises pour s'occuper de leurs filles respectives. Un coup d'œil et l'on comprenait la tragédie qui s'était abattue sur elles. L'impact fut terrible.

La mère d'Erika convainquit sa fille de s'étendre sur un lit de camp et l'un des vieux étendit une couverture militaire usée sur le matelas à la tache, la soustrayant à mon regard. Erika allait mal.

Je vis la pauvre mère s'affairer autour de sa fille, la torture dans les yeux et la mort dans le cœur, mais tout l'amour maternel du monde n'aurait pas suffi à soulager Erika. Anéanti par l'horrible épreuve qu'il avait subi, son organisme s'était comme abandonné au mal. Elle luttait contre un terrible essoufflement, les lèvres exsangues, les yeux vides, toussait et crachait le sang dans un récipient de lait que quelqu'un lui avait apporté par pitié.

Il y eut plus tard une attaque d'artillerie lourde. Je passai une nuit d'angoisse, entre la veille et le sommeil. Puis un brouhaha me poussa à me redresser sur mon lit, et je vis les femmes se rassembler autour du lit d'Erika. D'après le peu que je comprenais, Erika perdait du sang, mais pas par la bouche, cette fois.

Les choses empiraient. J'entendis résonner, menaçant, le mot « hémorragie ». Je vis Frau Köhler découper un drap en charpie et en mettre une bande entre les jambes d'Erika, mais la fréquence à laquelle les femmes remplaçaient les bandes me fit comprendre qu'il se passait quelque chose de grave. Soudain, je vis la maman d'Erika éclater en sanglots désespérés, recommander sa fille à la communauté de la cave et se précipiter dans l'escalier pour aller chercher de l'aide. La vie d'Erika est en danger, pensai-je. Dieu, aide-la !

Comme si cela ne suffisait pas, il y eut une nouvelle alerte. Juste après, nous fûmes sous le feu d'une furieuse canonnade. À la fin, on entendit un grondement anormal qui résonna pesamment dans la cave, comme si quelqu'un avait déchargé des tombereaux de charbon en haut de l'escalier. Herr Hammer alla voir et revint porteur d'une nouvelle inouïe : quelque chose avait bloqué la porte de l'extérieur. Je vis se peindre un nouvel effroi sur les visages ; les événements ne nous laissaient aucun répit ! On ne pouvait pas rester avec la porte bloquée, et puis on attendait le retour de la maman d'Erika !

Aux premières lueurs de l'aube, Opa, Herr Hammer, les époux Mannheim et Frau Köhler décidèrent d'aller libérer l'accès. La marâtre, en revanche, resta au côté de Frau Bittner qui faisait la navette entre Erika et Gudrun.

Le petit groupe était sorti par la porte de la cour. Je les suivis à pas de loup.

Le jour se levait, l'air était immobile et voilé de rouge par la réverbération de la ville en feu. Je m'attardai un instant dans la cour, fatiguée et transie de froid. Mais tout à coup un faisceau de lumière aveuglante apparut par-dessus le moignon le plus haut des ruines. Le soleil se levait, gravissait le ciel et un impudent rayon s'enflamma sur la balustrade d'un balcon resté tenacement agrippé à la façade d'un immeuble bombardé. Un oiseau solitaire commençait à lancer un appel lent et songeur.

Le groupe avait déjà dépassé les décombres qui flanquaient notre immeuble. De la maison écroulée était restée debout, comme pour nous narguer, une partie du premier étage. On voyait une volée de marches où se poursuivaient des rats, un bout de cuisine avec l'évier encore fixé au mur et un vêtement, un tablier peut-être, resté absurdement attaché à un crochet de la porte sortie de ses gonds.

Je dépassai à mon tour le tas de gravats pour déboucher du côté de la Lothar-Bucher-Strasse. Quand Opa m'aperçut, il eut un geste de dépit, mais pas question de m'en aller. Je voulais demeurer auprès de lui, parce que, s'il était touché par une grenade, on mourrait ensemble.

« S'il te plaît, laisse-moi rester... », murmurai-je d'un ton implorant. Il s'attendrit, soupira et acquiesça d'un signe de tête. Je contemplai enfin le désastre. Au cours de la dernière attaque, un engin explosif avait touché le balcon du premier étage, qui s'était effondré, bouchant ainsi la porte. Herr Mannheim escalada de nouveau les décombres, espérant trouver des outils dans la remise, tandis que les autres commencèrent à écarter les gravats. Je me mis de la partie, moi aussi, histoire de justifier ma présence. Herr Mannheim revint avec quelques ustensiles tout en se plaignant de la puanteur que dégageaient les cadavres dans la cour. On travailla avec ardeur.

Puis arriva un vieux sur une bicyclette déglinguée. Il s'arrêta pour nous demander ce que nous faisions. En veine de confidence, il raconta, d'un air épuisé et dégoûté, qu'il avait fui un détachement spécial fauché en moins de trois heures et qu'il lui était bien égal maintenant d'être considéré comme un déserteur. Vêtu de haillons, d'une maigreur squelettique, il paraissait très éprouvé. Il avait au cou une plaie purulente. Il dit que le métro était bourré de gens qui crevaient de faim et de soif. Entassés les uns sur les autres, les gens mouraient là-dessous comme des mouches ; au fur et à mesure on jetait sur les rails les morts qui commençaient à se décomposer. Il avait entendu dire que le cercle se refermait autour de Berlin et que des milliers et des milliers de canons étaient pointés sur la capitale. Il conclut qu'il n'y avait pas de cour où l'on n'enterrât des cadavres, puis enfourcha sa bicyclette mal en point et s'en alla sans dire au revoir. Aussitôt Herr Hammer explosa : « Je vous l'avais bien dit qu'il valait mieux enterrer les morts dans la cour ; ça nous aurait épargné toute cette puanteur ! »

La concierge se fâcha : « C'est qui, la responsable de cet immeuble ? Moi ! Donc, dans notre cour on n'enterre personne, pas même une souris, compris ? Je m'en tiens au règlement, moi !

— Mais qui s'en tient encore au règlement, maintenant ? brailla Frau Mannheim en se massant le genou.

— Nous ! » rugit Frau Köhler, et elle ajouta d'un air furieux : « Vous savez ce qui va se passer dès que la guerre sera finie ? » Elle fixait Herr Mannheim, qui appuyait l'avant-bras sur sa pelle :

« ???

— Tous les petits malins qui n'ont pas respecté la

loi seront obligés d'exhumer les malheureux défunts pour le recensement et l'identification ! Les Alliés voudront au moins savoir à combien d'Allemands ils ont fait la peau ! » Mais les bruits sourds de guerre qui venaient du centre abrégèrent la discussion.

Pendant ce temps, on avait terminé : la porte était dégagée. On redescendit aussitôt à la cave où on nous donna des nouvelles des deux filles. Gudrun était toujours dans la même position, elle tremblait, claquait des dents, fixait le plafond de ses yeux exorbités. Erika râlait. On craignait pour sa vie et on commença à craindre aussi pour celle de sa maman, qui n'était pas revenue.

En fin de journée, Frau Mannheim, de corvée d'eau, sortit en se plaignant abondamment. Mais elle revint tout de suite. Elle dit avoir rencontré dans la rue deux femmes qui se dirigeaient vers un endroit où, apparemment, se trouvait un magasin encore assez bien approvisionné. Peut-être serait-il bon d'aller voir sur place. La marâtre et Frau Köhler décidèrent aussitôt de sortir, confiant les deux filles au reste de la communauté. Environ une demi-heure après, on essuya une canonnade impromptue et furieuse sans la moindre alerte préalable ; mais notre immeuble resta debout, comme par miracle.

Le temps passait et l'on se faisait du mauvais sang pour la marâtre, Frau Köhler et la maman d'Erika. Rudolf se rongeait les ongles et se rendit à plusieurs reprises au seau.

Elles finirent par revenir. La marâtre avait perdu une chaussure et marchait avec un pied nu.

Le butin était maigre parce que le magasin avait été pris d'assaut par la milice populaire, qui avait accaparé la majeure partie des vivres pour ne laisser aux autres que les restes. Il y avait eu une cohue infernale. Frau Köhler avait un œil au beurre noir.

Puis Frau Bittner prépara pour tout le monde une pâte de semoule en brûlant des meubles rassemblés dans la cave et, pendant qu'Opa massait le pied de la marâtre, surgit un petit vieux qui traîna dans l'escalier un vélo de course rouillé. Il nous annonça que Hilde allait bien et se trouvait dans une clinique où elle avait fini à la suite d'une attaque aérienne qui l'avait surprise en pleine rue : un éclat lui avait touché la rate. Malgré ce dernier détail, Opa et la marâtre en furent très soulagés. Où elle est, cette clinique ? Le vieux ne voulut pas le dire parce qu'elle se trouvait dans une zone où il y avait encore beaucoup de combats, et Hilde ne voulait pas qu'Opa ou la marâtre risquent leur vie pour aller la retrouver. « Dès que la tempête se sera calmée, assura le vieux, la dame s'empressera de vous faire savoir où elle se trouve. » On ne put rien lui tirer de plus. Il refusa gentiment la semoule, traîna de nouveau sa bicyclette dans l'escalier en repoussant toute aide, nous recommanda tous à Dieu et s'en alla.

Tandis qu'Opa et la marâtre en étaient encore à échanger des expressions de soulagement à cause de cette bonne nouvelle, la maman d'Erika revint avec une vieille doctoresse qui marchait péniblement en s'aidant d'un bâton. Elle portait des verres épais et avait le visage encadré d'une natte grise fixée avec quantités d'épingles en corne.

Sa maman se pencha sur Erika et l'embrassa tendrement sur le front.

Tout à coup, la fille ouvrit les yeux et sourit.

« Tu vas mieux, mon cœur ? » demanda la mère.

Erika acquiesça d'un air angélique. Son visage était d'une pâleur de marbre.

« Je t'ai amené un médecin, mon trésor, fit la mère.

— Je... vais... bien... maintenant », susurra la fille d'une voix fluette.

Le médecin l'examina tandis que nous étions tous rassemblés autour du lit de camp, espérant un miracle, peut-être.

À un moment, Erika leva les yeux et nous regarda un par un, sourit faiblement et murmura : « Merci. » Mais ensuite quelque chose dans son visage se tut. Les lèvres s'allongèrent, les paupières s'alourdirent. Elle fut prise d'un long frémissement et, à la commissure de ses lèvres, tel un minuscule bouton de rose, affleura une goutte de sang. Elle saisit la main de sa maman et lui fit un baiser. Mais ce baiser se figea pour se transformer en morsure.

Elle mourut en mordant les doigts de sa maman.

17.

Berlin, début mai 1945

La mort d'Erika nous avait laissés profondément abattus.

Par l'intermédiaire de la vieille doctoresse, sa mère avait réussi à assurer à la pauvre fille une sépulture décente, qui sait comment et où. On emporta sa dépouille mortelle enfermée dans une armoire de salle de bains blanche dont on avait retiré les tiroirs et les pieds. Par la suite, on sombra tous dans une sorte de dépression collective. On était épuisés, exténués, physiquement et moralement. Dans la cave, la vie semblait s'être arrêtée. Désormais, même les souvenirs ne pouvaient me consoler.

Depuis quelque temps déjà, j'avais perdu toute connaissance du passé : ma grand-mère, tante Margarete, ma cousine Eva, mon père, Eden, tout s'était transformé en un grumeau informe, qui ne ressemblait à rien. Tout s'était brouillé : les visages, les gestes, les voix, les épaisseurs humaines qui m'avaient pourtant nourrie ! Ainsi Eden s'était-il éloigné : il avait fondu comme un nuage. Des souvenirs fuyants, insaisissables, auxquels j'aurais tant voulu m'accrocher. Des bribes d'affection, des moments de croissance. Dans la cave, j'avais Opa, mais il n'était pas toujours d'humeur à bavarder.

Depuis le terrible épisode du viol, les femmes de la cave étaient terrorisées à l'idée que la chose pouvait se répéter. Rudolf continuait de réclamer un pistolet et Kurt s'associait à sa réclamation. Il y eut de violentes algarades, mais les adultes refusèrent de céder.

C'est dans ces jours-là qu'on l'apprit à la radio : Hitler était mort dans le bunker de la Chancellerie du Reich.

Les Russes visitèrent notre cave trois fois encore. Kurt était sur ses gardes, bien décidé à affronter quiconque essaierait de poser la main sur sa sœur. La situation était confuse. On était sous la menace des Russes, mais les SS pouvaient aussi surgir à l'improviste et enrôler *in extremis* quelque malheureux.

Les Russes arrivèrent dans la soirée : quatre officiers avec des tas de décorations. Rasés de près. Expéditifs et corrects. *Soldaty germanskie ? Urri ?* Armes ? *Do svidanija !* Ils ne touchèrent pas aux femmes.

Le lendemain matin, ce fut au tour d'un groupe de sept soldats du rang. Deux étaient de race mongole. Yeux malins, sournois, corps trapus. L'un d'eux était blond et fort beau, il aurait fait la joie de Hitler. *Urri ?* Armes ? *Soldaty germanskie ?* Pas de viol. Pas de pain.

Enfin débarqua un trio. L'un d'eux portait un harmonica autour du cou. Ils fouillèrent la cave de fond en comble sans découvrir la galerie. Ils épargnèrent les femmes. Le soulagement fut grand et profita à l'humeur générale.

Gudrun ne s'était pas remise du traumatisme du viol et sa mère ne faisait que pleurer. Sa fille passait son temps étendue sur son lit à fixer le plafond. Elle avait perdu la parole. Elle semblait pétrifiée. Je me persuadai encore un peu plus que les hommes, sauf ceux de la cave et les papas, les frères et les papys, étaient une espèce que, devenue adulte, je devrais éviter.

On se traînait péniblement, piteux comme des guenilles après l'essorage. Malgré l'apathie générale, Opa écoutait de temps à autre les informations de la BBC. La bataille de Berlin faisait rage, cette guerre semblait ne jamais finir ! Chaque jour durait une éternité.

Parfois venait nous trouver un petit vieux d'une cave située deux pâtés de maisons plus loin. Il venait juste bavarder. Il avait l'air un peu toqué et surtout très seul, mais il nous parlait de tout et de rien. Par exemple, il racontait que beaucoup de femmes de notre quartier avaient été violées par les Russes et que certains hommes étaient morts pour avoir essayé de les défendre de leurs violeurs. Il disait que les SS se suicidaient en grand nombre parce qu'ils ne supportaient pas l'idée de tomber entre les mains des Soviétiques.

Ce vieux venait souvent : peut-être trouvait-il notre cave plus sympathique que celle dans laquelle il s'était réfugié après avoir fui, seul et désormais sans famille, de la partie orientale de l'Allemagne. Il racontait que là où l'Armée rouge était passée en marchant sur Berlin, elle avait littéralement tapissé de portraits de Staline les villages qu'elle traversait, plantant partout des drapeaux rouges et défiant la population de les enlever. Un jour, ce vieux, sorte de chanteur ambulant malicieux et à l'humour macabre, me fit rire : « À Berlin, dit-il, la puanteur des cadavres serait supportable s'il n'y avait pas aussi celle des vivants ! » Mais lui-même ne sentait pas la lavande, non plus !

Il était devenu pratiquement impossible de sortir de la cave, à moins d'être candidat au suicide. Berlin n'était plus qu'un immense champ de bataille : de tous côtés pleuvaient les fusées, les grenades et les obus en tout genre et de tout calibre. Se montrer dans la rue signifiait attraper aussitôt une bombe sur la tête, si bien que personne ne s'aventurait plus dehors, même pas pour aller chercher de l'eau. Le moment était dramatique. Par-dessus le marché, les réserves de vivres s'épuisaient. Il ne restait que des pois secs qu'on faisait cuire sur un feu de bois qui répandait une fumée insupportable, nous irritait la gorge et nous faisait tousser et pleurer. En réalité, on les mangeait presque crus.

On était exténués. Exaspérés. On désertait de plus en plus le seau parce qu'on urinait peu et déféquait presque plus. On était pris d'une somnolence irrépressible, qui nous abattait sur nos lits avec des yeux de plomb. Même Peter et Egon passaient leur temps à somnoler : on aurait dit de petites branches cassées dont la sève s'est tarie. Quand je voyais mon frère dans cet état, je me demandais avec un frisson : comment un enfant de cinq ans peut-il être déjà fatigué de la vie ?

Je n'avais pas eu grand-chose, juste Eden, mais je connaissais au moins la couleur du ciel et la douceur d'une pomme mûre, l'euphorie grisante de la balançoire sur laquelle on se laisse aller et le parfum, âcre et unique, de l'herbe fraîchement coupée ; Peter, en revanche, n'avait même pas connu ça ; rien que des fenêtres condamnées et la puanteur, la cohue exaspérée, une cave exiguë et malodorante et un lit construit avec deux planches en croix !

L'amie de Frau Köhler, celle qui nous avait prévenus de l'arrivée des Russes soûls, fit un saut dans notre cave et nous laissa un bidon d'eau. Elle nous sauva la vie.

« Comment tu l'as eu, Lotte ? » lui demanda Frau Köhler.

L'autre eut un sourire malicieux. « On en a porté unc dizaine à la maison !

— Mais vous l'avez trouvée où, l'eau ? !

— Dans une immense cuve enterrée dans le sale jardin d'un couillon de nazi », explosa Lotte. Frau Köhler embrassa son amie : « Ah, Lotte, Lotte, tu n'as pas changé depuis que je te connais ! Tu ne sais pas ce que ça représente pour nous, ce bidon ! Qu'est-ce que t'as dit, dans cette cuve, il y en a encore ?

— Je ne vous conseille pas de sortir de la cave, répondit l'autre. C'est un miracle qu'on s'en soit tirés. Si tu savais le chaos qui règne dehors ! On en a vu de ces choses ! Inouï !

— Qu'est-ce qui se passe ? demanda Frau Köhler. Ce qu'on entend à la radio est effroyable... la situation paraît désespérée...

— Pire, répondit Frau Lotte, je te dis que c'est bien pire ! Le centre ressemble à une fourmilière ; de tous côtés j'ai vu des camions, des véhicules militaires, des ambulances, des chars camouflés et des blindés qui avancent à l'aveuglette, écrasant tout sur leur passage et roulant sur les morts... je te dis que c'est un enfer ! L'air est plein de cendres, la suie se colle aux cheveux comme de la poix et ça tire de tous bords ! C'est fou ! Et partout des blessés, qui appellent au secours ! J'ai vu un gamin des Jeunesses hitlériennes, il devait avoir dans les treize ans, appuyé à un arbre, les tripes à l'air. Ah, vaut mieux que je vous raconte pas... » Et elle se retira avec son chapeau de travers et ses souliers usés.

Allongée sur mon lit, je fixais le bidon d'eau. Puis je préférai regarder la toile d'araignée parce que là au moins je voyais du mouvement. Il y avait l'araignée qui s'activait, qui tissait. Elle agrandissait sa toile, tissait et attendait sa femelle.

D'habitude, elle arrivait à toute allure de derrière le bidon d'eau et inspectait la toile dans toute son étendue, puis soudain elle s'arrêtait et s'absorbait dans une profonde méditation. Si ça se trouve, elle était jalouse et voulait détruire la toile pour en construire une toute seule, peut-être avec un dessin extravagant ? Ou peut-être simplement que le mariage était pour bientôt et qu'il s'agissait de décider où construire la chambre des petits ?

Au bout d'un moment, j'entendis Egon réclamer de l'eau à sa maman. Mais l'eau de Frau Lotte était finie depuis la veille et personne n'était encore sorti pour aller en chercher. Sa maman lui expliqua qu'il n'y avait plus d'eau, mais Egon protesta : « J'ai soif ! »

Frau Bittner le pria de faire un effort. Dès que la situation serait plus sûre dehors, quelqu'un irait en chercher ; mais il ne l'écouta pas. Il se laissa tomber du lit en se faisant venir des convulsions, qui durèrent près d'une demi-heure. Quand il alla mieux, sa mère prit les bidons et gravit l'escalier. Kurt s'y opposa : « Où tu vas, maman ? Tu veux jouer les héros ? Descends l'escalier, c'est moi qui y vais ! »

Mais elle était déjà sortie sans se retourner. Kurt accabla son petit frère de reproches, mais rien n'y fit. « J'ai soif ! » répliqua Egon. Il n'y avait rien à ajouter. On resta dans un silence gêné et, tout à coup, je me rendis compte que depuis près d'une heure on n'entendait plus de coups de feu.

Frau Bittner n'était pas sortie depuis plus de trois minutes qu'elle était déjà de retour. Elle posa les bidons, se laissa tomber sur une chaise, le visage blanc comme la farine. Herr Hammer était intrigué. Il se dressa sur son lit, éternua à plusieurs reprises et demanda de sa voix d'enrhumé chronique : « Qu'est-ce qu'il y a, Frau Bittner, vous vous sentez pas bien ? »

Elle secoua la tête, rattrapa au vol une épingle qui tombait en même temps qu'une mèche de cheveux, regarda l'épingle d'un air songeur, et répondit enfin, tout hébétée : « La guerre est finie. »

La phrase eut l'effet d'un coup de tonnerre.

« Quoi ? ! » s'écria Herr Hammer, qui d'un bond sauta de son lit. « Où vous avez entendu ça ? Qui l'a dit ?

— C'est ce qu'on crie dehors. »

Opa était déjà debout et courut à la radio. Il revint presque aussitôt, rayonnant : « Berlin a signé la reddition. La guerre est finie ! »

Ce fut une explosion de joie et d'exultation. On versa des larmes incrédules. La flamme de la bougie vacillait, agitée, peut-être effrayée par les courants d'air insolites, et lâchait d'obscurs ronds de fumée. La guerre était finie !

Euphorie, sauts, bisous, larmes. Le vieux qui pissait toujours sous lui pissa cette fois sous l'effet de l'émotion. Frau Mannheim, que je n'avais jamais vue sourire, était si rayonnante qu'on voyait le trou laissé par ses trois dents manquantes. Herr Hammer éternuait et pleurait. Peter pleurait parce qu'il ne comprenait pas la raison de ce remue-ménage. Egon pleurait et réclamait de l'eau. Gudrun s'était levée de son lit et pleurait mais n'arrivait pas à parler. Moi, j'avais une grosse boule dans la gorge et j'allai embrasser Opa. Ce fut un moment unique.

Euphorie, joie irrépressible, immense soulagement. On s'embrassait. On fraternisait. Du coup, tout fut effacé : querelles, méchancetés gratuites, mesquinerie et intolérance, insinuations perfides et reparties un peu lourdes ; expressions de hargne et de dureté, manque de solidarité, souvent de sensibilité, parfois d'humanité. Tout dépassé, tout justifié. C'était la guerre, et maintenant elle était finie. Puis la cave ne suffit plus à contenir notre bonheur et on se précipita dans la rue. « La guerre est finie ! » criaient les gens. Et on courut à leur rencontre pour de nouvelles embrassades, des rires et des pleurs. Nos cœurs exultaient. La guerre était finie ! Je sentais une joie immense, débordante, irrépressible. La marâtre m'embrassa et murmura sous l'effet de l'émotion : « Maintenant tout va rentrer dans l'ordre, tu vas voir », mais je ne comprenais pas si elle parlait d'elle, de moi ou du destin de l'Allemagne.

Sans cesse arrivaient d'autres gens, qui criaient : « La guerre est finie ! La guerre est finie ! Hourra ! » Des spectres ivres de joie. La capitulation avait fait de nous à nouveau des êtres humains, garantissant le premier de nos droits : le droit à l'espérance. La guerre était finie, l'Allemagne nazie vaincue et nous qui avions survécu – émaciés, sales, affamés et assoiffés, certes –, nous étions de nouveau des hommes.

À perte de vue, des ruines ardentes dont la réverbération éclairait la nuit au point de la faire ressembler au jour. Un immense brasier dont le ventre contenait un résidu d'humanité dans un état catastrophique. Les rues étaient jonchées de cadavres dont la puanteur s'élevait vers le ciel ; la pénurie d'eau prolongée avait transformé la ville en latrines à ciel ouvert. Depuis pas mal de temps, il n'y avait ni gaz ni électricité, ni eau ni chauffage, ni aucune distribution de vivres ou de médicaments ; les structures sanitaires étaient paralysées. Les maladies infectieuses faisaient rage ; les poux, les punaises et les rats régnaient en maîtres. Personne n'allait plus à l'école, personne ne travaillait. Des caves, des refuges et des bouches du métro sortaient de pauvres spectres crasseux et en guenilles, éprouvés dans leur chair comme dans leur tête. Des Allemands, les représentants de la race supérieure, selon Adolf

Hitler, de la race dominante. En réalité, rien que des ombres.

Dans l'éventualité d'une défaite, Goebbels avait imaginé un crépuscule héroïque. Mais la fin du IIIe Reich fut triste, peu glorieuse et misérable.

On s'empressa d'évacuer la cave et de remonter les matelas à la maison. Les valises retournèrent dans les appartements, pour toujours cette fois.

La valise à la main, Opa m'appelait du haut de l'escalier. On était les derniers.

Il ne restait plus qu'une bougie qui touchait à sa fin. Une dernière fois, je regardai autour de moi. Les lits superposés rudimentaires, tristes témoins de nos nuits d'enfer. La niche où se trouvait le matelas des époux Mannheim, un peu plus loin la paillasse de Herr Hammer. Le coin où ronflaient les vieux. L'endroit où était morte Erika. La galerie. Le sol que jamais personne n'avait lavé. Les conduites d'eau dont je connaissais chaque fissure. La toile d'araignée. L'araignée y était encore, mais pas la femelle.

Du regard, je parcourus cet espace vide où nous avions vécu entassés les uns sur les autres comme des bêtes, imposant au voisin notre odeur, notre mauvaise humeur, notre égoïsme. Nous étions allés au-delà du supportable, au-delà du vivable, au-delà de l'imaginable, au-delà de nos forces, au-delà de l'humain. Par la suite, cependant, il me fallut apprendre que notre souffrance n'était rien en comparaison de celle qui s'était abattue sur les juifs massacrés dans les camps de concentration.

« Helga ! lança Opa. On y va ? »

Pour nous, c'était fini, fini l'enfer. Nouveaux horizons, vie nouvelle. La guerre était finie ! Adieu, cave.

Je pris la bougie et rejoignis Opa. La porte de la cave se referma dans notre dos avec un bruit qui me parut de bon augure.

Devant la porte de l'appartement de Hilde, Opa posa la valise et me demanda : « Qu'est-ce que tu faisais en bas ? Tu avais oublié quelque chose ?

— Je regardais, répondis-je, je regardais juste pour rien oublier. »

Me passant la main dans les cheveux, il murmura : « Tu es une enfant spéciale. » Et il glissa la clé dans la serrure.

18.

Berlin, mai 1945

La maman d'Erika ne sachant où aller, Opa lui offrit l'hospitalité dans l'appartement de Hilde, le temps qu'elle trouve autre chose. La malheureuse, inconsolable de la mort de sa fille, comptait demander aux autorités d'occupation la permission de retourner dans son village d'origine, mais il faudrait attendre encore un peu parce que le chaos le plus total régnait en ville.

À peine la guerre finie, on imagina, Peter et moi, que tout allait très vite rentrer dans l'ordre, qu'il y aurait de l'électricité, de la nourriture et de l'eau. Il n'en fut rien. L'eau manquait encore et, au marché noir de l'Alexanderplatz, la marâtre fut obligée d'échanger ses bijoux les plus précieux contre une modeste provision de denrées alimentaires. Mais au moins n'y avait-il plus de bombardements.

Les heures ne passaient plus égales à elles-mêmes, le rythme de notre vie s'était normalisé. Maintenant, on dormait la nuit et on était réveillés le jour, même si, dans les premiers temps, cet insolite silence nocturne me tenait éveillée. Il m'arrivait de craindre que la guerre ne fût pas vraiment finie, qu'une soudaine attaque aérienne nous surprenne la nuit à la maison. J'avais encore peur d'être tuée.

On était installés au mieux. La maman d'Erika dormait dans la chambrette, la marâtre sur un lit d'appoint dans le bureau de Hilde en compagnie du piano et du tableau qu'avait peint mon père, Opa sur le canapé du salon, Peter et moi sur deux lits de camp dans la salle à manger. On devait rester Lothar-Bucher-Strasse jusqu'à ce que Hilde revienne de la clinique, et peut-être même pendant sa convalescence, que j'espérais longue ; je ne voulais pas retourner avec la marâtre dans l'appartement de la Friedrichsruher Strasse ! Entre elle et moi, rien n'avait changé, je le sentais.

À Berlin s'installa l'administration soviétique. Le général Bersarine fut nommé chef de la garnison et commandant de Berlin. C'est lui qui fit placarder les ordonnances sur les murs et sur les colonnes d'affichage, dont disparurent aussitôt les slogans nazis, DER FEIND HÖRT MIT et KOHLENKLAU [1]. Il fit aussi distribuer des tracts qui invitaient la population à s'en tenir scrupuleusement aux dispositions des forces d'occupation soviétiques, tout en assurant que pour la distribution des vivres seraient délivrées des cartes de ravitaillement. Il invitait aussi les habitants de la ville à ne pas quitter leur quartier et à ne pas sortir entre dix heures du soir et huit heures du matin. Dans un premier temps, les montres (celles qui avaient échappé au pillage éhonté des Russes) durent être réglées sur l'heure de Moscou ; par la suite, on en revint à la norme européenne. Dans les tout premiers temps qui suivirent

1. « Chip'charbon » : croque-mitaine inventé pour lutter contre le vol du charbon. Cf. V. Klemperer, *LTI. La langue du IIIe Reich*, trad. É. Guillot, Paris, Albin Michel, 1996, p. 120-124. *(N.d.T.)*

la capitulation de la ville, et passé l'ivresse de l'euphorie, j'eus l'impression que les adultes étaient comme égarés, peut-être sous l'effet d'une sorte de choc de la paix. Il semblait encore que leur unique préoccupation se résumât à leurs efforts pour survivre. Tout paraissait en suspens. Les journaux ne sortaient pas, la radio ne diffusait que de la musique. Il n'y avait aucune espèce d'information. L'ancienne capitale du IIIe Reich n'était plus qu'une île coupée du monde.

Les canalisations d'eau et les installations électriques furent assez vite remises en état. Hilde revint à la maison. Pour Opa et la marâtre, ce fut un moment d'émotion forte et de bonheur. Mais elle était pâle, émaciée et encore souffrante. Elle marchait les épaules voûtées et en traînant la jambe ; quand elle riait, sa bouche était déformée par un rictus. On aurait dit une petite vieille. Le premier jour, elle resta au lit dans une chambre dont le mur s'était écroulé. Les plâtras étaient tombés dans la salle à manger où nous dormions, Peter et moi. Sa convalescence s'annonçait assez longue, et moi, égoïstement, j'en étais contente parce que cela devait retarder d'autant notre retour Friedrichsruher Strasse. Puis les autorités accordèrent à la maman d'Erika un laissez-passer pour retourner dans son village et on fut tous très émus quand elle s'en alla avec la valise en carton dans laquelle elle conservait les maigres effets de sa fille.

Qu'était devenue notre communauté de la cave de la Lothar-Bucher-Strasse ? Rien. Chacun vivait pour soi et même les locataires de l'immeuble ne nourrissaient pas les uns pour les autres des sentiments d'amitié particuliers, au contraire. Il semblait que la longue période de promiscuité forcée eût produit en eux une sorte de rejet.

Herr Hammer, qui était veuf, se renferma dans la solitude de son petit appartement, et on ne le voyait que lorsqu'il avait une réclamation à faire à la gardienne. Frau Köhler retrouva sa loge de concierge, travaillant jour et nuit pour rendre les communs de nouveau vivables. Son fils Rudolf avait découvert le ballon et s'en donnait à cœur joie dans la cour – naturellement, après qu'on en eut retiré les cadavres ou ce qu'il en restait. Le vieux qui pissait toujours sous lui était mort subitement d'un infarctus après la fin de la guerre et l'autre avait obtenu l'autorisation de rejoindre son fils, qui, contre toute attente, était rentré de Russie et habitait avec sa famille dans le Bade-Wurtemberg. Les époux Mannheim s'étaient exilés entre leurs quatre murs. Ainsi ne parvenait-on à échanger quelques mots rapides qu'avec Frau Bittner, pour parler de Gudrun. La malheureuse n'avait pas encore retrouvé la parole et sa maman lui avait pris un rendez-vous avec un médecin du centre sanitaire qui venait d'ouvrir à Steglitz.

Il apparut vite que les cartes de ravitaillement suffisaient à peine à ne pas mourir de faim. Pour avoir droit à des rations plus importantes, la marâtre se proposa de déblayer les rues de leurs gravats. Et comme on avait diagnostiqué une carence alimentaire, j'eus droit moi aussi à quelques tickets supplémentaires. Naturellement, Peter prétendit avoir une maladie analogue : pendant quelques jours, il se tortura le corps avec une pince à papiers, avec pour seul effet de lui laisser d'horribles bleus.

Maintenant qu'on avait de nouveau l'eau courante, on était toujours propres comme des sous neufs. Pas vraiment élégants, mais au moins propres. Les boucles soyeuses de Peter repoussèrent et les cheveux de la marâtre retrouvèrent leur ancienne couleur blond cendré. Il lui arrivait encore de porter un turban, non plus pour cacher ses cheveux crasseux, mais pour les garder propres et les protéger de la poussière pendant qu'elle débarrassait les décombres. Opa portait de nouveau des habits repassés et en était satisfait. Hilde ne parlait jamais de ses erreurs au ministère de la Propagande. Il était interdit de mentionner Goebbels, Adolf Hitler ou, d'une manière générale, le nazisme.

Comme les cartes alimentaires ne prévoyaient qu'une distribution très limitée de denrées alimentaires contenant des vitamines, Opa et moi passions au peigne fin les cours abandonnées et les montagnes de gravats à la recherche de plantes comestibles comme les orties, certains types de racines ou des pissenlits qu'on mangeait en salade. On avait de l'huile pour les assaisonner grâce à un service à thé en porcelaine de Chine échangé au marché noir, mais que Hilde aurait bien aimé garder.

La marâtre se rendait régulièrement Friedrichsruher Strasse pour mettre un peu d'ordre dans l'appartement qui avait souffert des bombardements. Un jour, dans la boîte aux lettres, elle trouva un billet annonçant que mon père était guéri et qu'il serait bientôt libéré. Elle avait les larmes aux yeux, et je la vis heureuse. Moi aussi, j'étais heureuse : j'allais enfin pouvoir à nouveau embrasser mon papa, et c'en serait fini de tous les ennuis avec la marâtre. Il ne pouvait que se ranger de mon côté. Mais il y avait aussi une affreuse nouvelle : tante Margarete s'était suicidée et Eva se trouvait chez des parents en attendant le retour de son père. La pauvre Eva, j'aurais tant aimé la revoir !

Un matin, Opa nous demanda si on voulait bien l'accompagner faire un petit tour. Peter fit des histoires :

il préférait rester à la maison jouer aux dominos avec Hilde. Mais je me montrai enthousiaste.

« Où on va ? voulus-je savoir alors qu'on était déjà dans la rue.

— Chercher mon vitrier.

— Celui qui met les vitres ?

— T'as deviné ! » fit-il dans un sourire radieux.

La Lothar-Bucher-Strasse était à moitié déserte ; il y avait juste un petit groupe de femmes qui bavardaient près de la colonne Morris. Elles causaient fort et leurs voix se superposaient les unes aux autres ; les dépassant, j'entendis l'une d'elles s'exclamer : « Encore cette histoire, Friede ! On dirait que la seule femme que les Russes ont violée, c'est toi ! Qu'est-ce qu'elle devrait dire alors, ma cousine, qui y a eu droit trois fois et qui, par-dessus le marché, est tombée enceinte ? »

On suivait le trajet habituel, encore parsemé de cratères, passant devant des pâtés de maisons entiers qui n'étaient plus qu'un amas de gravats. Par chance, les cadavres avaient déjà été retirés, de même que les ferrailles qui encombraient le bord des trottoirs.

Dans les jardins des maisons détruites, les oiseaux s'égosillaient, les roses s'ouvraient ; les jasmins emplissaient l'air de leur parfum grisant. La journée était magnifique.

De temps en temps, je regardais le ciel. J'étais contente. Une voûte turquoise recouvrait paisiblement la ville, comme pour nous consoler de cet océan de destructions. Il faisait chaud.

On vit passer des voitures conduites par des Soviétiques. Les premières ne firent aucune attention à nous, mais ensuite l'une d'elles s'arrêta. Un Russe en descendit en criant : « *Stoj ! Dokumenty !* » Un homme très jeune au visage couvert de taches de rousseur et qui sentait le pain. Il examina attentivement les papiers et, faisant un signe dans ma direction, finit par demander à Opa : « La... petite... comment dire vous, *do ka* ? » Puis la gêne assombrit un instant son visage. « *Net*, se corrigea-t-il, la petite... comment on dit ?

— Petite-fille, fit Opa.

— *Da*, petite-fille !

— Oui, c'est ma petite-fille », confirma Opa.

L'autre acquiesça, m'adressa un clin d'œil, rendit les papiers : « *Do svidanija*, petite-fille », dit-il en nous faisant signe de continuer notre chemin.

« Pourquoi ils continuent à te demander tes papiers ? demandai-je.

— Parce qu'ils sont les vainqueurs, expliqua Opa. Aujourd'hui, c'est eux qui commandent.

— Ils sont ici pour toujours ?

— Pour l'instant ; après, ils s'en iront.

— Quand ?

— Peut-être dans quelques années.

— Des années !

— Le vainqueur peut occuper notre pays aussi longtemps qu'il lui plaira. » Mais quand je demandai à Opa si on allait devenir des Russes, il répondit avec un sourire malicieux : « Un Allemand ne fera jamais un Russe, ma petite ! », et je ne compris pas si c'était un compliment pour les Russes ou pour les Allemands.

« Alors, c'est qui les plus méchants, les Russes ou les Allemands ? » Je continuai de l'asticoter, mais lui de répondre d'un ton affable : « Chaque peuple a ses bons et ses méchants ; peut-être dans le peuple allemand y a-t-il une tendance qui, chez les Russes, paraît moins accentuée : le fanatisme.

— C'est quoi, le fanatisme ?

— Le fanatisme, c'est quand on fait les choses avec un zèle tellement exagéré qu'on en devient aveugles, sourds et acritiques.

— Qu'est-ce que c'est, acritiques ?

— Quand on renonce à juger, à interpréter ou évaluer le résultat de l'action, de l'activité, ou même de l'attitude de quelqu'un. Par exemple, les Allemands, ou une bonne partie d'entre eux, ont eu une attitude acritique vis-à-vis de Hitler, tout au moins officiellement.

— La directrice du collège, elle disait que Hitler il était méchant, elle disait qu'il était raciste.

— Elle, elle était critique, répondit Opa, et aussi courageuse.

— Pourquoi ?

— Parce que le nazisme était un régime répressif, qu'il était interdit de le critiquer.

— Ah bon ?

— Il était interdit de ne pas être d'accord avec les idées du Führer.

— C'est pour ça qu'ils ont brûlé les livres des écrivains qui disaient du mal du nazisme ?

— Exact. Qui t'a dit ça ?

— La directrice. »

Opa allait ajouter quelque chose quand, tout à coup, il marmonna : « Et pourtant, il était bien ici ! » On s'était arrêtés devant un immeuble qui avait beaucoup souffert des bombardements. Un battant de porte pendait à ses gonds comme un ivrogne. L'endroit était silencieux et plongé dans l'abandon le plus total. Parmi les dalles de la petite voie d'accès poussaient de longues herbes jaunes ; dans un coin d'herbe gisait le buste de marbre d'un héros nazi avec, sur sa poitrine décorée, un drôle d'oiseau qui avait fait son nid. Derrière les ruines, on voyait un autre tas de gravats qui s'était déversé dans la cour tel un renvoi. Il n'y avait pas trace d'homme.

Une végétation exubérante submergeait la cour ; le vent de mai faisait ployer la tête des herbes folles qui recouvraient tout ; un banc de fer émergeait d'une forêt de chiendent. Les oiseaux chahutaient, les lézards filaient à toute allure sur les restes de murs ensoleillés. Dans l'air planait une sorte de charme ambigu : sur ce triste monceau de ruines, le printemps triomphait, arrogant.

L'endroit m'avait ensorcelée et je me laissai tomber sur l'herbe. Opa se reposait sur le banc ; je ne voyais que la raie de ses cheveux. Je l'interrogeais et il répondait, mais on ne pouvait pas se voir, et ça m'amusait. Je regardais le ciel et entendais les abeilles. Je respirai l'odeur âcre de l'herbe et pensai à Eden. Comme j'aurais voulu revoir la directrice et la doctoresse Löbig ! Étaient-elles encore en vie ?

Puis Opa grimpa sur le banc et, examinant les alentours tel un marin qui scrute l'horizon, il aperçut la cabane : « Tu veux voir qui est là ? cria-t-il.

— Mais c'est qui ?

— Le vitrier ! » Il entreprit de traverser la mer d'herbe et, arrivé à la cabane, trouva le vitrier. Émus, ils se jetèrent dans les bras l'un de l'autre : « Comme ça vous êtes en vie, maître, quelle joie ! » sanglotait le vieil artisan, essuyant ses larmes avec le col de son bleu de travail usé. Ils se mirent à raconter : Opa, notre vie à la cave ; le vitrier, la sienne. Opa, nos peines ; le vitrier, les siennes. Opa, notre immeuble resté miraculeusement debout ; le vitrier, l'effondrement du sien comme un château de cartes.

La vitrerie se trouvait au sous-sol de son immeuble et, quand il avait vu que les choses se gâtaient, entre une alerte et l'autre, il avait commencé à traîner jusqu'à la cabane de grandes plaques de verre, qu'il rangeait entre d'épaisses couches de laine de verre. « Comme ça elles ont résisté à l'explosion des bombes, expliqua l'homme, rayonnant. Les Russkofs ont démoli la maison, mais ils ont pas réussi à casser mes vitres ! » Et il ricanait et se frottait les mains comme s'il avait joué un mauvais tour à quelqu'un.

« Alors vous pouvez venir remplacer les vitres de l'appartement de ma fille ? » demanda Opa, plein d'espoir.

L'autre promit de le faire dès qu'il aurait trouvé du carburant pour sa vieille fourgonnette stationnée sous un groupe de bouleaux en conciliabule. « Et, bien entendu, je dois demander aux autorités la permission de me remettre au travail, ajouta-t-il, mais ça devrait pas poser de problème. Toute la ville est sans vitres ! » Et il se frotta les mains : il avait l'air content.

Le vitrier nous montra enfin le logement précaire qu'il s'était aménagé dans un coin de la cabane : un lit de camp, une chaise cabossée, quelques caisses de bois pour accrocher les vêtements, une table à trois pieds soutenue par des petites caisses. Veuf dès avant la guerre, l'homme avait l'air d'un marin qui aurait survécu à un naufrage.

Opa et le vitrier se quittèrent fraternellement, et on se remit en route. Moi, dans ma petite robe de coton imprimé, de coupe un peu américaine (la marâtre l'avait eue au marché noir contre les lunettes d'Opa), et Opa, dans son costume gris foncé, tiré à quatre épingles. De vrais seigneurs, et dans quelques jours on aurait même des vitres aux fenêtres !

Un peu plus loin, sur un rideau de fer, quelqu'un avait rayé le mot JUDE et écrit dessous, au vernis rouge sang : HITLER SALAUD.

19.

Berlin, juillet 1945

Le vitrier avait remplacé les carreaux de l'appartement de Hilde. Maintenant, quand on regardait par la fenêtre, on voyait les ruines et tout ce chambardement silencieux ; on voyait aussi très bien la colonne Morris, qui n'affichait plus les slogans nazis, mais les ordonnances par lesquelles le général Bersarine rassurait la population quant aux bonnes intentions de l'administration soviétique. Sous les ordonnances apparaissaient les premières timides annonces des théâtres ou des salles de concerts qui rouvraient leurs portes : petits signaux d'une modeste reprise de l'activité artistique en ville.

Si les rues étaient désormais débarrassées de leurs gravats, c'est aux femmes qu'on le devait ; mais au milieu des ruines continuaient de proliférer des armées de rats. Sur les grandes artères, on commençait à entendre les grands coups de sonnette du tram, tandis que, tronçon après tronçon, le métro souterrain ou aérien reprenait du service. On s'en tirait avec les cartes d'alimentation, mais on avait toujours faim. Il n'y avait pas de lait pour les enfants et nous étions nombreux à souffrir de troubles liés au manque de vitamines.

Hilde s'était presque entièrement remise et faisait de longues promenades dans les environs de la Lothar-Bucher-Strasse. À chaque fois, elle en revenait stupéfaite devant l'ampleur des destructions ; à chaque fois, elle découvrait un nouveau point de repère qui avait disparu : l'immeuble de sa coiffeuse, celui de la pharmacie ou du boulanger à l'angle de la Bismarckstrasse. Opa s'était livré à une petite enquête pour savoir ce qu'étaient devenus parents et amis, et le bilan était effroyable. Malheureusement, les autorités n'étaient pas en mesure de fournir des renseignements dignes de foi parce que le recensement des survivants était toujours en cours.

On entendait parfois parler des crimes atroces qui auraient été commis dans les camps de concentration, mais on en parlait avec force précautions, à voix basse, comme quand on a du mal à croire à des nouvelles qui secouent les consciences. Je me rappelais les propos qu'avaient tenus les deux mères dans le bunker de la Chancellerie et dont je comprenais enfin la véritable signification : c'était donc vrai que les nazis avaient tué tous les juifs ? Je pensais à Herr Schacht, que la Gestapo avait emmené si brutalement, et à la sœur de la directrice du collège d'Eden, déportée avec ses jumelles dans un camp de concentration. Un jour, je voulus en parler avec Opa, mais je le sentis étrangement réticent ; peut-être ne voulait-il pas me troubler. J'essayai avec Hilde, mais elle me pria sèchement d'éviter à l'avenir ce sujet. Elle me renvoya au « jugement de la postérité ».

Un matin, Opa, Peter et moi accompagnâmes la marâtre à l'appartement de la Friedrichsruher Strasse. Il faisait un temps magnifique et de la Lauenburger Platz nous parvenaient les cris perçants des enfants. Il y avait de la circulation dans la Bismarckstrasse : des gens sur les trottoirs et les trams qui carillonnaient sur la chaussée.

L'immeuble me semblait différent, moins haut que dans mon souvenir, et la façade était criblée de balles. Dans la petite voie d'accès bordée de haies de buis parfaitement taillées, subsistait un grand cratère qui n'avait pas encore été rebouché ; la double porte était dégondée. La concierge, une nouvelle (la précédente avait trouvé la mort en allant chercher de l'eau), se plaignait que chaque nuit n'importe qui pouvait s'engouffrer sous le porche et aller cambrioler les appartements encore vides comme le nôtre. De fait, d'autres locataires manquaient à l'appel ; par exemple, on était sans nouvelles d'une maman et de ses deux petits enfants qui s'abritaient d'habitude dans un abri antiaérien des environs de la Thorwaldsenstrasse.

Opa, Ursula et Peter se mirent à monter l'escalier. Je m'arrêtai un instant sous le porche et jetai un œil à la porte de la cave où un soir, il y a bien longtemps, je m'étais glissée pour passer la nuit derrière un tas de charbon. J'avais l'impression qu'il s'était passé une éternité et, en même temps, je me souvenais de chaque détail comme si ça datait de la veille. Tandis que j'étais saisie d'un frisson, la gardienne me demanda : « Tu montes pas, petite ? » Si, fis-je d'un signe de tête, et je rejoignis les autres au quatrième étage.

L'appartement était déjà en bon état. La marâtre avait pris soin de faire réparer la porte d'entrée, qu'elle avait trouvée sortie de ses gonds, et le vitrier d'Opa avait remplacé les carreaux cassés. Le balcon en maçonnerie, auquel on accédait par le salon, donnait sur la Bismarckstrasse et une mer de ruines. Bientôt, mon père allait rentrer et on reprendrait la vie à quatre. Est-ce que ça allait marcher ? J'étais inquiète et cette idée me troublait. Et puis est-ce que j'aurais la permission de voir Opa chaque fois que j'en aurais envie ?

« Je veux voir ma chambre ! cria Peter d'un ton autoritaire.

— Tu devras la partager avec ta sœur, lui dit la marâtre.

— Je veux une chambre rien que pour moi ! protesta Peter.

— Je te dis que tu devras partager ta chambre avec ta sœur, répéta patiemment la marâtre.

— Non, je veux pas, na !

— Il faudra bien.

— Qu'est devenue la petite table du XVIIe ? » demanda Opa, histoire de changer de sujet, mais Peter continua à réclamer sa chambre.

« La bibliothèque lui est tombée dessus, répondit la marâtre. Je l'ai retrouvée en mille morceaux.

— Je veux ma chambre ! brailla Peter.

— Dommage, fit Opa. C'était une pièce unique. Je n'en retrouverai jamais une pareille. »

Peter tirait la marâtre par sa jupe : « Pourquoi Helga elle peut pas dormir au salon ?

— Ça ne me semble pas être une très bonne idée, mon trésor », fit la marâtre. Et Peter se mit en rogne. « Ce garçon est mal élevé », dit Opa à la marâtre, mais elle rit : « Mais non, il a simplement du caractère. C'est un véritable Allemand ! »

Arriva le jour où devait rentrer mon père. On se réunit tous Friedrichsruher Strasse pour l'accueillir. Il y avait aussi Opa et Hilde. Plus tard, la marâtre devait aller chercher le revenant à la gare. Peter demanda pour la énième fois : « Pff, c'est qui, qui arrive en train ? ! Et d'abord comment il s'appelle ?

— Il s'appelle Stefan et c'est ton papa, lui répondit la marâtre. Et maintenant arrête de me poser la question.

— Pourquoi Stefan il est jamais venu nous voir ? insistait Peter.

— Tu dois pas l'appeler Stefan, mais Vati.

— C'est plus beau, Stefan.

— Vati !

— Pourquoi Stefan il est jamais venu nous voir ? » la harcelait Peter.

La marâtre soupira : « Parce qu'il était sur le front, et toi tu dois l'appeler Vati !

— J'ose pas.

— Mais c'est ton papa !

— J'ose pas. »

La marâtre se leva de son fauteuil : « C'est bon, mon petit, tu m'as assez enquiquinée comme ça, je vais me préparer.

— Moi aussi, je vais à la gare !

— Non ! » fit la marâtre, puis elle ajouta :

« C'est mon mari, trésor !

— Moi aussi ! Moi aussi !

— Mon Dieu, c'est ton papa, Peterlein ! »

Il lui tira la langue, elle lui répondit par un pied de nez. Il m'arrivait d'envier à Peter cette familiarité avec la marâtre.

Quand elle revint, elle était toute pomponnée. Elle avait passé une robe claire serrée à la taille, avec des épaulettes, des bas, qui lui avaient coûté un chandelier en argent au marché noir, ainsi qu'un petit chapeau qui ressemblait à une tour de guet. La marâtre partie, Opa, Peter et moi allâmes nous promener, histoire de tuer le temps. Hilde resta à la maison, plongée dans un livre.

À peine avions-nous passé le porche que Peter voulut se laisser glisser dans le cratère pour jouer à la guerre. On eut le plus grand mal à le faire sortir de là.

Finalement, il nous précéda sur le trottoir tout en sautillant et en chantonnant :

« Aujourd'hui mon papa il arrive ! Aujourd'hui mon papa il arrive ! Oh ! Oh ! »

Après le croisement, on vit des enfants qui jouaient au milieu des ruines. Peter s'arrêta et cria : « Ohé ! »

Tous se retournèrent. Une gamine lui répondit sèchement : « Qu'est-ce que tu veux ?

— À quoi vous jouez ? » demanda Peter, les poings sur les hanches ; il retrouvait son culot d'autrefois.

La gamine baissa la tête, esquissa un sourire qui tourna aussitôt à la grimace et répondit d'une voix bourrue : « Au papa et à la maman.

— Mon papa, il vient ce soir ! » annonça Peter d'un air important.

La gamine entortilla un bout de son tablier et répondit : « Mon papa à moi, il est dans le ciel de la Russie.

— Où ça ?

— Peut-être qu'elle a entendu dire que son papa est tombé en Russie, suggéra Opa.

— Mon papa à moi, il est pas tombé », déclara Peter, indélicat, « et il arrive ce soir par le train. »

La gamine haussa les épaules et se retourna vers ses copains, mais Peter cria dans son dos :

« T'en as un papy, au moins, toi ? »

Elle se retourna et le regarda, le visage renfrogné, un peu irritée : elle s'efforça enfin de sourire et, glissant la main dans la poche de sa blouse, elle demanda : « Tu veux un caramel ? »

Peter s'approcha et prit quelque chose dans sa main, mais sans lui laisser le temps de le porter à sa bouche, Opa le retint : « Stop ! Fais-moi voir ce que c'est !

— Non !

— Fais voir ! » C'était une pastille pour la gorge.

« C'est pas un caramel, fit Opa. Jette-la.

— Non !

— Elle est bonne ! cria la gamine au-delà du muret, on en a des tas à la maison, mon papa, il était docteur !

— Jette-la, Peter ! »

Mais mon petit-frère désobéissant se la fourra dans la bouche et l'avala sans mâcher. La pastille lui resta en travers de la gorge. Il se mit à tousser, devint écarlate. Opa lui donna de grandes tapes dans le dos et on en fut tous quittes pour une grosse frayeur. La crise passée, le danger d'étouffement conjuré, Opa annonça : « On rentre à la maison, la promenade est finie.

— Déjà ? » grogna Peter, qui boudait et pleurnichait parce qu'il avait recraché sa pastille.

Le temps ne voulait pas passer.

Enfin, on entendit la clé dans la serrure : ils étaient arrivés ! Mon cœur se serra. On se précipita tous dans le couloir. Je vis un homme en uniforme, grand et maigre. Il avait des cheveux noirs et ondulés, un peu grisonnants sur les tempes, et souriait. Sur son visage émacié brillaient deux yeux noirs dans lesquels je ne me reconnaissais pas ; je ne sais pourquoi, je m'étais imaginé que mon père avait les yeux bleus ! J'éprouvai une émotion si violente que j'en eus des crampes d'estomac au point de devoir courir aux toilettes. Quand je me montrai à nouveau dans le couloir, il n'y avait plus personne ; ils étaient tous allés au salon.

J'y entrai à mon tour et vis Peter assis sur les genoux de notre papa, en train de raconter, visiblement ravi : « ... et puis j'y ai dit : Je vais bien, Herr Hitler, quelle belle boucle, Herr Hitler ! » Il guettait la réaction de papa. Mais mon père tourna le regard dans ma direction, posa aussitôt Peter et vint à ma rencontre. Peter cria, dépité, tapant des pieds : « Il est à moi, Stefan, il est à moi, Stefan ! »

Mon père m'embrassa en murmurant : « Comment tu vas, ma fille ? » Mais je ne fus pas en état de lui répondre parce que j'avais une grosse boule dans la gorge. Je pleurai dans les bras de mon père. Enfin, je me sentais en sécurité.

20.

Berlin, août 1945

J'avais placé de grandes espérances dans le retour de mon père, certaine de trouver en lui un allié : il ne tarderait pas à se rendre compte de la froideur avec laquelle me traitait la marâtre et l'amènerait à changer d'attitude. Mais dès le premier instant mon père apparut comme un homme introverti et peu bavard. Chaque jour, je le sentais plus lointain. Avec nous, ses enfants, il se montra carrément embarrassé, comme si le front lui avait désappris son rôle de père. Quand Peter faisait des caprices ou répondait comme d'habitude sur un ton impertinent, mon père se contentait de lancer à sa femme un regard un peu ahuri, tout en lui laissant le soin de le corriger ; ce qui ne se produisait pas toujours. Je le sentais passif, ailleurs.

Pour le reste, il passait de longues heures dans son bureau à lire, à écrire et, parfois aussi, à peindre. J'étais déçue. En présence de mon père, la marâtre me traitait avec une indulgence inaccoutumée, me prodiguant même des soins maternels qu'elle réservait d'ordinaire au seul Peter. Mon frère, de son côté, croyait deviner dans les effusions de la marâtre une menace pour sa position privilégiée et réagissait par de violentes crises de jalousie.

J'étais désorientée, accablée.

Quand la marâtre se rendait au bureau de l'alimentation pour y retirer des vivres, elle confiait Peter à ma garde. À peine quittait-elle la maison que mon père se retirait dans son atelier, où il restait jusqu'à son retour. On aurait dit qu'il évitait tout tête-à-tête avec nous et cela m'irritait, mais j'avais décidé de le conquérir !

Un jour que la marâtre était absente, je fis irruption dans son atelier avec un tel élan que j'eus le plus grand mal à m'arrêter devant son bureau. Mon père écrivait une lettre. Il me regarda d'un air à la fois calme et dépité : « En voilà une façon d'entrer dans une pièce ? ! » Je piquai un fard et baissai la tête. Il me regarda longuement, puis ajouta : « Dorénavant, souviens-toi qu'il faut frapper avant d'entrer. » J'acquiesçai, puis suivit un long silence. « Tu as encore quelque chose à me dire ? » demanda-t-il enfin, de nouveau plongé dans sa lettre. J'acquiesçai encore une fois, mais je me sentais raide et embarrassée ; mon cœur débordait de choses à dire et j'étais incapable d'articuler le moindre mot. Alors je renonçai, m'excusai et sortis de son bureau.

Quelques jours plus tard, je repartis à l'attaque. Un matin – la marâtre avait à peine tourné le dos –, je frappai à la porte du bureau. « Oui ! » fit mon père. J'avançai, pleine d'espérances. Mais sans me laisser le temps d'ouvrir la bouche, il me prévint : « J'ai une lettre urgente à terminer, Helga. Ça t'ennuierait de revenir dans dix minutes ? »

Je me retirai à la cuisine, où Peter était occupé à démonter les boutons du buffet. Il éprouvait toujours le besoin de détruire, c'était plus fort que lui, mais le pire c'est qu'il essayait toujours de m'en attribuer les dégâts. Je le grondai et, tandis que je m'apprêtais à remettre les boutons à leur place, il me défia d'un air perfide : « Toute façon, je dirai que c'est toi ! » Je fus tentée de lui allonger une baffe, mais je me retins. Il aurait braillé comme un âne et mon père se serait inquiété. J'inventai alors un jeu pour le distraire. Par chance, il le passionna, d'autant que je me débrouillais toujours pour le faire gagner.

Une dizaine de minutes plus tard, je retournai frapper au bureau, mais mon père n'avait pas encore terminé. « Excuse-moi, j'en ai encore pour un quart d'heure, je t'appellerai. » Je retournai à la cuisine, où Peter avait recommencé à démonter les boutons. Je m'énervai au point d'en attraper un violent mal de tête. Je remontai aussitôt les poignées tout en subissant Peter qui me faisait des chatouilles. Il s'écoula environ un quart d'heure, mais quand mon père finit par m'appeler, j'entendis la porte d'entrée s'ouvrir : la marâtre était de retour. Naturellement, il n'en fut plus question.

Du jour au lendemain, également, Peter s'intéressa à papa. Au début, il était un peu intimidé mais, maintenant, sa curiosité commençait à prendre le dessus. Il continuait à lui tourner autour, à réclamer sa compagnie, son attention. Il le suivait partout, l'attendant même à la porte des toilettes. Mon père ne tarda pas à s'énerver, voire à s'en effrayer. Mais Peter insistait. Il faisait toujours irruption dans son bureau sans frapper, il voulait rester avec papa. Il l'inondait de questions et voulait des réponses exhaustives. À un moment, mon père donna l'impression de paniquer et, deux jours durant, s'enferma dans son bureau. Mais Peter n'était ni patient ni diplomate. Et surtout il avait l'habitude de mettre les gens dans sa poche à la première rencontre, sans avoir à déployer beaucoup d'efforts. Il s'acharnait et mon père battait en retraite. Mais plus il fuyait son fils, plus Peter s'accrochait ! Je ne sais quel mécanisme s'était déclenché en lui, mais probablement voulait-il récupérer une figure dont Hitler avait un temps joué le rôle symbolique. Cependant, papa ne céda pas à la violence conquérante de son fils, et leur relation, loin de se consolider, devint extrêmement tendue. Déçu et ébranlé par la rebuffade, Peter s'attacha davantage à la marâtre.

Un matin de bonne heure, mon père prit son chevalet, son tabouret et sa mallette de couleurs pour aller peindre en plein air. Tout excitée, je le priai de m'emmener avec lui, mais il refusa. J'insistai. Je voyais dans cette sortie une excellente occasion de me rapprocher de cet homme, de jeter un pont entre lui et moi, ce pont qu'on ne parvenait pas à construire. Mais il ne voulait pas de moi. Il invoqua divers prétextes : que je me serais ennuyée, par exemple. Je ne mollis pas. « S'il te plaît, murmurai-je d'un ton implorant.

— Quand je peins, je préfère être seul, répondit-il, embarrassé.

— S'il te plaît ! » Alors il me regarda d'un air indécis, un peu agacé. Comme il me paraissait loin en cet instant ! Il finit par se raviser, soupira et consentit, comme lorsqu'on cède à l'instance d'un casse-pieds : « C'est bon, viens ! » Et l'on sortit tous les deux.

On marcha au milieu des ruines et de places rasées jusqu'au sol, puis on prit le métro aérien. La rame était à moitié vide et il y avait des vitres aux fenêtres. On voyait des paysages entiers de décombres, de tas de pierres et de plâtras. On descendit au troisième arrêt.

On s'engagea sur un grand boulevard planté d'arbres : là aussi, ruines sur ruines. Des rayons de soleil se couraient après au milieu des murs noircis tandis que des voiles dorés égayaient de tristes moignons.

Mon père n'avait pas dit un mot de tout le trajet et continuait à se taire, répondant à mes timides approches par de petits grognements. Je renonçai enfin à parler, espérant que tôt ou tard on s'arrêterait quelque part.

Après un carrefour, on prit un sentier qui conduisait aux ruines de ce qui avait dû être, autrefois, une villa patricienne. Les ruines étaient enfouies dans un jardin luxuriant et à l'abandon, où les roses explosaient au milieu des mauvaises herbes.

Mon père s'était arrêté et contemplait les ruines. Puis, me prenant au dépourvu, il dit :

« Mon beau-frère a offert cette villa à ma sœur pour son vingt-cinquième anniversaire. Ils avaient l'air tellement heureux... alors ! » Probablement faisait-il allusion au suicide de tante Margarete, mais je n'osai faire le moindre commentaire. Il s'était déjà éloigné en direction de l'amas de décombres ; il y grimpa et planta son chevalet. Il disposa ses couleurs à portée de main, déplia son tabouret, glissa la palette à son doigt et se mit à peindre.

Je l'observai qui ébauchait les premiers traits et me rendis compte aussitôt qu'il n'avait pas l'intention de peindre les ruines ou le jardin fleuri, mais uniquement les fleurs qui poussaient sur les gravats. Il y en avait de toutes sortes, aux couleurs pâles et délicates, d'humbles fleurs de décombres. Mon père peignit presque deux heures d'affilée, oubliant ma présence. Ne voulant pas le déranger, je me cherchai une occupation. Je me mis alors à fouiller parmi les gravats et trouvai des choses intéressantes : une tête de poupée qui bougeait les yeux, une cafetière qui avait perdu son bec et un récepteur de téléphone blanc. Je me précipitai vers mon père pour lui montrer mes trésors, mais il se contenta de murmurer :

« Que c'est beau... », sans quitter sa toile des yeux. Alors, peut-être uniquement pour le faire réagir, j'ajoutai : « La villa de Tempelhof est plus belle ! »

Il s'arrêta de peindre et, comme s'il avait besoin de remettre de l'ordre dans un puzzle éparpillé, il répondit : « Mais ici elle était heureuse ! » Il n'ajouta rien d'autre et se remit au travail. Résignée, je redescendis et m'endormis sous un arbre. Je me réveillai au son de la voix de mon père qui m'appelait. Je me redressai ; le ciel se couvrait de nuages. Il n'y avait pas un souffle d'air. Sur mon bras marchait une armée de fourmis, que je chassai. Puis je me levai, mais ma vue se brouilla. Peut-être était-ce un effet de l'anémie ou de la sous-alimentation, mais ce trouble persistait. Quand je me sentis un peu mieux, je rejoignis mon père.

Le tableau était terminé. Je le contemplai, admirative. Il y avait là toute la magnifique flore spontanée des gravats : campanules, arnicas, gentianes, œillets nains et narcisses sauvages. Un très beau tableau. Inquiète, je m'exclamai : « Tu vas pas le vendre ? ! » (En réalité, il ne le vendit jamais, et mon frère le possède toujours dans sa maison de Salzbourg.)

« Par les temps qui courent, les gens achètent du pain, pas des tableaux, répondit mon père d'un air sombre.

— Tu seras plus peintre ? demandai-je, dépitée.

— Non », répondit-il sèchement, et, du bout du doigt, il ajouta une dernière nuance au pétale d'une fragile pervenche.

« Pourquoi non ? insistai-je.

— Ce n'est plus un bon métier.

— Qu'est-ce que tu vas faire, alors ?

— On va rentrer en Autriche et je vais me chercher du travail.

— En Autriche ! m'exclamai-je, surprise.

— On est autrichiens, me rappela-t-il. Je n'ai aucune envie de rester dans ce pays, dans cette ville. Je n'ai plus rien ici.

— Et... Ursula ? demandai-je prudemment.

— Ursula est ma femme et, avec le mariage, elle a obtenu la citoyenneté autrichienne.

— Alors on va quitter Berlin ?

— Je vais vous précéder.

— Quand ça ?

— Bientôt. Dès que les autorités m'auront délivré un laissez-passer.

— Tu vas partir..., marmonnai-je, accablée.

— Je vais devoir me chercher un travail, reprit-il d'un ton pratique, et une maison. On peut pas partir tous ensemble à l'aveuglette. » Je regardai longuement ce père inconnu qui m'aimait sans trouver le moyen de me parler vraiment et je m'écriai, tremblant tout à coup d'une colère rebelle : « Tu peux pas me laisser seule encore une fois ! »

Il me regarda d'un air ahuri : « Mais il y aura ta maman !

— C'est pas ma maman, éclatai-je, rageusement.

— Elle est ta nouvelle maman, répondit-il sans perdre son calme, tu dois t'y faire, Helga.

— Elle m'aime pas ! criai-je avec angoisse.

— Mais si, elle t'aime, fit-il calmement.

— C'est pas vrai ! Elle m'aime pas, elle m'a jamais aimée ! C'est pour ça que je me suis cachée à la cave ! Pour ça qu'elle m'a envoyée dans cet institut où on m'a coupé les cheveux ! Pour ça qu'elle m'a envoyée au collège d'Eden ! Elle a toujours voulu se débarrasser de moi, toujours, toujours ! » Je haletais et observais son expression, espérant avoir remué quelque chose dans son cœur, mais il répondit, d'un ton paternel et mesuré : « Tu as besoin d'être soignée.

— La doctoresse Löbig, elle a dit que j'avais juste besoin d'une maman ! » criai-je, et je pleurais parce que je n'arrivais pas à abattre le mur qui nous séparait. Et j'ajoutai, pleine de rancœur, tout en m'essuyant les yeux du bout des doigts :

« Pourquoi tu nous as pas laissés chez mamie ? Elle nous aimait, elle !

— Ta grand-mère est âgée. Comment aurait-elle pu élever deux enfants encore si petits ?

— Je veux ma maman ! »

Il s'assombrit et me regarda avec une inquiétude évidente, croissante. Le calme de son visage s'effondra comme une avalanche.

« Je veux ma maman ! » répétai-je, impulsive, excitée, déchaînée. « Elle m'aime, elle, je le sais ! C'est ma maman ! Je la veux ! Qu'est-ce que tu lui as fait ? Pourquoi elle a plus voulu nous voir ? Pourquoi elle est partie ? Elle m'aime, elle, je le sais ! Elle m'aime ! » J'étais hors de moi, les joues en feu.

Mon père serrait les poings. Une veine de sa tempe s'était gonflée. Il se rembrunit progressivement, rictus et crispations des muscles faciaux se succédant si rapidement sur sa figure que je pris peur. Il finit par crier d'une voix sèche que je ne lui connaissais pas, d'une voix brisée : « Si ta maman t'avait aimée, elle ne t'aurait pas laissée tomber pour le Führer ! » Il retira la toile du chevalet, rangea les tubes dans sa mallette sans visser les capuchons, replia le tabouret, ramassa toutes ses affaires et dit brusquement : « Allons-y ! » Il s'éloigna d'un pas si rapide que j'eus du mal à le suivre. Je trottinai derrière lui comme un chien battu, me sentant en faute. J'essayai de lui demander pardon en baragouinant dans son dos : « Je voulais pas... je te demande pardon... », mais il ne voulut rien entendre. On courut jusqu'à la station de métro ; je haletais et tremblais des jambes. Ce n'est qu'une fois dans la rame qu'il me dit, maintenant plus calme et maître de lui : « Non, ne t'excuse pas. Mais à l'avenir essaie d'éviter certaines discussions. Tu comprendras quand tu seras grande. »

C'était ma dernière chance de créer des liens entre mon père et moi, mais je l'avais laissée passer.

21.

Je n'avais plus aucun doute à ce sujet : mon père était très amoureux de sa femme, je l'avais compris à quantité de détails. Par exemple, j'avais découvert qu'il lui écrivait tous les jours un billet d'amour qu'il lui glissait ensuite sous l'oreiller. Ces lettres étaient toutes ornées de petites fleurs et de cœurs transpercés et disaient des tas de mots doux ; tandis que je les lisais bouillait au fond de moi une jalousie indignée. Il se répandait en sensibleries et en tendresses pour sa femme, tandis qu'avec nous, ses enfants, il se montrait réservé et distant. Cela m'était inconcevable. Il n'en avait pas le droit ! De plus, j'étais irritée d'avoir connu son tempérament passionné avant même ses qualités paternelles, qui me restaient pour le moins obscures.

Au bout d'un certain temps, les autorités nous accordèrent un laissez-passer pour notre rapatriement et mon père se prépara au départ. On devait le rejoindre dès qu'il serait parvenu à créer une base sûre pour nous quatre, même si cela pouvait bien demander de longs mois. L'Autriche, elle aussi, sortait à peine de la guerre et connaissait les mêmes problèmes que l'Allemagne : chômage, misère et pénurie de logements.

Comme les époux devaient rester longtemps séparés, ils faisaient tout pour rester seuls, essayant de se débarrasser de moi et de Peter pendant quelques heures. Mais Opa, en ce temps-là, n'allait pas bien et ne pouvait s'occuper de nous, si bien qu'il me fallut, bon gré mal gré, proposer ma collaboration à la marâtre.

Dans notre voisinage avait rouvert une piscine. Un jour, la marâtre nous proposa d'y aller. Peter sauta de joie et je dus, moi aussi, confesser mon enthousiasme. Je ne savais pas vraiment ce qu'était une piscine, mais je comprenais qu'il devait y avoir beaucoup d'eau – élément pour lequel j'éprouvais une véritable adoration après en avoir été sevrée si longtemps.

Marché conclu ! La marâtre nous prépara un petit casse-croûte qu'on ne devait manger qu'après avoir pris un bain et me fit une série de recommandations concernant Peter. Puis elle me remit deux maillots de bain qu'elle avait trouvés au marché noir et nous accompagna à l'arrêt du tram. Peter était euphorique. Quand il vit arriver le tram carillonnant, il se mit à sauter et à claquer des mains ; il ne voulut même plus dire au revoir à la marâtre et m'entraîna vers la voiture tout excité.

Le tram était à moitié vide. Peter essaya toutes les banquettes jusqu'à ce qu'il en eût trouvé une particulièrement sympathique. C'étaient des banquettes de bois clair sur lesquelles il frotta son fond de culotte ; il embua la vitre, dessina une bombe du doigt et commenta tout ce qu'il voyait passer avec de grands cris, si bien que les autres passagers nous regardaient assez contrariés. Arrivés à notre arrêt, il ne voulait plus descendre ; il était tellement grisé par le tram qu'il était prêt à renoncer à la piscine. Je dus littéralement le traîner hors de la voiture, tandis qu'il se démenait et gesticulait comme un beau diable, me donnant une fois de plus le mauvais rôle. Par chance, il fut sous le charme dès l'entrée de la piscine, qui se trouvait précisément devant l'arrêt du tram. On passa une grande porte sur laquelle on pouvait lire FREIBAD.

La billetterie était un cube de ciment, à l'intérieur duquel se trouvait une femme plus très jeune qui nous regarda sévèrement : « Vous savez nager, les enfants ? » Peter acquiesça mécaniquement, tandis que je dis la vérité : « Non.

— Gare si vous sortez du bassin des enfants ! » gronda la femme, qui se fourra une cigarette entre les lèvres et me remit les billets d'entrée et la clé d'une cabine.

La piscine était déserte. Je m'extasiai devant les deux bassins : que d'eau ! Je me rappelai les quelques gouttes auxquelles on avait droit dans la cave de la Lothar-Bucher-Strasse ; ici, en revanche, j'aurais un bassin entier pour moi toute seule ! Incroyable, j'avais l'impression de rêver.

Il faisait un temps magnifique et le soleil miroitait à la surface de l'eau ; au fond tremblotaient des reflets de lumière. La piscine des enfants était plus petite que celle des grands, mais c'était précisément la grande qui plaisait à Peter. « Je vais dans celle-là, annonça-t-il, elle est plus belle.

— Tu peux pas.

— Pourquoi ?

— Parce que t'as pas pied.

— J'ai pas pied ?

— T'as de l'eau par-dessus la tête !

— M'en fiche.

— Si tu sais pas nager, tu te noies.

— Non. »

J'entraînai Peter vers la cabine, tout en craignant qu'il ne fasse son habituel numéro. Souvent il s'amusait à faire semblant de ne pas comprendre juste pour me provoquer, mais cette fois-ci je n'avais aucune envie de discuter. Je voulais aller dans l'eau !

La cabine était une maisonnette de bois avec un petit toit en pente. Dedans, il y avait un banc et divers crochets aux parois pour suspendre les habits. On se déshabilla, on enfila nos maillots et on courut dehors, prêts à profiter du bain. Peter s'arrêta au bord de la piscine des grands, mais la femme de la billetterie lui cria de loin : « Gare à toi si tu vas pas tout de suite vers le bassin des petits, tête de mule ! » Peter obtempéra. Mais à peine mon terrible petit frère eut-il trempé le pied dans le bassin des petits qu'il s'exclama :

« Brrr ! elle est gelée ! », et retourna vite à la cabine. Je l'appelai plusieurs fois, mais il ne revint pas. Je le laissai tomber et m'enfonçai dans le bassin des petits jusqu'à avoir de l'eau à hauteur du cou. L'eau, qui dans un premier temps m'avait paru très froide, se révéla plutôt tiède. Je me mis à barboter. J'étais heureuse.

Je plongeai, ouvris les yeux et regardai vers la surface qui frémissait comme balayée par le vent. Le ciel semblait ondoyant et d'une couleur bleu nuit. Je m'effrayai. Je ressortis : il était calme et bleu ; je me tranquillisai. Je ne devais plus jamais revoir de ciels aussi limpides que celui de Berlin dans l'immédiat après-guerre.

Je me décidai enfin à sortir de l'eau, entre autres parce que j'avais les doigts fripés. Mais de retour à la cabine je vis Peter avec la tête d'un gamin qui a chapardé de la confiture. Il me suffit d'un regard pour voir qu'il avait mangé toutes nos provisions, y compris ma part ! Je me mis dans une rage terrible. L'eau m'avait creusée et lui, il avait tout mangé ! Je lui criai à la figure :

« T'es toujours le même ! T'es qu'un voleur ! », et je lui flanquai une gifle. Il resta immobile et me regarda avec une expression de haine. Il se tenait là, raide et grave, les yeux secs. Mais, tout à coup, il se précipita hors de la cabine et vomit dans le bassin.

La femme de la billetterie accourut indignée et se mit à braire. Elle nous traita de bohémiens, de vandales, de cafards et de barbouilleurs de lieux publics. « Dehors ! » hurla-t-elle en montrant de son doigt tremblant la sortie de la piscine. « Dans cinq minutes je ne veux plus vous voir, même pas votre ombre, sans quoi j'appelle la police ! »

Elle exagérait, bien sûr, mais j'en fus affreusement mortifiée. Je poussai Peter dans la cabine et l'obligeai à se rhabiller ; il ne voulait rien savoir. Pour un peu, je lui flanquais une autre gifle. Enfin prêts, on fila comme une flèche devant la billetterie et on décampa. J'étais tellement furieuse contre Peter que je ne lui dis pas un mot de tout le trajet en tram. Il embuait la vitre et, tout en boudant, dessinait du doigt toutes sortes de bombes. Une fois descendus du tram, je commençai à me faire du mouron : on n'était pas restés plus d'une demi-heure à la piscine, la marâtre allait se mettre en rogne contre moi. Elle m'avait fait comprendre qu'elle ne nous attendait pas avant deux ou trois heures !

De retour à la maison, je sonnai longuement. La voisine, qui n'était plus la vieille amie de la marâtre, mais une dame âgée avec une fille à demi paralysée, sortit sur le pas de la porte et nous demanda si par hasard on n'était pas enfermés dehors. Au même moment, la marâtre ouvrit la porte et pointa un visage étrange. Elle avait passé une robe de chambre chatoyante que je ne lui avais jamais vue et demanda d'un ton acide :

« Déjà là ? Eh bien, bravo... » Puis elle cria en direction de la chambre conjugale : « Stefan ! Ces fripons sont déjà rentrés ! » Et elle disparut dans la salle de bains pour prendre une douche.

Par la suite, elle ne voulut même pas savoir ce qui s'était passé et fit même taire Peter qui se lançait dans l'une de ses habituelles histoires d'où il ressortait que j'étais la seule en faute. Elle nous expédia dans notre chambre et Peter, déconcerté, flanqua un coup de pied rageur à son lit.

Quelques jours plus tard se présenta à moi une excellente occasion de remonter un peu dans l'estime de la marâtre. Elle me chargea d'aller quelque part retirer un petit paquet destiné à mon père, contenant de l'huile et des couleurs. Il travaillait au portrait d'Ursula et voulait le terminer avant son départ, mais il manquait de certaines couleurs : l'occasion de me réhabiliter. Je devais naturellement me coltiner mon terrible petit frère.

Ce n'était pas très loin, juste à quelques stations de tram. Je m'étais désormais familiarisée avec le tram.

Cette fois, la marâtre ne nous donna pas de casse-croûte, mais deux sous pour nous acheter une glace. En ce temps-là ouvraient les premiers glaciers et, attirés par la nouveauté, les gens se pressaient au comptoir. Pour Peter et moi, la glace était un délice totalement inconnu.

On descendit au quatrième arrêt, comme nous l'avait recommandé la marâtre ; là, je devais m'adresser à un passant, pour qu'il m'indique la rue dont le nom était écrit sur mon bout de papier avec le numéro. J'arrêtai un vieux, qui me dit : « Au bout de l'avenue, petite, tu ne peux pas te tromper, c'est la seule maison encore debout. » Je demandai aussi s'il connaissait un glacier. Il m'en montra un du doigt : « Là où tu vois la file d'attente. »

On se mit dans la queue et Peter s'impatienta tout de suite. Quand ce fut enfin mon tour, je demandai deux glaces à la vanille. Le malheur voulait que la glace fût assez dure et coincée entre deux gaufrettes ; à peine étions-nous sortis de la boutique que celle de Peter glissa et atterrit par terre. Il se retrouva les gaufrettes à la main, littéralement médusé. Quelques instants après, il émit un hurlement de protestation si déchirant que les gens sortirent en toute hâte de la boutique pour voir de quoi il retournait. Peter braillait qu'il voulait ma glace, mais il ne me vint pas un instant à l'idée de la lui céder. S'il avait perdu la sienne, tant pis pour lui ! Mais Peter beuglait, se roulait par terre et voulait à tout prix ma glace. Une dame s'approcha de moi et me dit d'un air menaçant : « Donne-lui la glace ! » Je me défendis : « Lui, il a fait tomber la sienne ! » Mais la dame ne voulut pas me croire : « Assez d'histoires, fillette, rends la glace à ton frère ! Parce que c'est pas ton frère, ce petit ange, hein ? » Elle me fixait de ses yeux en tête d'épingle.

« Ssssi », sifflai-je entre les dents.

« Alors rends-lui la glace ! » répéta l'autre d'un ton dur qui me fit peur. Je lui cédai ma glace, la haine au cœur.

Satisfait, Peter s'illumina aussitôt et se mit à lécher avidement. À l'entendre laper ainsi, les doigts me démangeaient. Je le détestais ! Furieuse, je marchai à grands pas, qu'il ait du mal à me suivre ; la hâte l'empêcherait au moins de déguster la glace ! Il marchait derrière moi, haletant, tout en continuant à donner de grands coups de langue. Tout à coup, cependant, il avala de travers un bout de gaufrette : il se mit à tousser et à cracher si bien que je dus m'arrêter pour lui venir en aide. Je lui donnai des tapes dans le dos comme l'avait fait Opa la fois où il avait avalé la pastille pour la gorge et il finit par reprendre son souffle. Il était rouge et en nage, les yeux écarquillés et humides, mais il engloutit quand même le dernier bout de gaufre en se léchant les doigts. Juste après, il se plaignit d'avoir les doigts poisseux. Je lui dis de les mouiller avec sa salive puis de les essuyer dans l'herbe. Il compliqua l'opération de manière invraisemblable.

Je pus enfin m'engager au pas de course dans l'avenue arborée au milieu des ruines mélancoliques. L'asphalte était encore parsemé de cratères ; Peter voulut se cacher dans l'un d'eux pour jouer à la guerre. Je ne daignai même pas lui adresser la parole. Du coup, il fit la tête et je l'entendis grommeler dans mon dos : « Helga est une sale bique ! Helga est une idiote ! » Je l'ignorai un moment mais, quand je finis par me retourner, il ramassait des fruits tombés des arbres. Il était sur le point de les fourrer dans sa bouche. « Qu'est-ce que tu manges ? ! hurlai-je, fais-moi voir ! » Il obéit, plus à cause de l'intensité de mon hurlement que par docilité. Il me les montra : c'étaient de petits fruits rouges, de la taille de grains de maïs. J'en goûtai deux : ils étaient doux et farineux. Si quelqu'un devait mourir empoisonné, autant que ce fût moi !

Peter m'observa avec un vif intérêt tout en me demandant de temps en temps si je mourais ou non parce que lui, il avait faim. Il était vraiment cynique. Comme je n'étais pas morte, on ramassa une grosse quantité de ces billes rouges et on s'en remplit la panse. Juste après, cependant, Peter eut mal au ventre et, imperturbable, alla se soulager dans un cratère. « Du papier ! Du papier ! » finit-il par crier du fond du trou ! Je lui jetai de l'herbe sèche qui poussait au bord du trottoir. Enfin tranquille ! Peu après, cependant, il se plaignit que quelque chose le démangeait dans son caleçon : des bouts d'herbe sèche. La source de gêne éliminée, on continua. On arriva au dernier bâtiment encore debout. Le numéro correspondait. Sur la porte, il y avait un écriteau sur lequel on pouvait lire : « Waldpach : couleurs et vernis » et, dessous, en caractères plus petits : « Sous-sol ».

On se glissa par la porte entrebâillée pour se retrouver sous un porche lugubre. Une flèche noire indiquait le sous-sol. On descendit de l'escalier mal éclairé aux marches disjointes. Il y régnait une odeur engageante de nourriture. Au pied de l'escalier, on lisait : « Waldpach : au fond ». Et je crus qu'on touchait au but.

On passa devant deux portes closes, mais la troisième était ouverte et je vis avec stupeur qu'il s'agissait d'une cuisine. C'est de là que venait l'odeur de nourriture ! Après un instant d'hésitation, j'y entrai avec Peter, agrippé à mes habits.

Il y avait un poêle à bois allumé et, sur le four, une casserole dans laquelle cuisaient des pommes de terre à l'eau. Une autre avait été retirée du feu : elle était pleine de boulettes. Des boulettes de viande !

Je fixai des yeux cette nourriture qui mettait l'eau à la bouche. Ma vue se brouilla. Mon arriéré de faim m'assaillit avec une telle violence que, comme en transe, je tendis la main, sortis une boulette du jus et la fourrai dans ma bouche. Je faillis m'évanouir de plaisir. Le reste fut l'affaire d'un instant : je bourrai mes poches de boulettes, saisis la main de Peter et détalai. Une fois dans la rue, on continua à courir comme si on avait le diable aux trousses. Puis un violent point de côté m'obligea à m'arrêter. Aussitôt Peter se mit à m'embêter : « Moi aussi, je veux les boules, moi aussi ! » Je lui donnai une boulette, espérant m'en tirer avec celle-là, mais il protesta : « T'en as plus, toi, moi aussi j'en veux plus ! », et je finis par diviser le butin en parts égales. Il en remplit les poches de son pantalon et on courut encore comme des dératés presque jusqu'au bout de l'avenue. On finit par s'arrêter et par s'asseoir sous un arbre pour manger toutes les boulettes. C'est alors seulement que je me rendis compte dans quel état on s'était mis : graisseux comme deux bonzes ! La marâtre m'aurait tuée ! Et je n'avais même pas retiré le paquet avec les couleurs.

Au retour, ce fut la fin du monde. La marâtre nous frappa tous les deux avec une ceinture de cuir et nous envoya au lit. Le lendemain, c'est mon père lui-même qui nous fit la leçon, et il fut très dur. Une semaine durant régna à la maison une atmosphère infernale. Je me sentais plus que jamais mal à l'aise, d'autant que cette fois tous les torts étaient de mon côté. Étrangement, mon père n'alla même pas chercher les couleurs et le portrait d'Ursula resta inachevé.

22.

Berlin, fin juin 1946

Le départ de mon père fut pareil à son arrivée, sauf que maintenant tout se déroulait à l'envers. On était dans l'appartement de la Lothar-Bucher-Strasse parce que Opa avait une crise de sciatique, et, loin d'être euphorique, la marâtre était triste et abattue. Enfin mon père nous dit au revoir à tous : il salua Opa en lui disant qu'il comptait bien sur sa visite, tôt ou tard, en Autriche dès que Peter, moi et la marâtre l'aurions rejoint, serra la main de Hilde, nous embrassa Peter et moi, après quoi il sortit avec la marâtre pour aller à la gare.

À peine étaient-ils partis que m'envahit un profond sentiment d'abandon. Le séjour de mon père avait été tel le passage d'une ombre que je n'avais pas réussi à attraper ; le voilà maintenant qui abandonnait l'Allemagne. Qui sait quand je le reverrais !

On était dans la cuisine de Hilde, qui se mit à parler avec Opa de son nouveau travail. Elle devait commencer lundi prochain. Elle avait obtenu ce poste parce que, outre l'allemand et l'anglais, elle parlait aussi le russe.

Le départ de papa laissa Peter indifférent : qu'il fût là ou pas là, il en avait fait l'expérience, c'était du pareil au même. Il voulait m'entraîner dans le bureau de

Hilde, où il aimait pianoter, mais je refusai. À la vue du tableau qu'avait peint mon père, je me serais certainement mise à pleurer ! On se posta donc à la fenêtre du salon pour voir ce qui se passait dans la cour.

Tout était calme. Il faisait soleil et les tilleuls étaient d'un vert étincelant. Comme tout était différent !

Tout à coup, on vit surgir la concierge qui se mit à balayer l'allée. Je regardais chaque chose avec d'autres yeux. Comme cette maudite cave nous avait déformé le regard ! En un instant défilèrent sous mes yeux toutes les horreurs que nous avions vécues : C'était vraiment arrivé ? Et comment avions-nous survécu ? Sans eau ni lumière ni nourriture ni hygiène. Dans l'obscurité. Dans le froid. Dans cette promiscuité infernale !

Je me concentrai de nouveau sur la cour. Des enfants jouaient à la balle, mais je ne les connaissais pas : il n'y avait ni Egon ni Rudolf. Je levai les yeux vers les ruines qui entouraient le terrain. Elles me firent un effet bizarre. Elles avaient perdu leur côté inquiétant et s'inséraient désormais sereinement dans le cadre, comme les décors un peu bizarres d'une cour désormais parfaitement remise en ordre : les fissures des petites allées avaient été colmatées avec du ciment, les gravats déblayés, les buissons élagués, l'herbe taillée. Toute trace de cadavre éliminée. La remise réparée. Il y régnait un climat d'ordre et de normalité. Un peu plus loin, deux femmes battaient des draps. Frau Bittner et Frau Mannheim, peut-être ? Sur un banc réparé depuis peu, au pied d'un lilas luxuriant, un vieux se dorait au soleil. Herr Hammer, peut-être ? Je tournai les yeux vers les ruines. Ces moignons macabres, ces murs ébréchés ou en équilibre précaire, ces fenêtres béantes sur le rebord desquelles s'étaient nichées d'impudentes touffes d'herbe et des tas de plâtras poussiéreux semblaient s'être réconciliés avec le passé, lui accordant un pardon trop facile. Je dis quelque chose à ce propos à Peter, mais il porta le doigt à son front et trancha : « T'es idiote. »

Peut-être avait-il raison : peut-être ma façon de voir les choses était-elle vraiment absurde.

Remis de sa sciatique, Opa nous rendait de temps en temps visite Friedrichsruher Strasse. Quelquefois, il proposait d'aller promener, mais d'habitude Peter refusait. Alors j'y allais seule avec Opa et j'étais plus contente. Avec Peter il surgissait toujours des complications !

Un jour, Opa me conduisit au cimetière de Lichtenberg, où reposait sa femme. Nous déposâmes sur sa tombe un bouquet de fleurs des champs. La tombe était proche de celle de Karl et de Wilhelm Liebknecht, naguère saccagées par les nazis comme toutes celles des gens considérés comme des ennemis du Reich pour la simple raison qu'ils avaient des idées politiques différentes.

D'autres fois, on se promena dans les zones boisées des faubourgs les plus éloignés de Berlin pour y cueillir des herbes et des plantes sauvages comestibles afin de compenser les carences de notre alimentation en vitamines.

Hilde avait commencé son nouveau travail et paraissait satisfaite.

Peter était un enfant asocial. Il n'aimait pas descendre dans la cour jouer avec les autres petits garçons, il voulait toujours rester accroché aux jupes de la marâtre. La seule chose qui l'intéressait, c'était d'aller parmi les décombres à la recherche de quelque objet curieux. Ainsi récupéra-t-il un stylo-encre en or : il en fut si fier qu'il en parla sans discontinuer pendant une semaine.

Quant à moi, je découvris une cocotte-minute, sauf qu'elle avait perdu son couvercle. Mais c'était une bonne cocote en fonte : la marâtre la lava à fond et s'en servit pour faire cuire les pois secs.

Automne 1946

Je continuais de me sentir mal à l'aise avec la marâtre, mais, par chance, l'école reprit, ce qui me conduisait de longues heures hors de la maison.

J'étais en neuvième (j'aurais dû être en huitième mais, de 1944 à 1945, j'avais au total manqué une année scolaire) et ça me plaisait.

Peter fut inscrit en maternelle et se donna des airs au point de ne plus me saluer pendant une semaine.

Désormais, ça se passait mieux à l'école, l'organisation était meilleure ; mais, en 1945, on souffrait d'une grave pénurie d'enseignants parce que ceux qui avaient eu leur carte du parti nazi avaient été chassés. De même, les manuels de la période nazie avaient été prohibés, mais comme il n'en existait pas encore de nouveaux, on devait s'en passer. Les cours se concentraient sur les matières classiques, qui n'avaient pas besoin d'être dénazifiées : ainsi était-il beaucoup question de Goethe et de Schiller. Un jour, un garçon qui voulait s'amuser leva le bras et cria *Heil Hitler !* Il fut aussitôt renvoyé de l'école pour quinze jours.

On continuait d'avoir faim et tout était très compliqué dans l'ex-capitale du Reich. Les magasins étaient mal approvisionnés, les produits étaient chers et le mark ne valait rien. Hilde se plaignait de ne rien pouvoir acheter avec son salaire. La Noël 1946 fut triste et pauvre : ni cadeaux ni arbre.

La marâtre désespérait parce que mon père n'avait pas encore trouvé d'emploi stable et survivait péniblement : il était ouvrier agricole chez un paysan en échange de la nourriture et d'un logement, lequel consistait en une chambrette située au-dessus de l'étable. Entre elle et moi, c'était toujours la guerre froide et je ne me détendais que lorsque j'étais loin, à l'école ou en promenade avec Opa.

Vers la fin de 1946, mon père nous écrivit : il avait enfin trouvé un travail fixe et habitait désormais chez ses parents. Mes grands-parents paternels, après que le grand-père était revenu de la guerre, avaient loué une maison à deux étages sur l'Attersee, en Haute-Autriche ; on pouvait s'installer au dernier étage. J'allais enfin revoir grand-père et grand-mère, et surtout mon père ! Mais la joie ne fut pas sans mélange : je devais quitter Opa, peut-être pour toujours. Très probablement je ne reverrais plus ce bon vieillard si sensible et humain, la seule personne qui m'eût donné un peu de chaleur ! Tout se passa dès lors très vite. La marâtre résilia le bail de l'appartement de la Friedrichsruher Strasse en soldant les arriérés avec le précieux tapis persan qu'elle avait apporté en dot ; elle vendit tout le reste parce qu'il était interdit de sortir du pays plus que le contenu d'une valise. Peter et moi fûmes retirés de l'école ; le jour du départ arriva en un clin d'œil. Tout s'était déroulé avec une telle rapidité que j'en étais toute désorientée, incrédule. Il me fallait quitter Opa, quitter Berlin. J'étais inquiète et triste et, en même temps, impatiente de revoir les gens que j'aimais : ma grand-mère et mon papa !

23.

Berlin, printemps 1947

L'aéroport militaire de Gatow nous accueille bruyamment ; partout, on ne voit que des hommes en uniforme. Les pistes d'atterrissage sont inondées de soleil.

Peter serre son nounours contre son cœur et continue à crier des questions auxquelles la marâtre ne répond pas. Enfin, il s'extasie devant l'éclat métallique du chasseur-bombardier à bord duquel nous allons quitter Berlin. La marâtre est triste : les adieux à Hilde et à Opa l'ont beaucoup éprouvée. Moi aussi, j'ai pleuré pour Opa.

Au pied du petit escalier, un militaire anglais règle les dernières formalités. Alors qu'il contrôle nos papiers, Peter ne quitte pas des yeux le béret de l'homme, qui ne ressemble pas du tout à celui du Führer. On attend l'autorisation, mais tout à coup le militaire se tourne vers Peter : « Comment il s'appelle, ton nounours ? » Il parle un allemand correct, mais avec un léger accent anglais.

Peter bat des paupières et bégaye : « Ttt... ttt...

— Comment ?

— Teddy.

— Teddy a un permis de vol ? » demande le militaire sur un ton professionnel.

Peter commence par tomber des nues, puis s'alarme : « Non !

— Alors Teddy peut pas prendre l'avion », tranche l'autre.

Peter fixe le militaire d'un œil perplexe puis finit par éclater en sanglots désespérés. Sur le visage de l'autre apparaît un sourire amusé : « Je plaisantais, *little boy*, j'arrange ça tout de suite. » Et il lui délivre sur-le-champ un document sur lequel est écrit « Teddy peut voler », avec le timbre et la signature de rigueur. Mon frère possède toujours ce papier.

Peter pousse un soupir de soulagement et sourit au militaire tandis qu'une larme, pareille à une goutte de cristal, coule lentement sur sa joue. Enfin prêts à embarquer.

L'appareil est un chasseur-bombardier de la dernière guerre. À la place des sièges habituels, il y a des sièges pliables rudimentaires. Il y a une dizaine de passagers, dont six adultes et quatre enfants. Peter se met devant, au premier hublot, embue la vitre et dessine une bombe avec le doigt.

À peine est-on assis qu'un vieux passionné se lance dans la description technique de l'appareil, dresse la liste du matériel de guerre qu'il pouvait embarquer – bombes, mortiers, petits canons, etc. – et montre du doigt, tout excité, où celui-ci était installé. Il explique que « la vitesse de tir était synchronisée avec... » quand une dame se lève et crie, exaspérée : « La ferme, bon sang ! La guerre est finie ! »

L'homme sursaute, rentre la tête dans les épaules et tourne la tête vers le hublot.

Peter est agité. Il se lève continuellement, lorgne d'un côté, puis de l'autre, lâche de petits cris de stupeur.

L'attente le rend nerveux. Enfin, une assistante de vol, une jeune femme en uniforme avec un petit béret sur la tête, le rappelle à l'ordre : « Maintenant, il faut te calmer, jeune homme », et elle lui attache sa ceinture. Le reste des passagers en fait autant et peu après le haut-parleur annonce que l'appareil est sur le point de décoller. Moi aussi, je me concentre sur le hublot. Je sens une odeur aigre de carburant.

Les puissants moteurs rugissent. Au dernier moment, une fillette se met à protester : « Je veux descendre ! J'ai peur ! » Mais le vrombissement couvre sa voix.

L'appareil se lance sur la piste flamboyante de soleil, puis s'élève en ronflant. La tour de contrôle s'éloigne, rapetisse, pour ne plus devenir qu'une tache confuse. Adieu, Berlin !

J'ai le cœur gros. On va retrouver mon père en Autriche, je vais embrasser à nouveau mes grands-parents. Revoir grand-mère ! Mais je quitte Berlin.

J'ai la gorge nouée. Une grosse boule, qui devient une montagne et me suffoque : je ne peux plus respirer. Une sueur froide m'inonde, je cède à la panique. Je quitte Berlin. J'abandonne un passé que je connais pour un avenir inconnu. Adieu, Berlin !

Je pleure.

Pourquoi je pleure ? Je ne quitte rien, sauf le bon vieil Opa. Mais qu'est-ce que ça fait mal !

Je quitte une ville qui m'a tout refusé : une mère, un père, une grand-mère. Une vie normale, une enfance sereine. Une ville qui ne m'a valu que douleur, privations, terreur, solitude, tristesse, angoisse et désespoir. Pourquoi je pleure ?

Je serre les dents pour ne pas me mettre à hurler. Je suis mal. J'ai le cœur déchiré. Que va-t-il m'arriver ?

Adieu, Berlin.

L'immense champ de ruines glisse sous nos yeux : bâtiments, églises, ponts, monuments historiques, places, œuvres d'art réduites en miettes. Des montagnes de décombres qui, les jours de vent, libéraient une poussière qui faisait mal aux yeux.

Adieu, Berlin.

Vidée, abattue, anéantie, punie. Adieu, souvenirs de cauchemars, d'attente incrédule, de nuits d'insomnie. Faim, soif, crasse, obscurité, terreur, remugles, punaises, solitude que seul comblait Opa. Adieu, papy.

La réverbération des incendies, l'odeur de brûlé. La puanteur des cadavres.

Les cendres sur le dos, JUDE sur les grilles de fer, le gosse sous le lilas. La tache de sang en forme de pomme sur le matelas, les yeux exorbités de Gudrun, la soupière d'Erika. Toi *urri* ? *Spasibo*.

L'ENNEMI ÉCOUTE, PAS TOUCHE AU CHARBON.

Et les bombes.

Les bombes et le feu. Feu et anéantissement. Anéantissement des choses, des corps, des lois, des traditions, des conquêtes civiles. Retour à zéro. Destruction jusqu'à la dernière brique, jusqu'à la dernière cellule, jusqu'à l'ultime grain d'espérance.

Sous le bleu émaillé d'un ciel indifférent, la mer de ruines s'éloigne, devient une masse informe dont se détachent, sombres, les cimes noires des moignons.

Je suis mal. La gorge nouée par les larmes, le cœur noué par l'angoisse. Là-bas, quelque chose appelle.

Parce que sous mes pieds, parmi les tristes restes de l'immense brasier désormais éteint, parmi les fissures de l'asphalte défoncé, dans la cave humide de la Lothar-Bucher-Strasse et parmi les plis délicats du manteau froissé d'Opa, là-dessous, peut-être, restent mes racines. Des racines imbéciles, têtues, accrochées là où elles ont senti battre mon cœur avec le plus grand désespoir.

Adieu, Berlin !

La boule gonfle dans ma poitrine, m'étouffe. Berlin s'évanouit à l'horizon, sombre dans un voile de brume. Je sens un souffle glacé, j'éprouve une sensation de vide. Les moteurs rugissent, j'ouvre grands les yeux : je ne vois plus rien.

D'ici peu, nous allons atterrir à Lübeck, où nous accueillera un camp de réfugiés. Peut-être la faim sera-t-elle encore au rendez-vous, en attendant qu'un train de marchandises nous conduise à la frontière autrichienne.

Je jette un dernier regard par le hublot : je n'ai plus rien derrière moi et, devant, seulement l'inconnu.

Combattre pour l'honneur

L'armée des ombres

Joseph Kessel

Dans la France occupée de 1943, certains choisissent d'assurer leur survie personnelle, de protéger leurs biens, leur famille, à l'abri derrière les baïonnettes allemandes. D'autres, fidèles à leurs idéaux de liberté, engagent le combat, vivant dans l'illégalité et l'insécurité. Ils distribuent des tracts, fabriquent des journaux, se cachant et fuyant sans cesse. C'est le quotidien de ces soldats de l'ombre, de cette France obscure et secrète que Joseph Kessel choisit de raconter, dans un livre-chronique émouvant, symbole de la Résistance.

(Pocket n° 2643)

Achevé d'imprimer sur les presses de

BUSSIÈRE

GROUPE CPI

à Saint-Amand-Montrond (Cher)
en janvier 2005

POCKET - 12, avenue d'Italie - 75627 Paris Cedex 13
Tél. : 01-44-16-05-00

— N° d'imp. : 50114. —
Dépôt légal : février 2005.

Imprimé en France